KB018432

에디션 **F**
02

Feminist
Utopia
Trilogy 2

허랜드

에디션 F
02

Feminist
Utopia
Trilogy 2

허랜드

Herland

샬럿 퍼킨스 길먼 | 임현정 옮김

궁리
KungRee

Herland

차례

일러두기

본문의 각주는 모두 옮긴이 주이다.

1

못 말리는 모험심

안타깝게도 이 글은 기억에 의존해 쓴 글이다. 꼼꼼하게 준비한 자료를 빠짐없이 챙겨 올 수 있었다면 아마 이 이야기는 많이 달라졌을 것이다. 수많은 메모로 꽉 찬 온갖 책과 정성껏 옮겨 적은 기록, 현장을 있는 그대로 기록한 글과 그림이 지금은 없는 게 아쉬울 따름이다. 우리는 도시와 공원의 조감도를 그렸고, 거리와 건물 안팎의 아름다운 풍경과 화려한 정원을 기록했으며, 무엇보다도 여자들에 대해 적어두었던 것이다.

우리가 목격한 여자들에 대해 있는 그대로 들려준다 한들 사실이라고 믿을 사람은 없을 것이다. 여자를 묘사하는 게 어렵기도 하거니와 내가 그 방면으로는 영 젬병인 탓이다. 그래도 설명을 해볼 작정이다. 세상은 그 나라를 알 필요가 있다.

자칭 선교사나 장사치, 땅을 늘리는 데 혈안이 된 인간들이 몰려갈지도 모르니 여기서 그곳의 위치는 밝히지 않겠다. 그들은 환영받지 못할 것이며 만일 그 나라를 발견한다 해도 우리가 겪은 것 이상의 고초를 겪게 될 것이다.

일은 이렇게 시작됐다. 테리 O. 니컬슨—우리는 그를 올드 닉이라고 불렀는데 그럴 만한 이유가 있었다—과 제프 마그레이브, 그리고 나 밴딕 제닝스는 동창이자 친구였다.

오랜 기간 알고 지낸 우리에게는 서로 다른 차이점들이 있었지만 커다란 공통점도 있었는데 모두 과학에 흥미가 있다는 점이었다.

테리는 본인이 내키는 일은 뭐든 할 수 있을 만큼 유복했다. 탐험은 그의 야심 찬 목표였다. 하지만 더 이상 발견할 게 남아 있지 않은 지금 자신이 할 수 있는 일은 고작해야 남이 이룬 업적들을 짜깁기하거나 빈틈을 메우는 일이 전부라며 불평을 늘어놓곤 했다. 다방면에 재주가 많았던 그는 기계와 전기 분야에도 일가견이 있었다. 그는 온갖 종류의 배와 자동차를 소유하고 있었으며 일류 비행사이기도 했다.

테리가 없었다면 우리는 그 탐험을 아예 시도조차 하지 못했을 것이다.

제프 마그레이브는 타고난 시인이거나 식물학자, 혹은 둘 다였지만 부모님의 강권에 못 이겨 의사가 되었다. 젊은 나이임에도 이미 평판이 훌륭한 의사였지만 정작 그의 관심 분야는 '과학의 경이로움'—그는 이렇게 즐겨 불렀다—이었다.

나는 사회학을 전공했다. 사회학을 전공하기 위해서는 다른 여러 학문을 공부하는 게 필수였고 나 역시 다양한 분야에 폭넓은 흥미를 갖고 있었다.

테리는 지리학이나 기상학 같은 '실제 사실'에 강점을 보였다. 생물학은 제프가 테리를 한 수 가르치는 수준이었고, 나는 인간의 삶에 대한 이야기라면 그들의 대화 주제가 무엇이든 개의치 않았다. 물론 그렇지 않은 경우는 매우 드물다.

우리 셋에게 대규모 과학 탐험대에 합류할 기회가 생겼다. 탐험대에는 의사가 필요했는데, 제프에게는 이제 막 개원한 병원 문을 닫을 훌륭한 구실이 되었다. 그들은 테리의 경험과 장비, 돈이 필요했고, 나는 그런 테리를 친구로 둔 덕분에 탐험대에 합류할 수 있었다.

탐험대는 큰 강에서 뻗어 나온 지류 수천 개와 드넓은 내륙 지역을 돌아다니면서 지도를 만들고 원주민의 방언을 조사하며 온갖 다양한 동식물을 연구하는 임무를 수행해야 했다.

하지만 이건 그 탐험대 이야기가 아니다. 탐험대는 우리가 탐험을 시작하게 되는 계기일 따름이었다.

내가 그 나라에 흥미를 갖게 된 건 안내를 맡은 원주민들이 주고받은 대화 때문이었다. 언어 능력이 출중했던 나는 제법 많은 언어를 습득한 상태였고 손쉽게 언어를 터득하기도 했다. 게다가 실력 좋은 통역사와 동행한 덕분에 여기저기 흩어져 사는 원주민 부족들에 대한 꽤 많은 전설과 민속신화를 알게 되었다.

저 멀리 거대한 산맥에서 뻗어 나온 키 큰 산등성이들이 여기저기에서 불쑥불쑥 등장하는 가운데, 강과 호수, 늪, 울창한 숲이 얽혀 있는 어두운 곳을 지나 강의 상류를 향해 나아가는 동안 나는 이 원주민들이 먼 고지대에 있는 기이하면서도 무시무시한 여자들의 나라를 언급하는 빈도가 잦다는 사실에 주목했다.

그들이 알려준 위치라고 해봐야 '저 위', '저쪽', '훨씬 높은 곳'이 다였지만, 원주민들의 전설에는 중요한 공통점이 하나 있었다. 바로 남자 없이 여자와 여아들만 사는 이상한 나라가 존재한다는 점이었다.

원주민들 중 그곳을 본 사람은 한 명도 없었다. 그들은 어떤 남자든 그곳에 가는 건 위험할 뿐 아니라 치명적이라고까지 했다. 하지만 아주 오래전 그곳에 갔던 몇몇 용감한 탐험가들 덕에 그곳에는 큰 건물이 즐비하고 인구도 많은 거대한 나라가 있는데 그 많은 사람들이 모두 여자라는 이야기가 전해졌다.

이후 그 나라에 간 사람이 아무도 없느냐고 물으니 간 사람은 많으나 돌아온 사람은 한 명도 없다는 대답이 돌아왔다. 원주민들은 그곳은 남자들이 발을 들여서는 안 되는 곳이라고 확신하는 듯했다.

친구들에게 이 이야기를 들려주자 코웃음을 쳤다. 나 역시 그랬다. 나는 그 전설이 원주민들의 망상 속에서 탄생했을 것이라고 단정하고 있었다.

그런데 탐험대가 탐험을 마치고 집으로 향하기로 한 바로 전날 우리는 가장 먼 지점에 도달했고, 그곳에서 기적처럼 놀라운 사실을 발견했다.

탐험대는 큰 강줄기, 혹은 우리가 큰 강줄기라고 생각한 곳으로 이어지는 모래톱에 짐을 풀었다. 그곳의 강물은 우리가 지난 몇 주 동안 본 강물처럼 탁한 색깔이었고 맛도 다르지 않았다.

나는 우리가 마지막으로 고용한 몸이 민첩하고 반짝거리는 눈을 가진 다소 젠체하는 사내에게 그 강에 대한 말을 꺼냈다.

그는 '저 건너편에 길이는 짧지만 맛이 달콤하고 붉고 푸른색을 띠는 강'이 있다며 내게 또 다른 강의 존재를 언급했다.

그 말에 흥미가 동한 나는 내가 제대로 알아들었는지 궁금한 나머지 지니고 있던 빨간 연필과 파란 연필을 꺼내 그에게 보여주며 다시 물었다.

그는 맞다며 그 강을 가리키더니 다시 남서쪽을 가리켰다. "강 있어. 빨갛고 파랗고 맛있는 물."

옆에 있던 테리도 그 사내가 가리키는 곳에 흥미가 생긴 듯했다.

"밴, 무슨 말이야?"

내가 알아들은 대로 들려주자 테리는 단번에 흥분했다.

"얼마나 먼지 한번 물어봐."

짧은 여정이라는 사내의 말에 난 두세 시간 정도 걸릴 거라고 판단했다.

테리가 재촉했다. "가자, 우리 셋이서만. 뭔가 대단한 걸 찾을 수 있을지도 몰라. 물속에 주사*가 있을 수도 있어."

"쪽빛 물감일지도 몰라." 제프가 느긋한 미소를 지으며 말했다.

아직 이른 아침이었고 우리는 막 아침을 먹은 상태였다. 우리는 밤이 되기 전에 돌아오겠다는 말을 남기고 서둘러 야영지를 떠났다. 빈손으로 돌아오더라도 귀가 얇다는 소리는 들리지 않기를, 작지만 멋진 발견을 하게 되기를 비밀스럽게 바라면서.

* 안료용으로 쓰이는 적색 황화수은.

여정은 두 시간 이상, 거의 세 시간이 걸렸다. 원주민 혼자라면 아마 시간이 훨씬 덜 걸렸을 것이다. 숲과 강과 늪지가 마구 얽혀 있는 탓에 우리끼리 왔다면 길도 찾지 못할 뻔했다. 어쨌든 우리에겐 길잡이가 한 명 있었고, 나는 테리가 나침반을 이용해서 공책에 방향을 표시하고 지형물들을 그려 넣느라 애를 쓰는 모습을 지켜보았다.

잠시 후 우리는 습지처럼 보이는 호수에 도착했는데 어찌나 광활한지 호수 주변을 병풍처럼 두르고 있는 숲이 키가 작고 흐릿해 보일 지경이었다. 길잡이는 호수에서 우리 야영지까지 배를 타고 갈 수는 있겠지만 한나절은 걸릴 거라고 말했다.

호수 물은 우리가 떠나온 강물보다는 맑아 보였지만 가장자리만 봐서는 가늠하기 어려웠다. 우리는 호수를 따라 반 시간 정도 더 이동했는데, 앞으로 나아갈수록 땅이 점차 단단해지더니 나무가 우거진 절벽의 모퉁이를 돌자 이내 풍경이 사뭇 다른 세상, 경사가 가파르고 헐벗은 산들이 눈앞에 펼쳐졌다.

풍경을 유심히 살피던 테리가 말했다. "동쪽으로 뻗어 있는 절벽 중 하나인 것 같군. 아마 산맥에서 수백 킬로미터는 떨어져 있을 거야. 저런 식으로 불쑥 튀어나온 곳들이 있지."

이내 우리는 호수를 떠나 곧장 절벽으로 향했다. 절벽 근처에 다다르기도 전에 물 흐르는 소리가 들렸고, 길잡이는 뿌듯하다는 듯이 강을 가리켰다.

짧은 강이었다. 낭떠러지 정면에 보이는 틈새에서 좁은 폭포처럼 수

직으로 낙하하는 물이 보였다. 물맛은 달콤했다. 길잡이가 허겁지겁 물을 들이켰고, 우리도 그랬다.

"눈 녹은 물이야. 먼 산속에서 흘러나온 물이 분명해." 테리가 단언했다.

빨갛고 파랗다던 물은 초록빛을 띠고 있었다. 그런데도 길잡이는 놀라는 기색이 전혀 없었다. 그는 잠시 살피더니 가장자리에 붉은 기와 푸른 기가 감도는 잔잔한 웅덩이를 보여주었다.

테리는 돋보기를 꺼내더니 웅크리고 앉아서 물을 살펴보았다.

"화학물질인 것 같은데 지금 당장 뭐라고 단정 짓긴 힘들어. 내가 보기엔 염료 같아. 폭포 쪽으로 좀 더 가까이 가보자." 그가 재촉했다.

우리는 힘들게 기어서 가파른 기슭을 올라 폭포 아래 물거품이 일고 있는 웅덩이 쪽으로 다가갔다. 거기서 웅덩이의 경계면을 관찰한 우리는 한눈에 알 수 있는 색깔의 흔적을 발견했다. 게다가 제프는 예상 밖의 전리품까지 수확했다.

제프가 발견한 건 올이 풀린 긴 천으로 낡은 천 조각에 불과했다. 하지만 정교하게 짠 데다 무늬가 있었고 선명한 진홍색이었는데 물속에서도 전혀 색이 빠지지 않았다. 이런 천을 생산하는 원주민 부족이 있다는 말을 우리는 들어본 적이 없었다.

흥분한 우리 모습을 본 길잡이는 만족스러운 표정으로 기슭에 담담하게 서 있었다.

"어느 날은 파랗고, 어느 날은 빨갛고, 또 어느 날은 초록색을 띱니다요." 말을 마친 길잡이가 자신의 주머니에서 또 다른 밝은색 천을 꺼냈다.

그가 폭포를 가리키며 말했다. “저 위에 있는 여인국에서 내려온 거요.”

그 말을 들은 우리는 흥미가 솟구쳤다. 우리는 거기서 쉬면서 점심을 먹고는 좀 더 많은 정보를 얻기 위해 길잡이를 다그쳤다. 하지만 그가 우리에게 한 말은 그곳은 남자는 아예 없는 곳, 아이들도 여아밖에 없는 여인천하라면서 남자들은 발붙일 수 없는 위험한 곳이자 몇몇 사람들이 갔지만 결코 돌아오지 못한 곳이라는 게 다였고, 귀 기울일 만한 새로운 정보는 없었다.

그 말을 들은 테리가 뭔가 결심한 듯한 표정을 지었다. 남자들은 발붙일 수 없는 곳이라고? 위험한 곳이라고? 그는 당장 폭포를 타고 오를 기세였다. 하지만 길잡이는 저 가파른 낭떠러지를 올라갈 방법이 있다 해도 자신은 절대 가지 않을 거라고 했고, 우리 역시 어두워지기 전에 일행과 합류해야 했다.

“우리가 설득한다면 탐험대가 좀 더 머물 수 있을지 몰라.” 내가 말했다.

테리가 발걸음을 멈추고 말했다. “이봐, 친구들, 이건 우리 일이야. 저 거만하기 짝이 없는 샌님들에게는 입도 벙긋하지 말자고. 일단 그 작자들과 집으로 돌아갔다가 우리끼리 다시 오면 어때? 우리끼리 탐험을 하는 거지.”

우리는 감동한 표정으로 그를 바라보았다. 전사의 기질을 지닌 여자들이 사는 미지의 나라를 탐험한다는 사실은 젊은 총각들을 매료시키기에 충분했다.

물론 우리가 그 이야기를 믿는 건 아니지만 그래도 혹시 모를 일 아닌가!

난 그 해진 천 조각을 유심히 관찰하며 말했다. "이곳 현지 부족들이 이런 천을 만들었을 리는 만무해. 저 위 어딘가에 사는 사람들이 우리처럼 실을 자아 천을 짜고 염색을 했을 거야."

"그렇다면 대단한 문명이 존재한다는 건데. 그런 곳이 지금까지 알려지지 않았다는 건 말도 안 돼."

"글쎄, 모르지. 피레네 산맥 근처에 있는 오래된 공화국이 뭐였지? 안도라던가? 그곳을 아는 사람은 극소수야. 천 년 동안 다른 곳과 교류가 없었거든. 작지만 멋진 공화국 몬테네그로도 그렇다네. 이런 거대한 산맥이라면 몬테네그로 같은 나라가 열 곳도 넘게 있을 수 있겠는걸." 우리는 야영지로 돌아가는 내내 열띤 토론을 벌였고, 집으로 돌아가는 배에서도 비밀리에 조심스럽게 이야기를 나눴다. 그 이후, 우리는 테리가 탐험 준비를 하는 동안에도 우리끼리 논쟁을 벌였다.

테리는 이 일에 열성적이었다. 그가 그렇게 돈이 많은 건 우리로서는 다행이었다. 그렇지 않았다면 탐험에 나서기 위해 몇 년 동안이나 여기저기 통사정을 해가며 홍보를 했을 테고, 결국 이 사업은 언론의 먹잇감이 되거나 호사가들의 안줏거리로 전락했을 것이다.

하지만 테리 니컬슨은 언론 사교란의 주목을 피하면서도 너끈히 자신의 증기 요트를 손질한 후 그 안에 특별 제작된 대형 모터보트와 '분해'한 복엽비행기를 실을 수 있는 사람이었다.

우리는 식량과 응급의약품 등 온갖 종류의 물품을 준비했다. 탐험 준비에는 테리의 이전 경험이 큰 도움이 되었다. 우리가 준비한 장비는 부피는 작았지만 실로 완벽했다.

우리는 요트를 가장 가깝고도 안전한 항구에 정박시킨 후 동행한 조종사 한 명과 우리 셋이서만 모터보트로 끝없이 긴 강을 거슬러 올라가기로 했다. 그리고 전에 일행과 마지막으로 정박했던 지점에 도착하면 조종사를 내려준 후 우리끼리 맑은 물을 따라가며 수색에 나서기로 했다.

우리는 예전에 봐뒀던 넓고 얕은 호수에 모터보트를 정박할 예정이었다. 모터보트에는 얇지만 튼튼하고 조개처럼 꽉 닫히는, 마치 맞춘 갑옷 같은 덮개가 달려 있었다.

"원주민들이 저걸 열고 들어갈 수는 없을걸. 부수지도 못할 거고, 움직이지도 못할 거야. 우리는 비행기를 타고 호수에서 출발할 거야. 보트는 돌아올 기지로 삼기로 하지." 테리가 뿌듯한 듯 말했다.

"돌아온다면 말이지." 내가 쾌활하게 말했다.

"여자들이 널 잡아먹기라도 할까봐 겁먹은 거냐?" 테리가 비웃었다.

제프가 느릿느릿 말했다. "그곳 여자들에 대해 별로 아는 게 없잖아. 독화살 같은 걸 가진 남자들 무리가 있을 수도 있다구."

"가기 싫으면 안 가도 돼." 테리가 무심한 말투로 말했다.

"안 가도 된다고? 내 앞길을 막으려면 법원의 중지 명령을 받아 와야 할걸." 제프와 나 둘 다 그 점을 분명히 했다.

그 긴 여정 내내 우리는 갑론을박했다.

항해야말로 논쟁을 벌이기에 더없이 좋은 조건이었다. 이젠 엿듣는 사람도 없으니 우리는 갑판 의자에서 뒹굴거리며 끊임없이 얘기를 나눴다. 사실 얘기 말고는 할 일이 없기도 했다. 확실한 게 아무것도 없다 보니 우리의 논의 범위는 계속 넓어질 수밖에 없었다.

"서류는 요트를 정박한 곳의 영사에게 맡기는 게 좋겠어. 우리가 만약 한 달이 넘도록 돌아오지 않는다면 구조대를 보낼 수 있게 말이야." 테리가 계획을 짰다.

내가 말했다. "토벌대인 셈이군. 여자들이 우리를 잡아먹는다면 복수를 하겠다는 거야."

"우리가 마지막으로 정박한 곳을 구조대가 쉽게 찾을 수 있을 거야. 내가 그 호수며 절벽이며 폭포가 어디 있는지 다 정리해뒀어."

"좋아. 그런데 구조대가 어떻게 저 위로 올라가지?" 제프가 물었다.

"물론 우리처럼 가면 돼. 세 명의 귀중한 미국 시민이 저 위에서 실종됐다면 구조대는 어떻게든 찾으러 올 거야. 저 아름다운 땅의 빛나는 매력은 차치하더라도 말이지. 저 땅을 '페미니지아(Feminisia)'라고 부르면 어때?" 테리가 갑자기 말을 멈췄다.

"네 말이 맞아, 테리. 이 이야기가 알려지기라도 하면 이 강은 탐험대로 가득 찰 테고 비행기들이 모기떼처럼 몰려들 거야. 황색 언론에 알리지 않다니, 우리가 큰 실수를 했어. '구해줘요!' 얼마나 멋진 제목이야!" 이런 생각을 하니 나는 웃음이 났다.

테리가 정색을 하고 말했다. "무슨 소리야! 이건 우리들만의 파티야.

우리끼리 거길 찾아낼 거라고."

"그곳을 찾아낸다면 자넨 뭘 할 건데?" 제프가 부드럽게 물었다.

제프는 온순한 영혼의 소유자였다. 아마도 제프는 만약 그런 나라가 존재한다면 장미꽃과 아이들, 카나리아와 온갖 단정하고 깔끔한 것들로 꽉 차 있을 거라고 생각하는 듯했다.

반면에 테리는 말은 안 하지만 여자들로 꽉 찬 여름 휴양지에서 즐기는 자신의 모습을 상상하는 게 틀림없었다. 뭐, 테리는 주변에 다른 남자들이 있을 때조차 항상 여자들 사이에서 인기 만점이었으니 그런 즐거운 꿈을 꾸는 것도 무리가 아니었다. 뱃전에 누워서 자신의 멋진 콧수염을 만지작거리며 길고 푸른 파도가 지나가는 걸 바라보는 테리의 눈빛 속에서 나는 그의 생각을 충분히 읽을 수 있었다.

그때 나는 앞으로 무슨 일이 닥칠지 다른 친구들에 비해 내가 훨씬 더 잘 알고 있다고 생각했다.

내가 주장했다. "자네들이 모르고 있는 게 있어. 만약 그런 곳이 정말 존재한다면, 그러니까 일단 그런 곳이 존재한다고 믿을 근거가 있다면 말이지, 그곳은 아마 모계 중심 원칙하에 세워진 사회일 거야. 남자들은 따로 모여서 생활할 테고, 여자 집단보다는 사회적으로 덜 발달했을 거야. 아마 결혼 방문처럼 연례 방문을 하겠지. 이런 사회는 이미 존재한 적이 있다고 알려져 있어. 여기는 다만 지금까지 그런 사회가 남아 있는 사례인 셈이지. 유달리 고립된 골짜기나 저 위 어딘가에 있는 고원에서 여자들이 그런 원시적인 풍습을 유지한 채 살아온 거야. 그게 전부라

네."

"그렇다면 남자아이들은?" 제프가 물었다.

"대여섯 살이 되자마자 남자들이 데려가겠지."

"우리 길잡이들이 한결같이 이런 위험한 이론을 믿고 있었던 건 어떻게 생각해?"

"테리, 충분히 위험해. 우린 정말 조심해야 한다구. 그 정도 문명사회의 여자들이라면 자기 자신 정도는 충분히 방어할 수 있을 테고, 불청객들을 반가워할 까닭이 없거든."

우리 얘기는 끝이 없었다.

사회학 지식이 훨씬 많은 나였지만 무지한 걸로 따지자면 친구들과 오십보백보였다.

실제로 나중에 우리가 알게 된 사실들을 생각해보면 여자들의 나라에 대해 우리가 확실하다고 생각했던 것들은 우습기 짝이 없다. 스스로에게, 그리고 서로에게 이 모든 게 근거 없는 짐작일 뿐이라고 말해봐야 아무 소용없었다. 바다를 항해하고 강을 지나는 동안 할 일이 없었던 우리는 계속 추측만 할 뿐이었다.

"불가능성을 인정하더라도 말이야," 우리는 진지하게 다시 논의를 시작했다.

"여자들은 서로 싸우기 바쁠 거야. 여자들이 원래 그렇잖아. 질서나 체계 같은 건 아예 없을걸." 테리가 주장했다.

제프가 받아쳤다. "완전히 틀린 생각일세. 수녀원장이 운영하는 수녀원 같을 거야. 평화롭고 조화로운 자매애가 넘치는 세상 말이야."

나는 이 말에 조롱을 담은 코웃음을 쳤다.

"수녀라고! 제프, 네가 말하는 평화가 넘치는 자매애는 순종 서약을 한 순결한 여자들 사이에나 존재하는 거야. 저기에는 그냥 여자, 엄마들이 있을 뿐이야. 모성애가 있는 곳에는 자매애 같은 건 없어."

테리가 맞장구를 쳤다. "그렇고말고. 아마 다툼이 끊이지 않을걸. 발명이나 발전은 전혀 없을 거고. 원시 상태에서 전혀 벗어나지 못했을 걸세."

"그럼 방직공장은 뭘까?" 제프가 말했다.

"아, 천 말인가? 여자들은 늘 실을 짰어. 그뿐이야. 곧 알게 되겠지."

우리는 순진하게도 따뜻한 환영을 받을 거라고 생각하는 테리를 놀렸지만 그는 자신의 생각을 바꾸지 않았다.

테리가 주장했다. "난 일단 그곳 여자들과 친해진 다음 서로가 싸우도록 이간질할 거야. 그럼 내가 눈 깜짝할 사이에 왕위에 오르겠지. 휴우! 솔로몬 왕이라도 자리를 내놓아야 할걸!"

"그럼 우리는 어떻게 되는 건가? 고관 자리라도 꿰차게 되는 건가?" 내가 물었다.

테리가 진중하게 말했다. "그런 위험을 감수할 수는 없지. 너희들이 혁명을 일으키려고 할 테니까. 아니, 너희는 참수형을 당하거나, 활에 맞아 죽거나, 뭐 그곳에서 가장 흔한 방식으로 처형되겠지."

제프가 싱긋 웃었다. "네가 직접 해야 할걸. 건장한 흑인 노예도, 백인 노예도 없을 테니! 게다가 우리는 둘인데 넌 하나군, 어떤가, 밴?"

제프와 테리는 생각이 너무나 달랐기에 나는 종종 그들을 화해시키느라 애를 써야 했다. 제프는 훌륭한 남부 여자와 같은 성격을 지녔을 거라며 그곳 여자들을 이상화했다. 그는 기사도 정신으로 무장했고, 풍부한 감성을 지니고 있었다. 선한 남자였으며, 행동은 언제나 생각과 일치했다.

생각과 행동이 일치하는 건 테리도 마찬가지였지만, 여자에 대한 그의 시각을 이상적이라고 말하긴 어려웠다. 나는 언제나 테리를 좋아했다. 남자다운 성격의 테리는 포용력이 넓고 용감했으며 영리했다. 하지만 우리 중 자신의 여동생을 테리에게 기꺼이 소개시킬 사람은 한 명도 없었던 것 같다. 팔이 안으로 굽는 우리가 보기에도 테리의 행동은 지나친 경우가 많았다. 물론 우리는 테리가 남자로서 어떤 삶을 살건 자신이 책임질 일이라며 더 이상 참견하지 않게 되긴 했지만 말이다.

아무튼 테리는 미래의 아내가 될 여자와 자신의 어머니, 친구들의 아름다운 친척을 제외하면 아름다운 여자들은 자신이 즐길 대상일 뿐이며 매력 없는 여자들은 고려할 일고의 가치도 없다고 여기는 듯했다.

그가 가진 이런 생각이 나는 때때로 매우 불쾌했다.

한편 난 제프에 대해서도 인내심을 유지하기가 어려웠다. 제프는 말하자면 여자에 대해 장밋빛 환상을 가지고 있었다. 물론 나는 과학적이고 중간자적인 입장을 고수했으며 여자라는 성이 가진 생리학적인 한계에 대해 훈계를 하곤 했다.

그 당시 우리 중에서 여자 문제에 대해 조금이라도 '앞선' 생각을 하는 사람은 한 명도 없었던 것이다.

우리는 농담을 하다가 논쟁을 하고, 추측을 하면서 지루한 여정을 계속한 끝에 마침내 전에 야영을 했던 장소에 다다랐다. 강을 발견하는 건 어렵지 않았다. 가장자리를 따라 천천히 이동한 우리는 어렵지 않게 강에 도달했으며 호수까지는 배를 타고 갈 수 있었다.

호수에 닿은 우리는 그 넓고 반짝이는 품 안으로 슬며시 미끄러져 들어갔다. 키가 큰 회색빛 절벽이 우리를 향해 다가오고 수직으로 물이 떨어지는 하얀 폭포가 뚜렷하게 눈에 들어오자 우리는 흥분되기 시작했다.

암벽을 둘러 가며 올라갈 만한 길을 찾아보자는 의견이 있었지만 곳곳에 늪지가 있는 정글 때문에 그 방법은 어려울 뿐 아니라 위험하기도 했다.

테리가 그 계획을 단칼에 묵살했다.

"말도 안 되는 소리야! 이미 결정했잖아. 그런 식이라면 아마 몇 달은 걸릴걸. 그 기간을 버틸 식량도 없는데. 그냥 운에 맡겨보는 거야. 무사히 돌아온다면 다행인 거고. 설사 그렇지 못하더라도 우리가 이 모험에서 첫 번째 실종자는 아니지. 우리 뒤를 쫓을 사람들도 많을 거야."

우리는 과학적 원리를 이용해 부피를 줄인 짐, 그러니까 카메라는 물론이고 망원경과 농축식품 등을 커다란 비행기에 다 실었다. 주머니에는 부피가 작은 필수품을 넣었고, 무슨 일이 생길지 모르니 당연히 총도 챙겼다.

우리는 일단 지형을 파악한 후 공책에 기록하기 위해 상류를 향해 나아갔다.

나무가 빽빽한 숲의 암녹색 강 밖에 서 있는 절벽은 매우 높고 가팔랐다. 절벽은 멀리 떨어진, 접근이 불가능한 눈 덮인 봉우리까지 이어져 있는 것 같았다.

"처음 움직일 땐 일단 지리를 염두에 두자고. 지형을 살핀 다음 다시 이리로 돌아와서 연료를 채우기로 하자. 이렇게 엄청난 속도라면 저 산까지 갔다가 다시 돌아올 수 있을 거야. 그리고 혹시 구조대가 필요할 수도 있으니까 지도를 비행기에 두기로 하자." 내가 이렇게 제안했다.

테리가 동의했다. "좋은 생각이야. 여인국에서 왕위에 오르는 건 기꺼이 하루 더 미루기로 하지."

그리하여 주변 땅을 둘러보는 긴 여정을 시작한 우리는 일단 가까운 절벽 끝을 돌아 삼각형 모양을 한 절벽의 단면을 따라 최대 속도로 올라갔고, 더 높은 산들이 있는 지대를 가로지른 후 달빛을 받으며 다시 호수로 돌아왔다.

"아주 작은 왕국은 아니군." 대강 지형을 그린 후 크기를 파악한 우리는 모두 이 생각에 동의했다. 우리는 비행속도로 지형의 크기를 상당히 정확하게 가늠할 수 있었다. 우리가 본 단면들과 뒤쪽 끝에 있는 얼음 덮인 산등성이로 미루어 짐작건대 제프의 말대로 "저런 곳까지 들어갈 정도라면 상당히 진취적인 원주민"임에 분명했다.

당연히 우리는 눈에 불을 켜고 그 땅을 살펴보긴 했지만 많은 걸 보기엔 고도가 너무 높았고 속도도 너무 빨랐다. 가장자리는 숲이 잘 가꿔져 있는 것 같았고 안쪽에는 넓은 평지가 있었으며 어디든 공원처럼 보이는 초원과 탁 트인 공간이 있었다.

나는 물론 도시도 봤다고 주장했다. 그곳은 다른 국가들, 그러니까 여느 문명국과 다를 바 없어 보였다.

장시간 비행을 했으니 눈을 좀 붙여야 했지만 다음 날 꽤 이른 시간에 일어난 우리는 나무가 우거진 곳까지 부드럽게 고도를 높여 날아올랐고 기쁘게도 광활하고 아름다운 땅을 볼 수 있었다.

"아열대 기후로군. 정말 좋은 기후 같아. 조금만 올라가도 기온이 이렇게 달라지다니 놀랍군." 숲을 살펴보던 테리가 말했다.

"조금만 올라갔다고? 지금 이게 조금만 올라간 거냐?" 내가 물었다. 계기판은 현재 고도를 정확히 보여주고 있었다. 우리는 해안에서부터 얼마나 오랫동안 고도를 서서히 높였는지 제대로 모르고 있었던 것이다.

"대단히 축복받은 땅이로군. 이제 풍경 감상은 됐고, 사람들을 만나러 가볼까." 테리가 말했다.

이에 우리는 고도를 낮췄고 땅을 사등분한 후 앞뒤로 가로지르며 살펴보았다. 우리가 그때 기록한 게 얼마나 되고 나중에 우리가 얻은 지식으로 보완한 부분은 얼마나 되는지 모르겠지만, 어쨌든 그토록 흥분한 날이었음에도 땅에서 눈을 뗄 수가 없었다. 우리가 본 건 완벽하게 경작된 땅으로, 숲에도 사람의 손길이 닿은 듯했다. 이곳은 땅 전체가 큰 공원, 아니, 거대한 정원처럼 보였다.

"소는 한 마리도 안 보이네." 내가 말했지만 테리는 아무 말도 없었다. 우리는 마을로 향했다.

솔직히 말하자면 우리는 깨끗하고 잘 포장된 도로와 매력적인 건축물, 잘 정돈된 아담한 마을에는 별 관심을 두지 않았다. 우리는 망원경을 꺼냈다. 테리조차 비행기가 나선형으로 활공하도록 기계를 맞춰놓은 채 자신의 눈을 망원경에 갖다 댔다.

여자들이 우리 비행기의 프로펠러 소리를 들었다. 집에서, 들판에서 뛰어나온 여자들이 한곳에 모였다. 그들의 몸놀림은 가벼웠고 달리는 모습은 날렵했다. 우리는 그들의 모습을 바라보느라 레버를 너무 늦게 잡은 나머지 하마터면 날아오를 타이밍을 놓칠 뻔했다. 우리는 비행기가 고도를 높이는 동안 한참이나 침묵을 지켰다.

이윽고 테리가 말했다. "어이쿠!"

"여자들하고 아이들밖에 없었어." 제프가 흥분해서 말했다.

"그런데 그 사람들은 마치… 이건 그냥 문명국이야. 남자들도 분명히 있을 거야." 내가 주장했다.

"당연히 남자들도 있지. 가보자. 남자들을 찾아보자구." 테리가 말했다.

테리는 비행기를 떠나는 위험을 감수하기 전에 이 나라를 좀 더 살펴봐야 한다는 제프의 제안은 들은 척도 하지 않았다.

"우리가 지나온 곳에 착륙할 만한 적당한 곳이 있어." 테리가 제안한 그곳은 호수가 내려다보이고 마을에서는 보이지 않는 넓고 평평한 바위로, 착륙하기에는 안성맞춤이었다.

우리가 온 힘을 다해 좀 더 안전한 곳에 발을 디디고 애쓰는 동안 테리가 장담했다. "여자들이 비행기를 찾아내려면 시간 좀 걸릴 거야. 이봐, 친구들, 무리 중에 괜찮은 여자들도 좀 있어."

물론 그건 현명치 못한 행동이었다.

비행기에서 내려 땅을 딛기 전에 이 나라를 좀 더 철저히 파악하는 게 최선책이었다는 사실을 우리는 한참 후에야 깨달았다. 하지만 우리는 패기 넘치는 세 명의 젊은이였다. 그런 곳이 있을까 믿지 못하면서도 일 년도 넘게 이 나라에 대해 얘기를 나눠왔는데, 이제 진짜 그 나라에 발을 들여놓은 것이었다.

이곳은 안전하며 문명이 충분히 발달한 곳 같았다. 위를 쳐다보는 수많은 여자들의 얼굴이—개중에는 겁에 질린 얼굴도 있었지만—대단히 아름답다는 데에 우리는 뜻을 같이했다.

테리가 앞으로 가며 외쳤다. "빨리 와! 빨리 가자구! 여자들의 나라로!"

2

무모한 전진

우리가 착륙한 바위에서 저 마지막의 마을까지의 거리는 15킬로미터에서 25킬로미터가 채 되지 않을 것 같았다. 우리는 기분이 잔뜩 부푼 와중에도 숲을 통해 조심해서 이동하는 게 현명하겠다고 생각했다.

테리조차 분명히 남자들이 있을 거라는 굳은 확신 때문인지 열정을 억누르고 있었으며 모두가 각자 충분한 양의 실탄을 소지하고 있었다.

"제프 말대로 모계 중심 사회 뭐 그런 곳이어서 남자들 수가 적을 수도 있고, 아니면 어딘가에 숨어 있을지도 몰라. 남자들은 저기 보이는 산속에 살면서 여자들만 이곳에 살도록 하는지도 모르고. 말하자면 국가가 관리하는 일종의 하렘인 셈이지! 어쨌든 어딘가에 남자들이 있을 거야. 자네들, 아이들을 보지 못했어?"

사람들을 구분할 수 있을 만큼 거리가 가까워지자 크고 작은 아이들이 도처에서 눈에 띄었다. 성인의 경우 옷차림만으로 성별을 확실히 구별하기 어려웠는데, 그럼에도 남자라는 확신이 드는 사람은 한 명도 없었다.

"나는 언제나 '신을 믿어라, 그러나 우선 낙타는 묶어둬라'라는 아랍 속담을 좋아했지." 제프가 중얼거렸다. 우리는 모두 무기를 손에 든 채 숲속으로 조심스럽게 움직였다. 우리가 나아가는 동안 테리는 숲을 살폈다.

테리가 들뜬 마음을 누른 채 작은 소리로 외쳤다. "문명 얘기가 나와서 말인데, 난 독일에서조차 이렇게 잘 가꿔진 숲을 본 적이 없어. 봐봐, 죽은 가지가 하나도 없어. 넝쿨들도 잘 가꾸어져 있고. 그리고 여기 좀 봐." 테리가 걸음을 멈추고 주변을 둘러보더니 제프를 불러 주위의 온갖 종류의 나무들을 보게 했다.

내가 표시석 역할을 맡아 자리를 지키는 동안 다른 친구들은 양 갈래로 흩어져 잠깐 주위를 둘러보고 왔다.

"대부분이 유실수로군. 나머지는 멋진 활엽수고. 이게 숲이라고? 말도 안 돼. 여긴 채소 농장이야!"

"식물학자가 옆에 있으니 좋군. 약용식물이 없는 건 확실해? 관상수는?" 내가 응수했다.

사실 그들 말이 맞았다. 이 우뚝 솟은 나무들은 마치 수많은 양배추처럼 세심하게 관리되고 있었다. 다른 때라면 아마 이 숲은 미모의 수목관리인들과 과일을 따는 이들로 붐볐을 것이다. 하지만 비행기는 시끄러울 뿐 아니라 사람들의 이목을 집중시키는 물체였으며 여자들은 조심스러웠다.

우리가 숲을 지나면서 본 건 새들뿐이었다. 생김새가 화려한 새들도 있었고, 노랫소리가 아름다운 새들도 있었는데, 너무나 잘 길들여진 새들의 있는 모습이 문명에 대한 우리 생각과는 완전히 동떨어져 있는 것처럼 보였다. 적어도, 가끔 마주치는 숲속의 작은 공터에서 맑은 분수대 옆으로 드리워진 나무 그늘 안에 놓인 돌을 깎아 만든 의자와 테이블, 물이 얕은 새 물통을 보기 전까지는 그랬다.

테리가 말했다. "사람들이 새는 죽이지 않는데 고양이는 죽이는 것 같아. 여기 분명히 남자가 있을 거야. 잠깐!"

무슨 소리가 들렸다. 적어도 새 노랫소리는 아니고, 소리를 삼킨 웃음소리 같았다. 작지만 즐거움이 가득한 웃음소리가 이내 잠잠해졌다. 우리는 죽은 듯 멈췄다가 재빠르고 조심스럽게 망원경으로 주변을 살폈다.

"먼 곳일 리가 없어. 혹시 이 큰 나무 위에?" 테리가 신나서 말했다.

우리가 막 들어선 빈터에는 크고 아름다운 나무가 한 그루 서 있었는데, 굵은 가지들이 너도밤나무나 소나무처럼 활짝 펼친 부채 모양으로 넓게 늘어져 있었다. 나무는 아래에서 5미터 정도 되는 높이까지 잘 다듬어져 있었다. 그곳에 서 있는 나무 모양은 마치 거대한 우산 같았으며 그 아래에는 의자들이 빙 둘러 놓여 있었다.

테리가 말을 이었다. "봐봐, 낮은 그루터기들이 있어서 나무를 타고 오르기 쉽겠어. 분명히 저 나무 위에 누군가가 있을 거야."

우리는 조심스럽게 가까이 다가갔다.

"눈에 독화살을 맞을 수도 있어, 조심해," 내가 말했지만 테리는 아랑

곳하지 않고 앞으로 가더니 의자 등받이로 냉큼 뛰어오르면서 나무 몸통을 잡았다. "심장에 맞을 가능성이 훨씬 커. 이런, 친구들, 봐봐!"

우리는 가까이 몰려가서 위를 쳐다보았다. 머리 위에 있는 나뭇가지 사이에 무언가가 하나 있었다. 아니, 하나보다 더 많은 그것은 처음에는 커다란 나무 몸통에 미동도 없이 매달려 있더니 우리가 나무에 오르기 시작하자 세 개의 형체로 나뉜 후 날렵하게 위쪽으로 달아났다. 우리가 나무에 오르자 그들이 우리 위로 흩어지는 모습이 보였다. 우리 세 남자가 더 이상 오르기 힘든 지점에 간신히 도달했을 때 그들은 나무 몸통에서 바깥쪽 줄기로 이동했고, 자신들의 체중 때문에 위아래로 출렁이는 긴 가지 위에서 중심을 잡고 서 있었다.

불안했던 우리는 오르기를 멈췄다. 만약 우리가 좀 더 움직이면 나뭇가지는 무게를 감당하지 못하고 부러질 게 뻔했다. 물론 가지를 흔들어서 그들을 떨어뜨릴 수도 있겠지만 우리 누구도 그럴 마음은 없었다.

빠르게 오르느라 숨이 찬 우리는 높은 나뭇가지 사이로 부드럽게 아른거리는 빛 속에서 우리가 쫓는 대상을 관찰하면서 잠시 쉬었다. 반면에 그들은 술래잡기를 하면서 즐겁게 뛰노는 아이들처럼 아무 두려움이 없어 보였고, 위태로운 자태로 횃대에 앉아 있는 크고 빛나는 새들마냥 나뭇가지에 앉아서는 솔직하고 호기심 넘치는 표정으로 우리를 응시하고 있었다. 제프는 큰 소리로 얘기하면 그들이 날아가버리기라도 할까봐 숨을 죽이고 속삭였다. "아가씨들!"

테리 역시 나지막한 목소리로 덧붙였다. "복숭아들! 아이고, 우리 이

뺨 복숭아들, 과즙 넘치는 살구들 같으니!"

소년들이 저렇게 빛나는 미모를 지녔을 리 없으니 물론 저들은 소녀임에 틀림없었지만 처음에 우리는 아무도 그 사실을 확신하지 못했다.

그들은 모자를 쓰지 않았으며 자연스레 늘어뜨린 짧은 머리칼에는 윤기가 흘렀고, 옷차림은 가벼우면서도 튼튼해 보였는데, 튜닉과 반바지 차림에 깔끔한 각반을 착용한 것 같았다. 그들은 앵무새처럼 명랑하면서도 온화하며 위험이라고는 전혀 모르는 표정으로 자신들을 응시하는 우리를 주시한 채 한껏 여유로운 자태로 나뭇가지를 흔들고 있었다. 이윽고 한 명이 웃음을 터뜨리자, 나머지도 명랑하게 웃기 시작했다.

이어서 부드러운 목소리로 수다가 이어졌다. 그들의 말은 원주민의 노래라고 하기에는 너무나 맑고 감미로우며 유려했다.

우리가 그들의 웃음에 다정하게 응대하면서 여자들을 향해 모자를 벗자 그들은 다시 명랑하게 웃었다.

그러자 이때다 싶었던 테리가 손짓, 발짓을 섞어가며 공손하게 말을 꺼내더니 손가락으로 가리켜가며 우리를 소개하기 시작했다. "제프 마그레이브 씨." 큰 나뭇가지 갈래에 선 제프가 최대한 우아한 동작으로 몸을 숙였다. "밴딕 제닝스 씨." 나 역시 몸을 숙이다가 하마터면 중심을 잃을 뻔했다.

이어서 테리가 멋진 가슴에 손을 얹고 자기소개를 했는데, 이런 때를 대비해 철저한 준비를 한 덕분인지 훌륭하게 마칠 수 있었다.

그들은 다시 즐겁다는 듯 웃었으며 나와 가장 가까이 있던 여자는 테리의 행동을 그대로 따라 하기도 했다.

"셀리스." 그녀가 파란색 옷을 입은 여자를 가리키며 분명하게 말했다. 장밋빛 옷을 입은 여자는 "알리마", 그리고 탄탄하면서도 섬세한 손을 자신의 금빛 초록 조끼에 얹으면서 인상적이었던 테리의 인사를 그대로 흉내 낸 그녀는 "엘라도어"였다. 분위기는 유쾌했지만 우리는 더 이상 다가갈 수 없었다.

"여기 이렇게 앉아서 말을 배우고 있을 수는 없어." 테리가 항변했다. 테리는 애교를 듬뿍 담아 우리 쪽으로 가까이 오라고 손짓했지만 그들은 명랑하게 고개를 저었다. 테리가 손짓으로 함께 내려가자고 제안했으나 여전히 즐거운 표정으로 고개를 저을 뿐이었다. 대신 엘라도어는 아주 단호하게, 우리 한 명 한 명을 가리키면서 내려가라는 뜻을 분명히 했다. 그리고 더 나아가 유연한 팔 한쪽을 휘익 돌렸는데 우리가 나무에서 내려가야 할 뿐 아니라 모두 여기를 떠나야 한다는 의미인 것 같았다. 그걸 본 우리는 고개를 저었다.

"미끼를 사용해야겠군. 너희들은 어떤지 모르겠지만 난 모든 게 준비되어 있지." 테리는 싱긋 웃더니 안주머니에서 조그마한 보라색 벨벳 상자를 꺼내 찰칵 열었다. 그리고 그 속에서 길고 반짝이는 물건을 꺼냈는데, 그건 각양각색의 커다란 보석이 박힌, 그 보석들이 진짜라면 백만 달러는 족히 나갈 법한 목걸이였다. 테리는 목걸이를 들어 올리더니 햇빛에 받아 반짝이도록 흔들어대면서 자신의 팔을 최대한 뻗어 가장 가까이 있는 여자부터 한 명 한 명에게 목걸이를 보여주었다. 그는 가지가 갈라지는 지점에 서서 한 손으로는 나무를 꽉 붙잡고, 다른 한 손으로는 자신이 가져온 눈부신 목걸이를 쥔 채 이리저리 흔들었다. 그는 가지 쪽으로 팔을 뻗었지만 아주 멀리 뻗지는 않았다.

여자 한 명이 마음이 바뀌었는지 주저하다가 같이 있는 여자들에게 말하는 모습이 내 눈에 띄었다. 그들은 차분하게 얘기를 나눴는데, 한 명은 분명히 경고를 하는 것 같았고 다른 한 명은 해보라는 듯 등을 떠밀고 있었다. 여자가 조용하게 천천히 다가왔다. 알리마였다. 그녀는 장신으로 팔다리가 길었으며 균형 잡힌 몸매는 강하고 민첩해 보였다. 크고 아름다운 두 눈에선 두려움도, 의심의 기색도 찾아볼 수 없었다. 그녀는 장신구에 혹한 소녀라기보다는 신나는 게임에 푹 빠진 소년 같았다.

다른 두 명은 좀 더 물러서더니 나무를 꽉 잡은 채 이 상황을 지켜보고 있었다. 테리의 미소는 흠잡을 곳 하나 없었지만 난 녀석의 눈빛에 드러난 표정이 마음에 들지 않았다. 그 표정은 먹잇감을 향해 돌진하려는 맹수 같았다. 떨어지는 목걸이, 돌연 움켜잡는 손, 테리가 잡아당기자 날카롭게 들리는 비명 소리… 이런 모습이 금방이라도 눈앞에 펼쳐질 것 같았다. 하지만 나의 상상은 현실이 되지 않았다. 그녀는 출렁대는 목걸이를 향해 살짝 오른손을 뻗었다. 테리가 목걸이를 안쪽으로 약간 당겼다. 그러자 그녀는 왼손으로 번개처럼 목걸이를 낚아채더니 나뭇가지 아래로 쏜살같이 내려갔다.

테리는 목걸이를 다시 빼앗으려 했지만 손은 허공을 갈랐고, 그는 균형을 잃고 떨어질 뻔했다. 그동안 생기 넘치는 세 여인은 번개 같은 속도로 눈앞에서 사라졌다. 그녀들은 큰 나뭇가지에서 아래쪽 가지로 옮겨 가며 유유히 나무에서 내려갔고, 우리 역시 최대한 빠르게 그녀들을 쫓아갔다. 명랑한 웃음소리는 점차 멀어져갔고, 그들이 숲의 공터로 도망치는 모습이 우리 눈에 들어왔다. 그들을 뒤쫓는 건 들소를 뒤쫓는 것과 마찬가지였다. 결국 우리는 멈춰서 숨을 헐떡였다.

테리가 숨을 몰아쉬었다. "소용없어. 목걸이를 가지고 튀어버렸어. 제기랄! 이곳 남자들의 달리기 실력은 틀림없이 세계 최고일 거야!"

내가 단호하게 말했다. "이곳 주민들은 분명히 나무 위에서 생활할 거야. 문명국 사람들이 여전히 나무 위에서 살다니, 독특한 사람들이야."

제프가 항의했다. "테리, 넌 그런 식으로 굴지 말았어야 했어. 그 여자들 진짜 친절했는데, 우리한테 겁먹었잖아."

투덜대봐야 아무 소용없었다. 테리는 실수를 인정하려들지 않았다.

테리가 말했다. "웃기지 마. 이런 걸 기대했을걸. 여자들은 쫓기는 걸 좋아하는 법이거든. 자, 저 마을로 가자. 거기에 가면 찾을 수 있을 거야. 내 기억으로는 이쪽으로 갔어. 숲에서 멀지 않을 거야."

넓게 트인 곳 가장자리에 도착한 우리는 망원경으로 주위를 탐색했다. 6킬로미터쯤 떨어진 곳에 마을이 하나 있었는데, 제프가 조심스럽게 말한 것처럼 이곳 사람들이 죄다 분홍색 집에 사는 게 아니라면 그 마을이 우리가 찾는 마을일 거라고 우리는 결론지었다. 드넓은 초록색 들판과 잘 가꿔진 정원이 우리 발밑에 내리막으로 길게 펼쳐져 있었고,

여기저기에는 굽이굽이 잘 닦인 길이 있었으며 그 옆에는 좀 더 좁은 길들이 있었다.

별안간 제프가 소리쳤다. "저길 좀 봐! 여자들이 저기 간다!"

아니나 다를까 밝은색 형체 셋이 마을 가까이에 있는 드넓은 초원을 가로질러 재빠르게 달려가고 있었다.

"이 시간에 저렇게 멀리까지 갈 수 없어. 그 여자들일 리가 없다고." 내가 주장했다. 하지만 망원경으로 보니 적어도 옷차림은 우리가 나무 위에서 본 아리따운 세 여자들인 게 분명했다.

그들이 집들 사이로 사라질 때까지 테리도, 제프와 나도 눈을 떼지 않았다. 테리가 망원경을 내려놓고 우리를 향해 몸을 돌리더니 긴 한숨을 내쉬었다. "이런 제기랄! 정말 멋진 여자들이잖아! 저렇게 나무도 잘 타고, 달리기도 잘하고, 겁도 없다니. 이 나라는 나랑 정말 잘 맞겠어. 가보자."

"모험 없이 얻을 수 있는 건 없다." 내가 말하자 테리가 바꿔 말했다. "용감한 자만이 미인을 얻는다."

우리는 탁 트인 곳에서 씩씩하게 걸어가기 시작했다. "남자들이 있을지 모르니까 경계를 늦추면 안 돼." 내가 말했지만 제프는 이미 장밋빛 꿈에, 테리는 실질적인 계획을 짜는 일에 푹 빠진 듯했다.

"도로가 정말 완벽한데! 여긴 천국이야, 천국. 꽃들 좀 봐!"

매사에 열정적인 제프가 말했다. 우리 역시 제프의 의견에 한 치의 이견도 없었다.

아주 단단한 물질로 건설된 도로는 빗물이 고이지 않도록 살짝 경사져 있었으며 커브나 배수로 등이 유럽 최고의 도로 못지않았다. 테리가 코웃음 쳤다. "이래도 남자가 없어? 흥!" 도로 양쪽에 두 줄로 심긴 나무들이 보도에 그늘을 드리우고 있었다. 나무 사이의 덤불이나 넝쿨에는 과일들이 매달려 있었고, 간혹 벤치와 길가의 분수대가 보였다. 사방에는 꽃이 만발했다.

"이곳 여자들을 데려다가 미국에서 조경을 맡기면 좋겠군. 정말 잘 가꿨어." 내가 말했다. 우리는 분수대 옆에서 잠시 쉬면서 잘 익은 듯 보이는 과일을 따서 먹어보았다. 즐겁다는 듯 온갖 허세를 부리고 있었지만 우리는 눈앞에 펼쳐진 이들의 능력에 끊임없이 감동을 받고 있었다.

이곳 사람들은 고도로 숙련됐으며 효율적이고 마치 꽃집 주인이 값비싼 난초를 보살피듯 자신들의 나라를 가꾸고 있는 게 분명해 보였다. 오직 새들의 노랫소리만이 잔잔한 정적을 깨는 가운데 우리는 더없이 맑고 푸른 하늘 아래 끝없이 늘어선 나무들이 드리운 그늘 속으로 무탈하게 걸어갔다.

이내 우리가 향하는 마을이 기다란 산기슭 발치에 나타났다. 우리는 발걸음을 멈추고 그곳을 살폈다.

제프가 긴 숨을 내쉬며 말했다. "집들이 모여 있는 게 이렇게 사랑스러울 수 있다니 믿기지 않는데."

"건축가나 조경사가 굉장히 많은 게 분명해." 테리가 맞장구쳤다.

나 역시 크게 감탄했다. 캘리포니아 출신인 내게 내 고향보다 아름다운 곳은 없다. 그런데 그곳 마을은… 나는 제프처럼 예술을 사랑하는 사람이 아니었음에도 사람들이 자연에 저지른 만행을 보고 탄식을 내뱉은 적이 한두 번이 아니었다. 하지만 이곳은! 마을의 건물들은 대부분 연한 장밋빛 돌로 지어졌는데 사이사이에 선명한 하얀색 집들도 보였다. 푸른 숲과 정원 사이에 내려앉은 집들은 마치 줄이 끊어져 군데군데 흩어져 있는 산호빛 묵주알처럼 보였다.

"저 큰 흰색 건물은 공공기관이 분명해." 테리가 말했다.

"여긴 야만국이 아니야. 남자가 없을 리 없어. 이보게들, 최대한 공손하게 앞으로 나아가는 것이야말로 우리의 의무라네."

그 마을의 생김새는 정말 특이했는데, 다가갈수록 인상적이었다. "박람회장 같은데." "현실이라고 하기엔 너무 아름다워." "궁전이 정말 많군. 일반 주택은 대체 어디 있는 거지?" "아, 작은 건물도 많긴 한데…" 그곳은 지금까지 우리가 본 마을과는 딴판이었다.

제프가 문득 말했다. "티끌 하나 없군." 잠시 후 제프가 덧붙였다. "매연도 전혀 없고."

내가 말했다. "소음도 없어." 하지만 테리가 비웃었다. "우리 때문에 숨을 죽이고 있어서 그런 거야. 우리도 갈 때 조심하는 게 좋겠어."

그 무엇도 테리를 멈출 수 없었다. 우리 역시 발걸음을 옮겼다.

모든 게 아름다웠고 질서 정연했으며 티끌 하나 없이 깔끔하고, 무엇보다도 제집처럼 아늑했다. 마을 중심부가 가까워지자 집들 간 간격이 좁아졌고, 공원과 탁 트인 광장 사이 여기저기에 대궐 같은 건물들이 자리 잡고 있었는데 마치 적막한 초원 위에 서 있는 대학 건물 같았다.

모퉁이를 돌자 바닥이 포장된 널찍한 공간이 나왔는데 그곳에는 우리를 기다린 듯 여자들 한 무리가 질서 정연하게 밀착한 채 서 있었다.

순간 우리는 발걸음을 멈추고 뒤를 돌아봤다. 길 뒤에서는 다른 무리가 어깨를 맞대고 우리를 향해 걸어왔다. 달리 갈 곳이 없었기에 우리는 계속 걸었다. 이내 우리는 밀집한 수많은 여자들에게 둘러싸이는 신세가 되었다. 그런데…

그들의 외모는 젊지도 늙지도 않았으며 여자라는 관점에서 보자면 결코 아름답지 않았다. 하지만 그렇다고 포악한 것도 아니었다. 침착하면서도 진지하고 지혜로우며 전혀 두려움 없으면서 확신에 찬 얼굴 면면을 보고 있자니 아주 기이한 느낌이 들었다. 언제였던가… 그 느낌의 기원을 찾기 위해 기억을 거슬러 올라가다가 마침내 그 느낌의 정체를 깨달았다. 그건 어떤 일이 틀어졌을 때 느꼈던 절망감으로, 아주 어릴 때 내 짧은 다리로 아무리 뛰어봐야 학교에 늦을 수밖에 없다는 사실을 깨달았을 때 엄습해오던 바로 그 기분이었다.

제프도 나와 같은 기분이라는 걸 알 수 있었다. 우리는 우아한 숙녀의 저택에서 장난을 치다가 들킨 꼬마가 된 것 같았다. 하지만 테리는 그런 생각을 전혀 드러내지 않았다. 그는 이리저리 눈동자를 굴리며 여자들 숫자를 가늠하고 거리를 재면서 도망갈 기회를 엿보고 있었다. 우리 주위의 가까운 곳부터 먼 곳까지 사방의 모든 대열을 살핀 테리는 내게 소리를 낮추고 말했다. "확실한 건 다들 마흔은 넘겼겠어."

그렇다고 그들이 늙은 건 아니었다. 모두가 장밋빛 혈색에 곧은 자세였으며 가벼운 몸놀림으로 차분하게, 마치 권투 선수처럼 땅을 단단히 딛고 서 있었다. 그들은 무기를 들고 있지 않았다. 우리는 총을 가지고 있었지만 사용할 생각은 전혀 없었다.

테리가 다시 중얼거렸다. "내 고모뻘 되는 사람들을 쏘게 생겼군. 도대체 우리한테 뭘 바라는 거지? 굉장히 심각해 보이는데." 그런데 이렇게 심각한 상황에서도 테리는 자신이 가장 좋아하는 전술을 시험하기로 했다. 아닌 게 아니라 그는 전술로 무장하고 있었다.

환심을 사려는 듯 만면에 눈부신 미소를 띤 테리가 앞으로 나서더니 앞에 있는 여자들에게 허리를 굽혀 인사를 했다. 그러고는 또 다른 선물을 꺼내 들었다. 얇고 폭이 넓으며 부드러운 스카프는 색깔과 무늬가 풍부한 것이 내 눈에도 예뻐 보였다. 그는 이 무리의 대장으로 보이는 딱딱한 표정의 키 큰 여자에게 허리 굽혀 인사하면서 스카프를 내밀었다. 그녀는 승인의 뜻으로 우아하게 고개를 끄덕이며 선물을 받더니 뒤에 있는 여자들에게 건넸다.

테리는 이번에는 모조 다이아몬드가 반짝이는 왕관을 꺼냈는데, 지구상의 어떤 여자라도 매료될 만큼 아름다웠다. 그는 제프와 나를 자신의 회사 동료라며 간단하게 소개한 후 또다시 머리를 조아리면서 왕관을 내밀었다. 다시금 그의 선물은 받아들여졌고, 아까와 마찬가지로 곧 시야에서 사라졌다.

테리가 입속으로 웅얼거렸다. "저 여자들이 어렸으면 통했을 텐데.

이렇게 나이 든 대령들한테 도대체 무슨 말이 통하겠냐고."

우리는 무슨 논의나 예상을 할 때면 언제나 무의식적으로 여자들이 어릴 거라고 가정했다. 아마 모든 남자들이 그럴 것이라고 생각한다.

또한 추상적으로 '여자'는 젊고 매력적이라고 생각한다. 하지만 나이가 들수록 여자들은 그 단계를 지나고 대부분 한 남자의 소유가 되거나 남자들의 관심에서 멀어지게 된다. 그런데 이 멋진 여자들은 나이가 많아 보였지만 여전히 매력적이었다.

우리는 여자들 표정에 긴장감은 없는지 살폈으나 그런 기색은 전혀 없었다.

혹시 두려움은? 역시 없었다.

불안감이나 호기심도 없었고, 흥분한 기색도 없었다. 우리 눈에 그녀들은 대단히 침착해 보였다. 그들은 의사들로 구성된 자경단으로 우리가 이곳을 방문한 목적을 캐내려 하는 것 같았다.

여자들 중 여섯 명이 앞으로 나오더니 우리의 양옆에 한 명씩 섰고, 함께 가자는 신호를 보냈다. 일단 그들 뜻에 응하는 게 최선이라고 생각한 우리는 그들을 따라 걷기 시작했다. 여자들 일부가 우리 양 팔꿈치 옆에 섰고, 나머지는 사방을 에워쌌다.

우리 앞에 있는 대형 건물의 문이 열렸다. 세월의 연륜이 느껴지는 인상적인 외관을 지닌 건물로 벽은 굉장히 육중하고 두꺼웠으며 회색 돌로 지어진 게 다른 건물과는 확연히 달랐다.

테리가 다급하게 말했다. "이럴 수는 없어! 순순히 여기에 갇힐 수는 없다고. 모두 모여봐. 지금…"

우리는 걸음을 멈췄다. 그리고 큰 숲 방향을 가리키며 지금 당장 이곳을 떠나겠다는 뜻을 전했다.

무슨 짓을 저질렀는지 아는 지금 그때를 돌이켜보면 우리 셋은 그저 소년에 불과했다는 생각이 들어 절로 웃음이 난다. 우리는 경호원이나 방어수단 하나 없이 미지의 나라에 들어간 무모하고 무례한 소년이었던 것이다. 우리는 그곳에 남자가 있다면 싸우면 되고, 여자들뿐이라면 전혀 장애물이 되지 않을 거라고 생각했던 듯하다.

제프는 상냥하고 낭만적이긴 하지만 여자란 남자에게 의지할 수밖에 없는 존재라고 생각한다는 면에서 낡은 여성관을 지니고 있었다. 테리는 자신만의 확고한 이론을 가지고 있었는데, 그에 따르면 자고로 여자는 자신이 원하는 부류와 그렇지 않은 부류 두 종류만 존재했다. 호감과 비호감에 대한 그의 생각은 뚜렷했다. 여자들 대부분이 후자에 속하긴 했지만 무시하면 끝이었다. 그런 여자들은 테리의 안중에 없었다.

이곳에 모인 수많은 여자들은 이런 테리의 생각에는 전혀 관심이 없었다. 그들은 테리에 대한 자신들만의 확실한 목표를 가지고 있었고, 그 목표를 달성할 능력 역시 가지고 있었다.

우리 모두 그제야 머리를 굴리기 시작했다. 설사 가능하더라도 동행을 거부하는 건 현명하지 않아 보였다. 방법은 하나, 양쪽에서 문명화된 태도로 받아들여지는 친근함을 보여주는 것이었다.

하지만 막상 건물 안에서 이 단호한 여자들이 우리에게 무슨 짓을 할지 알 수 없었다. 우리는 비폭력적인 억류도 받아들일 수 없는데 감금을 당할지도 모르니 환장할 노릇이었다.

우리는 버티고 서서 탁 트인 곳이 좋다는 의사를 분명히 전하기 위해 애썼다. 한 여자가 우리 비행기를 그린 그림을 들고 앞으로 나오더니 손짓으로 자신들이 본 그 비행기를 타고 온 게 맞느냐고 물었다.

우리는 그렇다고 시인했다.

그들은 그림을 다시 가리키더니 들판의 여러 방향을 가리켰다. 우리는 비행기가 어디 있는지 모르는 척했다. 사실 어디 있는지 확실치 않기도 했던지라 우리는 대략 어디쯤 있는지 알려주었다.

출입문 가까이에 밀집한 그들은 직선 길을 만든 후 다시 우리에게 앞으로 가라는 신호를 보냈다. 그들은 우리의 사방을 견고하게 막고 있었다. 우리는 싸우거나 앞으로 갈 도리밖에 없었다.

우리는 머리를 맞대고 의논했다.

적잖이 당황한 테리가 말했다. "내 평생 여자들과 싸워본 적이 한 번도 없지만 저기 들어가는 일은 없을 거야. 무슨 외양간 같은 곳에 몰리듯 들어갈 수는 없어."

제프가 말했다. "물론 저들과 싸울 수는 없어. 표현할 수 없는 이상한 옷을 입고 있긴 하지만 다들 여자잖아. 친절하기도 해. 얼굴이 착해 보이고 강인할 뿐 아니라 분별력도 있어 보여. 안으로 들어가야 할 것 같아."

내가 그들에게 말했다. "들어가면 아마 빠져나오지 못할 거야. 강인하고 분별 있어 보인다고? 그래, 맞아. 그런데 착한지는 모르겠는걸. 저 얼굴들 좀 보라고!"

그들은 우리가 상의하는 걸 기다리면서 편한 자세로 서 있었지만 감시를 풀지는 않았다.

그들의 태도는 엄격한 훈련을 받은 병사들과는 거리가 멀었다. 강제로 동원된 것 같지도 않았다. '자경단' 같다는 테리의 표현은 아주 적절했다. 다부진 체격의 그들은 그저 공동의 필요나 위험에 대처하기 위해 급하게 모인 주민들로, 같은 목적을 위해 한뜻으로 움직이고 있었다.

나는 지금까지 어디에서도 이런 여자들을 만난 적이 없었다. 생선가게나 시장에서 일하는 여자라면 이들처럼 힘이 셀지도 모르겠다. 하지만 그 여자들은 행동이 거칠며 날렵하지도 않다. 반면에 이 여자들은 운동선수처럼 가벼우면서도 강했다. 이들처럼 지능이 높은 대학 교수나 교사, 작가 같은 여자들의 표정에서는 종종 불안감과 긴장감이 읽힌다. 반면이 이 여자들은 뛰어난 지성을 갖췄음에도 소처럼 여유가 넘쳤다.

결정적인 순간이 왔음을 직감한 우리는 상황을 면밀히 살폈다.

대장이 명령을 내린 후 우리에게 손짓을 했고 여자들이 포위망을 좁혀왔다.

테리가 말했다. "당장 결정해야 해."

"들어가는 데 한 표." 제프가 말했다. 하지만 한 표 차이로 밀린 제프는 충실하게 우리 뜻을 따르기로 했다. 우리는 간청까지는 아니지만 다급함을 담아 보내달라는 뜻을 전했지만 허사였다.

테리가 말했다. "애들아, 지금이야! 달아나자! 저들을 뚫지 못하면 내가 허공에 총을 쏠게."

그 순간 우리는 세 겹으로 둘러싼 런던 경찰의 저지선을 뚫고 의회로 진입하려는 여성 참정권 운동가들의 처지가 된 것 같았다.

이 여자들의 결속력은 대단했다. 소용없다는 걸 깨달은 테리가 여자들 손에서 빠져나온 틈을 타서 공중을 향해 자신의 리볼버 방아쇠를 당겼다. 그들이 권총을 잡자 테리는 다시 한 번 총을 쐈다. 순간 비명 소리가 들렸다.

여자 다섯이 순식간에 우리들의 팔과 다리, 머리를 잡았다. 우리는 사지를 붙잡힌 아이처럼 몸이 들린 채, 몸부림도 별 소용없이 속수무책으로 잡혀 들어갔다.

우리는 최선을 다해 남자답게 저항했지만 가장 여자다운 방식으로 안으로 잡혀 들어갔다.

그렇게 여자들에게 들려서 천장이 높고 내부가 빈 회색 홀 안으로 들어온 우리는 곧 사법부에서 한자리를 차지하고 있는 듯한 은발의 위엄 있는 여자 앞에 서게 됐다.

여자들이 잠깐 이야기를 주고받더니 별안간 젖은 천을 든 힘센 손이 우리의 입과 코를 막았다. 향기로운 냄새가 났다. 마취제였다.

3

이상한 감금

죽음처럼 깊은 잠에서 서서히 깨어난 나는 단잠에서 깬 건강한 아이처럼 생기를 되찾았다.

마치 깊고 따스한 바다 속에서 점차 위로 떠올라 햇살 가득한 허공 속으로 가까이 다가가는 느낌이 들었다. 아니면 뇌진탕을 겪은 후 의식이 돌아올 때의 느낌 같기도 했다. 예전에 매우 낯설고 험한 산악지방에 갔다가 말에서 떨어진 적이 있었는데, 그 당시 꿈의 장막이 걷히면서 의식이 되돌아온 경험이 아직도 선명하다. 처음에 나에 대해 얘기하는 사람들의 목소리가 희미하게 들리고, 이어서 거대한 산맥과 연결된 눈으로 덮인 빛나는 산봉우리들이 보이자 나는 이 경험 또한 지나갈 것이라고, 곧 집으로 향하게 될 거라고 생각했다.

이번에 깨어날 때의 경험 또한 그때와 정확히 일치했다. 잡힐 듯 말 듯한 환상의 소용돌이와 집의 기억, 증기선, 보트, 비행기와 숲의 기억들이 서서히 파도처럼 밀려가더니 마침내 하나씩 사라졌으며 눈을 뜨고 머리가 맑아짐과 동시에 무슨 일이 일어났는지 깨달았다.

가장 먼저 든 느낌은 몸이 아주 편하다는 사실이었다. 나는 더없이 완벽한 침대에 누워 있었다. 침대는 길고 널찍했으며 단단하면서도 부드럽고 평평했다. 따뜻하고 가벼운 누비담요는 최고급 리넨으로 제작된 것이었고, 침대보는 시각적인 즐거움을 선사했다. 시트는 30센티미터 정도 접혀 있었지만 다리를 쭉 뻗어도 발은 여전히 따뜻하게 덮여 있었다.

나는 흰 털처럼 가볍고 깨끗하다는 느낌을 받았다. 사지의 위치를 자각하고 생생한 생명의 감각이 심장부터 발끝까지 전달되는 데에는 어느 정도 시간이 걸렸다.

방은 컸고 층고가 높았으며 널찍했다. 여러 창문에 쳐진 블라인드 틈으로 부드러운 초록빛 공기가 스며들었다. 그 방은 비율 면에서도, 색상이나 간소함의 측면에서도 더없이 아름다웠다. 꽃이 만발한 바깥 정원에서 향기가 났다.

의식을 회복한 나는 완벽한 행복감을 느끼며 미동 없이 누워 있었지만 무슨 일이 있었던 것인지 아직 제대로 깨닫지 못한 상태였다. 그때 테리의 목소리가 들렸다.

"제기랄!" 테리의 첫마디였다.

나는 고개를 돌렸다. 방에는 침대가 세 개 있었는데도 여전히 공간이 충분했다.

테리는 침대에 앉아서 여느 때와 마찬가지로 경계 태세를 갖춘 채 주위를 둘러보고 있었다. 큰 소리가 아니었는데도 테리의 말소리에 제프도 덩달아 잠에서 깼다. 우린 모두 몸을 일으켜 앉았다.

침대에서 다리를 내리고 일어선 테리가 힘차게 기지개를 켰다. 그는 솔기가 없는 긴 가운을 걸치고 있었는데 두말할 것도 없이 편안해 보였다. 우리 역시 같은 가운을 입고 있었다. 신발은 각 침대 옆에 놓여 있었는데 우리가 신던 것과 달리 굉장히 편하고 보기 좋았다.

우리가 입고 온 옷을 찾아보았다. 그런데 옷이 없어진 것은 물론 주머니에 있던 다양한 소지품도 모두 사라지고 없었다.

문이 약간 열려 있길래 안을 들여다보니 그곳은 수건과 비누, 거울 등 욕실용품들이 넉넉하게 갖춰져 있는 멋진 욕실이었다. 우리 칫솔과 빗, 공책은 물론 시계까지 다행히 그곳에 있었다. 하지만 옷은 보이지 않았다.

그 커다란 방을 다시 이리저리 살핀 우리는 통풍이 잘되는 대형 옷장을 발견했다. 많은 옷이 걸려 있었지만 역시 우리 옷은 없었다.

테리가 말했다. "긴급대책회의가 필요해! 다시 침대로 모여봐. 침대는 좋군. 자, 과학 전문가, 지금 우리 상황을 냉정하게 파악해보자고."

테리가 말한 건 나였지만 이 상황이 가장 인상적이었던 건 제프인 듯했다.

"저 여자들은 적어도 우리 몸에 손끝 하나 대지 않았군. 우리를 죽이거나… 무슨 짓이라도 할 수 있었을 텐데. 기분이 날아갈 것 같아." 제프가 말했다.

내가 말했다. "그건 다 여자들이어서 그래. 물론 고도로 발달한 문명 덕이기도 하겠지. 막판에 싸울 때 네가 사람을 한 명 친 거 알고 있지?

너한테 맞은 여자가 비명을 질렀잖아. 우린 미친 듯이 발길질을 했어."

테리가 우리를 향해 싱긋 웃으며 즐겁다는 듯 물었다. "그럼 넌 이 여자들이 우리한테 무슨 짓을 했는지는 아냐? 우리 소지품은 물론 옷까지 몽땅 압수했어. 그리고 무슨 한 살배기 아기마냥 옷을 벗긴 다음 씻기고 침대에 눕혔잖아. 대단히 문명화됐다는 이 여자들이."

제프의 얼굴이 상기됐다. 제프는 시인의 상상력을 지니고 있었다. 테리 역시 충분한 상상력을 가지고 있었지만 분야가 달랐다. 나 역시 테리와 같은 부류였다. 나는 항상 과학적 상상력을 가지고 있다고 자부했으며, 과학적 상상력이야말로 가장 고차원적인 능력이라고 생각했다. 능력이 실제로 있다면, 그리고 자화자찬만 하지 않는다면 어느 정도는 그런 자부심을 가질 권리가 있다고 생각한다.

내가 말했다. "이미 잡혔으니 반항해봐야 아무 소용없어. 저 여자들이 우릴 해칠 생각은 없는 것 같아. 이제 병 속에 갇힌 영웅들처럼 탈출 계획이나 세워야겠군. 한동안은 이 옷을 입고 있어야겠어. 달리 선택의 여지도 없으니."

옷은 소박하고 편했다. 물론 우리 모두 무대 위의 단역배우가 된 듯한 느낌이 들긴 했지만. 얇고 부드러운 면으로 된 속옷은 원피스 모양으로 무릎과 어깨를 덮었다. 양말 비슷한 게 있었는데 맨 위가 고무줄로 되어 있어서 면 속옷 바로 위까지 올려 신을 수 있었다. 옷장 안에는 상의와 하의가 한 벌로 된 유니언 슈트가 많이 구비되어 있었는데, 무게와 종류가 다양하고 어떤 건 아주 튼튼한 소재로 제작되어 여차하면 한 벌만 입어도 충분했다. 무릎 길이의 튜닉과 긴 가운도 있었다. 당연히 우리는 튜닉을 꺼냈다.

우리는 기분 좋게 샤워를 마치고 옷을 입었다.

긴 거울 속 자신의 모습을 바라보며 테리가 말했다. "괜찮군." 테리의 머리는 우리가 마지막으로 이발소에 들렀을 때에 비해 다소 자라 있었고, 모자는 비록 깃털은 없었지만 동화 속 왕자가 쓰던 것 같았다.

우리가 처음으로 이 나라 상공을 비행하면서 망원경으로 봤을 때 들판에서 일하던 여자들은 처음에 설명한 두 종류의 옷을 입고 있긴 했지만, 어쨌든 여기 있는 옷들은 이곳 여자들이 입은 옷들과 유사했다.

나는 기지개를 펴며 말했다. "여자들이 만든 옷은 정말 실용적인데." 우리는 모두 이 점에 동의했다.

테리가 말했다. "자, 긴 시간 잠도 푹 자고, 개운하게 목욕도 하고, 옷도 입었고, 중성인 같은 느낌이 들긴 하지만 정신도 돌아왔군. 자네들, 고도로 문명화된 저 여자들이 우리에게 아침을 줄 것 같은가?"

제프가 자신 있게 말했다. "물론 줄 거야. 우리를 죽이려고 했다면 진즉 그랬겠지. 우리를 손님 대우할 거야."

"구원자라고 두 팔 벌려 환영할걸." 테리가 말했다.

"호기심 많은 저들의 연구 대상이 될 것 같은데. 뭐 어쨌든 우리는 먹을 걸 원한다! 출격해볼까!"

출격은 그렇게 쉽지 않았다.

우리 방에는 욕실과 연결된 문 말고는 크고 육중한 출입문 하나밖에 없었는데, 그 문은 굳게 잠겨 있었다.

우리는 귀를 기울여보았다.

"밖에 누군가가 있어. 문을 두드려보자." 제프가 말했다.

우리가 문을 두드리자 문이 열렸다.

문밖은 또 다른 커다란 방이었는데, 한쪽 끝에는 대형 테이블과 기다란 벤치 및 소파, 작은 테이블과 의자가 벽을 맞대고 놓여 있었다. 모든 가구는 구조가 단순하면서도 견고하고 아름다웠으며 사용하기도 편했다.

방에는 많은 여자들이 있었는데 정확하게는 열여덟 명이었다. 우리는 그중 몇 명이 또렷하게 기억났다.

"그 대령들이잖아!" 테리가 실망스럽다는 듯 한숨을 내쉬면서 제프에게 속삭이는 소리가 들렸다.

반면에 제프는 앞으로 걸어가더니 최상의 예의를 갖춘 채 허리를 숙였다. 우리도 함께 고개를 숙이자 키 큰 여자들 역시 정중하게 인사를 했다.

우리는 그녀들의 동정을 사기 위해 배고픈 연기를 할 필요가 없었다. 우리는 이미 음식이 차려져 있는 작은 테이블로 안내되었다. 각 테이블에는 2인분의 음식이 차려져 있었다. 우리는 한 명씩 여자 한 명과 마주보고 앉았으며 각 테이블에는 조용히 우리를 지켜볼 다섯 명의 충실한 감시인들이 배정되었다. 그 긴 시간 동안 여자들과 앉아 있자니 염증이 날 것만 같았다.

아침식사는 양이 푸짐하진 않았지만 충분했고 맛도 훌륭했다. 경험이 풍부한 여행가였던 우리는 낯선 음식을 거절하지 않았다. 처음 보는 맛있는 과일과 향이 풍부하고 알이 굵은 견과류, 작은 케이크로 구성된 식사는 입맛에 잘 맞았다. 마실 물은 물론이고 코코아 같은 따뜻한 음료도 준비되어 있었다.

그런데 우리가 배고픔을 충분히 해소하기도 전에, 우리 의사와는 상관없이 교육이 시작되었다.

각 접시 옆에는 작은 책, 그러니까 인쇄된 진짜 책이 놓여 있었다. 물론 제본 상태나 종이, 활자는 우리 것과 달랐다. 우리는 호기심 어린 표정으로 책을 살펴보았다.

테리가 투덜거렸다. "맙소사! 이 언어를 배워야 하나봐!"

실제로 우리는 그 언어를 배워야 했을 뿐 아니라 우리말을 그들에게 가르쳐야 했다. 깔끔하게 세로줄이 쳐진 빈 공책들이 있었는데 물어보나마나 그 용도로 준비된 듯했다. 우리는 무엇이든 배운 단어를 공책에 쓰고 그 옆에 그 단어에 해당하는 영어 단어를 적어야 했다.

우리에게 아이들이 학교에서 읽기를 배울 때 사용하는 교재를 나눠준 사실과 그들끼리 교육방식에 대해 자주 논의하는 걸로 미루어볼 때 이 여자들은 외국인에게 자신들의 언어를 가르치거나 다른 언어를 배워본 경험이 아예 없는 것 같았다.

반면에 그들은 부족한 경험을 천재적인 능력으로 만회했다. 그들의 섬세한 이해력과 우리가 처한 난관을 즉시 파악하는 능력, 그 난관들을 기꺼이 해결하려는 태도는 우리에게 끊임없이 놀라움을 선사했다.

물론 우리도 기꺼이 그들의 요구에 호응했다. 이 나라 말을 이해하고 여자들과 말이 통할 수 있다면 그야말로 우리에게 좋은 일이었다. 여자들에게 영어를 가르치는 걸 거절할 이유도 없었다. 나중에 노골적인 반항을 시도하긴 했지만, 단 한 번뿐이었다.

첫 번째 식사는 충분히 만족스러웠다. 우리는 조용히 같은 테이블에 앉은 여자를 관찰했다. 제프는 진심으로 존경하는 표정이었고, 테리는 사자 조련사나 뱀 부리는 사람과 같은 전문가의 표정이었다. 나는 큰 관심을 가지고 살펴보았다.

다섯 명으로 이루어진 각각의 무리는 우리 쪽에서 생길지도 모르는 돌발 상황에 대비해 배치한 사람들이 틀림없었다. 우리는 무기도 없었을뿐더러 설령 우리가 의자 등으로 그들에게 해를 끼치려 한다 해도 한 명당 다섯 명은 너무 많은 숫자였다. 아무리 그들이 여자라 해도 말이다. 애석하기 짝이 없었다. 여자들이 늘 우리 곁에 있는 게 기분 좋은 일은 아니었지만 우리는 곧 익숙해졌다.

우리끼리 있을 때 제프가 달관한 듯 말했다. "물리적으로 통제받는 것보다는 나아. 도망칠 방법이 별로 없어 보이긴 하지만 어쨌든 우리에게 방을 줬잖아. 밀착 감시를 받긴 하지만 개인적인 자유도 허락해주고. 남자들만 있는 나라에 가는 것보다는 훨씬 나은걸."

"남자들만 있는 나라라고? 이 순진한 녀석아! 넌 진짜 여기에 남자가 없을 거라고 믿는 거냐? 남자는 분명히 있다니까?" 테리가 따져댔다.

제프가 말했다. "그래, 물론이지. 그래도…"

"그래도… 뭐! 이 고집불통 감상주의자 같으니. 도대체 무슨 생각을 하는 거야?"

내가 말했다. "이곳엔 우리가 한번도 들어본 적 없는 아주 특이한 분업제도가 있을지도 몰라. 남자들은 다른 마을에 산다거나, 여자들이 남자들을 진압한 다음 아무 말도 못 하게 했을 수도 있어. 하지만 분명히 남자들이 있기는 할 거야."

테리가 이의를 제기했다. "마지막 의견 정말 멋진데, 밴? 여자들이 우리를 진압한 다음 입을 막아버린 것과 똑같다는 거잖아! 소름 끼치는군!"

"알아서 판단해. 아무튼 첫날에 엄청나게 많은 여자들을 봤잖아. 그 소녀들도 봤고…"

테리가 크게 안도하며 맞장구를 쳤다. "진짜 소녀들이었지! 그 얘길 꺼내줘서 고마워. 진심으로 하는 말인데, 이 나라에 저 여전사들밖에 없었다면 난 창밖으로 뛰어내렸을 거야."

"창문 얘기가 나온 김에 이 방 창문 좀 살펴보자."

우리는 창밖을 내다보았다. 블라인드는 쉽게 걷혔고 창살도 없었지만 전망은 확실치 않았다.

이곳은 우리가 그 전날 경솔하게 발을 들여놓은 분홍 벽 마을이 아니었다. 우리 방은 가파른 돌출 바위 위에 지어진 성, 그중에서도 툭 튀어나온 높다란 곳에 자리 잡고 있었다. 창 밑에는 열매와 향기로운 꽃이 만발한 정원이 있었지만 정원의 담벼락은 절벽 끝과 이어졌고, 얼마나 높은지는 가늠할 수 없었다. 멀리서 들리는 물소리는 밑에 강이 있음을 암시했다.

우리는 동쪽과 서쪽, 남쪽을 볼 수 있었다. 남서쪽으로는 아침 햇살에 반짝이는 들판이 펼쳐져 있었지만 양쪽과 뒤쪽으로는 높은 산이 있는 게 분명했다.

"이곳은 원래 요새야. 여자들이 지었을 리가 없지. 언덕 사이에 세웠어. 우리를 멀리도 데려왔군." 테리가 말했다. 우리는 맞다는 듯 고개를 끄덕였다.

제프가 우리에게 상기시켰다. "첫날 빠르게 움직이는 차량들을 봤잖아. 자동차도 있다면 여긴 문명화된 곳이 확실해."

"문명화된 곳이건 아니건, 우리는 이곳을 탈출해야 하는 힘든 과제를 안고 있어. 방법이 전혀 없다면 저 벽을 내려가기 위해 침대보라도 이용해서 밧줄을 만들어야 할 것 같아."

우리는 이 점에 모두 동의했다. 그리고 다시 여자들에 대해 논의하기 시작했다.

제프가 생각에 잠긴 채 이야기를 이어갔다. "여전히 이상한 점이 있어. 남자들이 전혀 눈에 안 띌 뿐 아니라 흔적도 전혀 없어. 그리고 이 여자들의 반응은 지금까지 내가 본 여자들과 전혀 달라."

내가 동의했다. "제프, 네 말에 일리가 있어. 뭔가 분위기가 달라."

제프가 계속했다. "여자들은 우리가 남자라는 사실에 별로 수목하지 않는 것 같아. 서로를 대하듯 우리를 대하고 있어. 우리가 남자인 게 별일 아니라는 듯 말이야."

나는 고개를 끄덕였다. 나 역시 그 사실에 주목하고 있었다. 하지만 테리가 거칠게 말을 끊었다.

"말도 안 돼! 그건 저 여자들이 나이가 많기 때문이야. 다들 할머니뻘, 아니면 대고모뻘이라구. 그때 본 소녀들이야 여자들이지만. 안 그래?"

제프가 여전히 느리게 대꾸했다. "그래. 하지만 그 소녀들도 겁을 먹지 않았어. 마치 남자애들이 경기장 밖으로 나가는 공을 잡을 때처럼 나무를 타고 오르더니 시야에서 사라져버렸잖아. 부끄럼 많은 소녀들 같지 않았다고."

"게다가 무슨 마라톤 우승자들처럼 달리더군. 그건 너도 인정할 거야, 테리." 제프가 덧붙였다.

하루하루 테리는 울적해져갔다. 제프나 나에 비해 테리는 우리가 감금되어 있다는 사실에 훨씬 더 신경을 쓰고 있는 것 같았다. 게다가 알리마에 대해, 그녀를 얼마나 아쉽게 놓쳤는지에 대해 끊임없이 이야기했다. "만약 잡았다면 인질이 있으니 협상을 해볼 수 있었을 텐데." 그는 다소 무자비한 어조로 이렇게 말하곤 했다.

한편 제프는 자신의 스승은 물론 감시인과도 돈독하게 지냈으며 나 역시 그랬다. 나는 이 여자들과 보통 여자들 사이에 존재하는 미묘한 차이를 관찰하고 정리한 후 그 이유를 찾아보는 데에 깊은 흥미를 느꼈다. 일단 외모부터 큰 차이가 있었다. 이 여자들은 모두 머리가 짧았는데,

머리 길이가 몇 센티미터에 불과한 여자들도 있었다. 곱슬머리도 있고 그렇지 않은 머리도 있었지만 어쨌든 모두가 가볍고 깨끗하며 생기 있어 보였다.

제프가 투덜댔다. "머리만 길었어도 훨씬 여성스러워 보일 텐데."

나는 단발에 익숙해지자 그 모습 역시 마음에 들었다. 우리가 여자들의 왕관 같은 머리 스타일은 찬양하면서 중국 남자들의 땋은 머리는 찬양하지 않는 이유를 설명하기란 쉽지 않다. 다만 긴 머리가 여자들의 전유물이라고 생각하는 건 분명한 듯했다. 사자나 버펄로 같은 짐승은 수컷에만 갈기가 있고, 말은 암수 모두가 갈기를 가지고 있는데도 말이다. 어쨌든 나 역시 처음에는 여자들의 긴 머리가 그리웠다.

이곳에서 보내는 시간은 꽤 즐거웠다. 우리는 창문 아래에 있는 정원을 자유롭게 방문할 수 있었다. 그곳은 꽤 길고 일정한 모양이 없었으며 끝이 절벽과 맞닿아 있었다. 담벼락은 매끄럽고 높았으며 끝에는 석조 건물이 있었다. 나는 그 거대한 돌을 관찰한 결과 전체 구조물이 굉장히 오래됐다고 확신했다. 건물은 마치 페루의 잉카 문명 전에 세워진 거대한 돌기둥처럼 돌들을 모자이크하듯 끼워 맞춰 지은 것이었다.

"이 사람들에게는 분명히 긴 역사가 있을 거야. 어느 시기에는 싸움도 하고. 그렇지 않다면 요새가 있을 턱이 없지." 내가 친구들에게 말했다.

우리는 정원을 자유롭게 방문할 수 있었다고 말했지만 우리끼리 갈 수 있는 건 아니었다. 보기만 해도 답답할 정도로 힘센 일련의 여자들이 항상 우리 주변에 앉아 있었다. 대부분은 책을 읽거나 게임을 하거나 뭔가 손일을 하고 있었지만 꼭 한 명은 우리를 지켜보고 있었다.

테리가 말했다. "뜨개질을 하는 걸 보면 여자들 같긴 한데 말이지."

제프가 곧바로 응수했다. "뜨개질을 한다고 다 여자는 아니야. 스코틀랜드 목동들은 늘 뜨개질을 하거든."

테리가 기지개를 켜더니 멀리 떨어진 봉우리를 보며 말했다. "여기서 나가면 엄마나 소녀 같은 진짜 여자들이 있는 곳으로 갈 거야."

"그런 다음에는 뭘 할 건데? 여기서 나갈 수는 있을지 어떻게 알아?" 내가 다소 비관적으로 물었다.

우리 모두는 이렇게 기분 나쁜 생각에 빠졌다가도 다시 진지하게 방법을 생각했다.

"만약 우리가 저들 말을 잘 듣고, 가르치는 걸 열심히 배우면서 조용히, 예의 바르게 행동하고, 저들을 존중한다면 여자들은 우리를 두려워하지 않게 될 거야. 그러면 우리를 놓아줄지도 몰라. 어쨌든 탈출할 때를 위해서라도 우리가 이 나라 말을 아는 건 굉장히 중요해."

개인적으로 나는 여자들의 언어는 물론 여자들이 책을 가지고 있다는 사실에 큰 흥미를 느꼈으며, 만약 저들이 역사책을 가지고 있다면 그 책을 통해 역사를 연구해보고 싶었다.

이곳의 언어는 말하기 쉽고 귀로 들리는 소리 또한 부드럽고 유쾌하며 읽고 쓰기가 얼마나 쉬운지 나는 감탄하지 않을 수 없었다. 언어의 음성체계는 완벽했으며 에스페란토어만큼 과학적이면서도 오랜 시간 동안 축적된 풍부한 문명의 흔적이 남아 있었다.

우리는 하고 싶은 만큼 자유롭게 공부할 수 있었고, 정원 산책 말고도 옥상이나 그 아래층에 있는 큰 체육관에 가서 여가를 즐길 수 있었다. 이곳에서 우리는 장신의 감시인들을 진심으로 존경하게 되었다. 체육관에서는 겉옷만 벗으면 될 뿐 다른 옷을 갈아입을 필요가 없었다. 옷은 활동하는 데 하등의 무리가 없어 운동복으로 안성맞춤이었으며, 우리가 입던 평상복보다 훨씬 멋지다는 점을 인정하지 않을 수 없었다.

"분명히 마흔은 넘었고, 쉰 살이 넘은 사람도 있을 텐데. 저 여자들 좀 봐!" 테리가 내키지 않지만 존경스럽다는 투로 말했다.

여자들이 젊은이만 할 수 있는 화려한 곡예를 선보인 건 아니었으나 전신 운동이라는 관점에서 보면 대단히 훌륭했다. 그들은 음악에 맞춰 춤을 추기도 하고 때로는 아름다운 행렬을 선보이기도 했다.

제프는 상당히 깊은 인상을 받았다. 지금 본 활동이 이들의 전체적인 체육 방법론에서 어느 정도를 차지하는지 알 수 없으나, 보고 있자니 유쾌했고 참여하는 것도 즐거웠다.

그렇다. 체육활동에 우리도 분명히 참여했다! 누구도 강요하지 않았지만 우리는 같이 하는 게 좋을 것 같았다.

나는 강단 있고 지구력이 좋았으며 제프는 훌륭한 스프린터였고 장애물 경주에도 일가견이 있었지만 우리 중에서 가장 뛰어난 건 테리였다. 하지만 우리는 저 노친네들에게 상대가 되질 않았다. 여자들은 사슴처럼 내달렸는데, 그들은 운동을 위해 달린 게 아니라 원래 그렇게 달리도록 타고난 것 같았다. 우리는 모험이 시작된 날 순식간에 사라져버린 소녀들을 떠올리고는 내 생각이 맞다고 결론지었다.

높이뛰기를 할 때 다리를 잽싸게 접으면서 끌어올린 다음 몸을 한쪽으로 비틀면서 방향을 돌리는 모습 역시 꼭 사슴 같았다. 나는 날개를 활짝 편 독수리처럼 몸을 펴고 가로대를 넘는 여자들을 떠올리며 그 기술을 습득해보려 했다. 하지만 우리는 전문가들을 쉽게 따라잡을 수 없었다.

"이 할머니 곡예사들에게 질 거라고는 상상도 못 했는걸." 테리가 말했다.

이들에게는 할 만한 게임이 꽤 많았지만 우리는 처음에는 흥미를 느끼지 못했다. 예를 들면 혼자서 하는 카드놀이를 두 명이 따로 하면서 먼저 끝내는 사람이 이기는 게임이 있었는데, 몸싸움이 따르는 진정한 경기가 아닌 경주나 시험 같았다.

나는 이 게임에 대해 심각하게 얘기하면서 테리에게 이 게임이야말로 여기에 남자가 없다는 증거라고 말했다. "남자들이 재미있어할 만한 게임이 없잖아."

제프가 이의를 제기했다. "하지만 재미있는걸. 난 그 게임들이 마음에 들어. 그리고 교육적으로 유익한 게 분명해."

테리가 항변했다. "교육이라면 신물이 나. 우리 나이에 여학교에 다닌다고 생각해봐. 난 여길 나가고 싶어!"

하지만 우리는 떠날 수 없었고 빠른 속도로 교육을 받았다. 스승들은 단기간에 우리의 존경을 받게 되었다. 감시를 맡은 여자들과 친하긴 했지만 스승들은 그들보다 우수한 자질을 갖춘 것 같았다. 나의 스승은 소멜, 제프 담당은 자바, 테리 담당은 모딘이었다. 우리는 우리 스승과 감시인들, 처음에 만났던 세 소녀들의 이름에 어떤 공통점이 있는지 생각해봤지만 답을 얻지 못했다.

"이름들이 듣기 좋고, 대부분 짧아. 하지만 끝 음에 무슨 유사성이 있는 것도 아니고 이름이 비슷하지도 않군. 하긴 우리가 아는 사람이 아직 많진 않으니."

어느 정도 말을 할 수 있게 되자마자 물어보고 싶은 게 넘쳐났다. 나는 이들보다 훌륭한 교육자를 본 적이 없었다. 두 시부터 네 시까지를 제외하면 아침부터 밤까지 소멜이 항상 대기 중이었다. 소멜이 한결같이 친절하고 다정하며 상냥하게 대해주었기에 나는 점점 더 배우는 걸 즐기게 되었다. 제프는 자바 양—이 나라에는 이런 호칭이 없는 것 같았지만 제프는 항상 이렇게 불렀다—이 정말 사랑스럽다며 고향에 있는 에스더 고모를 생각나게 한다고 말했다. 하지만 테리만은 꿋꿋하게 버티면서 우리끼리 있을 때면 자신의 교육 담당인 모딘을 조롱하곤 했다.

테리가 말했다. "정말 신물이 나! 모든 게 다 지긋지긋하다고. 세 살 먹은 고아도 아니고 이런 곳에 속절없이 갇혀서 싫든 좋든 이 여자들이 필요하다고 생각하는 걸 배우고 있다니. 오만한 할망구들 같으니!"

그럼에도 불구하고 우리는 계속 배웠다. 그들은 멋지게 제작한 이 나라의 입체지도를 가져오더니 지리학 지식을 가르쳐주었다. 하지만 나라 밖 정보를 묻자 웃으며 고개를 저었다.

그들은 책 삽화뿐 아니라 식물과 나무, 꽃, 새에 대한 컬러 그림도 가져왔고 도구와 다양한 작은 물건들도 동원했다. 우리 수업에는 '자료'가 풍부했다.

테리만 아니었다면 우리의 생활은 훨씬 만족스러웠을 것이다. 하지만 이곳에 머문 지 몇 주가 지나고 몇 달이 흐르자 테리의 짜증은 극에 달했다.

"성질 좀 죽여. 우린 잘하고 있다고. 하루하루 저 여자들 말을 더 잘 알아듣고 있잖아. 곧 나가게 해달라고 상식적인 말로 청할 수 있을 거야."

테리가 호통을 쳤다. "나가게 해달라고? 방과 후에 학교에 묶여 있는 아이들처럼 나가게 해달라고? 난 내 힘으로 여기서 걸어 나갈 거야. 이 나라 남자들을 찾아내서 한바탕 싸워야겠어. 아님 여자들하고라도…"

"네가 죽고 못 사는 게 여자잖아. 여자들이랑 뭘로 싸울 건데? 주먹으로?"

"그래, 막대기든, 돌멩이든 상관없어. 아무튼 싸울 거야!" 테리는 싸울 태세를 갖추더니 제프의 턱을 슬쩍 쳤다. "이렇게!"

테리가 말을 이었다. "우리 비행기로 돌아갈 수만 있다면 여길 뜰 수 있을 텐데."

"비행기가 거기에 있다면 말이지." 내가 조심스럽게 말했다.

"아, 맥 빠지는 소리 좀 그만해, 밴! 비행기가 없다면 다른 수라도 쓸 테니까. 배라도 있겠지."

테리는 얼마나 견디기 힘들었는지 결국 탈출 계획을 짜자며 우리를 설득했다. 탈출은 힘들고 위험도 상당했다. 하지만 테리는 우리가 같이 가지 않겠다면 혼자라도 가겠다고 선언했다. 물론 그건 상상도 할 수 없는 일이었다.

테리는 주변 환경을 무척 자세히 관찰한 듯했다. 절벽과 마주하고 있는 우리 방의 끝 창문에서 절벽이 뻗어 있는 방향과 아래쪽이 보였다. 옥상 위에서는 더 잘 보였는데, 절벽 밑에 있는 길도 어느 정도 볼 수 있었다.

테리가 말했다. "세 가지가 가장 중요하다고 할 수 있지. 밧줄이 있어야 하고 민첩해야 해. 그리고 들키지 않아야 하지."

나는 그를 만류할 수 있기를 바라면서 말했다. "마지막이 가장 어렵겠는걸. 한밤중만 빼면 매 순간 한두 명은 꼭 우리를 보고 있잖아."

테리가 응수했다. "그러니까 밤에 일을 감행해야지. 잘될 거야."

"만약 잡힌다면 그다음에는 이런 대접을 받지 못할 거라는 걸 감안해야 해." 제프가 말했다.

"그 정도 위험은 감수해야 해. 난 목이 부러지는 한이 있어도 갈 거야." 그를 바꿀 수 있는 건 아무것도 없었다.

밧줄 문제는 쉽게 풀리지 않았다. 남자 한 명을 지탱할 만큼 강하고 우리가 정원으로 내려간 다음 다시 절벽을 내려갈 만큼 길어야 했다. 체육관에는 튼튼한 밧줄이 많았다. 여자들은 밧줄로 그네를 타거나 밧줄을 타고 오르는 걸 즐기는 듯했다. 문제는 우리끼리 체육관에 있을 때가 없다는 사실이었다.

우리는 침대보와 깔개, 옷 등을 이어서 밧줄을 만들어야 했다. 게다가 매일 우리를 감시하는 여자 둘이 이곳을 개미 하나 없이 청소하기 때문에 모든 작업을 밤에, 문이 닫힌 후 진행해야 했다.

가위도, 칼도 없었지만 테리는 임기응변으로 극복했다. 테리가 콧노래를 부르며 말했다. "이 여인들에게는 유리잔이랑 도자기 그릇이 있거든. 욕실에 있는 유리잔을 깨서 사용하는 거야. 사랑은 길을 찾아내지. 일단 우리가 다 창문 밖으로 나가면 세 사람 높이로 쭉 선 다음 최대한 팔을 뻗어서 밧줄 위쪽을 잘라내야 해. 절벽을 내려가려면 밧줄이 충분히 길어야 하니까. 아래 길을 좀 봐뒀는데 덩굴나무인지 큰 나무가 한 그루 있더라고. 나뭇잎이 보였어."

위험하기 짝이 없었다. 어떤 면에서 이건 테리의 무모한 도전이었다. 하지만 우리 역시 갇혀 있는 데 신물이 난 상태였다.

일찍 방으로 돌아온 우리는 보름달이 뜨기를 기다렸다가 익숙하지 않은 솜씨로 남자들의 무게를 버틸 만한 밧줄을 만들며 긴장된 한두 시간을 보냈다.

소리를 내지 않기 위해 깊숙한 옷장 안에 들어가 유리컵을 두꺼운 천으로 감싼 후 깨뜨리는 건 그다지 어렵지 않았으며, 가위로 자른 것만큼 정교하지는 않더라도 깨뜨린 유리로 천을 자르는 것도 가능했다.

달빛이 네 개의 창을 통해 방에 퍼졌다. 오랫동안 방에 불을 켜둘 수 없었던 우리는 서둘러, 열심히 '파괴 작업'을 진행했다.

침대보는 물론 벽걸이 천 장식, 깔개, 가운, 타월, 심지어 매트리스 커버까지, 제프 말에 따르면 보이는 천은 모두 다 동원했다.

그리고 가장 눈에 띄지 않을 법한 맨 끝 창문의 안쪽에 고정되어 있는 블라인드 경첩에 밧줄 한쪽 끝을 단단히 묶은 다음 다른 한쪽을 창문 아래로 늘어뜨렸다.

테리가 말했다. "이걸로 쉬운 작업은 끝났군. 내가 맨 나중에 갈게. 밧줄을 잘라야 하니."

제일 먼저 내려간 나는 벽에 기댄 채 몸에 힘을 주고 섰다. 이어서 제프가 내 어깨를 딛고 섰고, 이어서 내려온 테리가 머리 위로 밧줄을 자르는 순간 우리는 살짝 흔들렸다. 나는 천천히 바닥에 주저앉았고, 이어서 제프가 내려왔으며 마지막으로 우리 모두는 밧줄 대부분을 챙긴 채 정원으로 안전하게 내려왔다.

"건강하십쇼, 할머니들!" 테리가 작은 소리로 속삭였다. 우리는 덤불과 나무 그늘에 몸을 숨긴 채 소리 없이 기어서 절벽으로 향했다. 테리는 미리 돌 위에 돌로 긁어 표시를 해두는 선견지명을 발휘했는데 달빛만으로도 충분히 표시를 볼 수 있었다. 담 가까이에는 튼튼하고 크기가 꽤 커서 밧줄을 고정시키기에 적당한 관목이 있었다.

"자, 내가 다시 너희들을 밟고 먼저 담 위로 올라갈게. 그래야 너희 둘이 위로 올라오도록 밧줄을 단단히 잡고 있지. 그러고 나면 내가 먼저 아래로 내려갈게. 내가 안전하게 내려가고 나면 나를 보고 따라오도록 해. 아니다, 내가 밧줄을 세 번 잡아당기는 게 좋겠어. 만약 발 디딜 곳이 아예 없으면 다시 올라오면 돼. 여자들이 우릴 설마 죽이진 않겠지."

담 위에서 신중하게 정찰을 마친 테리가 손을 흔들면서 "좋았어"라고 속삭인 후 내려가기 시작했다. 제프에 이어 담으로 올라온 나는 이리저리 흔들리면서 양 손을 바꿔가며 내려가더니 까마득한 저 밑 우거진 나뭇잎 속으로 사라지는 테리의 형체를 덜덜 떨면서 바라보았다.

곧 테리가 밧줄을 세 번 당겼다. 우리는 자유를 되찾는다는 기쁨에 리더의 뒤를 따랐다.

4

·

모험

우리는 표면이 울퉁불퉁하고 폭이 좁은 데다가 비스듬하게 경사진 작은 바위 턱에 서 있었다. 개머루처럼 잎사귀가 두껍고 넓게 퍼진 덩굴이 없었다면 우리는 수치스럽게 미끄러져서 목이 부러질 뻔했다.

테리가 자신감과 열의에 차서 말했다. "절벽이 완전히 수직은 아니야. 셋이 한꺼번에 매달리면 이 바위 턱이 버티지 못하겠지만 한 명씩 손발을 벽에 붙이고 내려간다면 살아서 다음 바위 턱에 닿을 수 있을 거야."

"로프를 타고 다시 올라가고 싶지도 않고 여기 있는 것도 불편하니 난 테리 말에 찬성이야." 제프가 진지하게 말했다.

테리는 기독교인이 어떻게 죽음을 맞는지 보여주겠다고 말하더니 제일 먼저 내려갔다. 행운은 우리 편이었다. 우리는 튜닉을 벗고 가장 두툼한 옷을 꺼내 입은 덕분에 바위 턱까지 잘 내려올 수 있었다. 비록 난 쿵 떨어지는 바람에 두 번째 바위 턱에 간신히 멈추긴 했지만. 다음 단계는 일종의 '굴뚝', 그러니까 길고 불규칙하게 갈라진 틈으로 내려가야 했다. 우리는 여기저기 긁히고 멍이 들어 아프긴 했지만 마침내 시냇가에 다다랐다.

그곳은 더 어두웠지만 우리는 여자들과의 거리를 더욱 벌릴 필요가 있었다. 우리는 동이 터서 발걸음을 멈출 때까지 흑백으로 명멸하는 달빛과 나무 그늘 속으로, 돌투성이 강바닥을 걷기도 하고 뛰어오르기도 하고 기어 내려가기도 했다.

우리는 너무나도 친숙한 나무에 알이 크고 껍질이 부드러운, 익숙한 견과류가 달려 있는 걸 발견하고는 주머니를 나무열매로 가득 채웠다.

이곳 여성들의 옷에 다양한 주머니가 놀랍도록 많다는 사실을 언급하지 않은 것 같다. 모든 옷에는 주머니가 있었는데, 특히 중간에 껴입는 옷에는 정말 많았다. 우리는 행군에 나선 프로이센 병사처럼 불룩 튀어나올 정도로 주머니를 가득 채우고, 물도 가능한 한 많이 마신 다음 하루 일과를 마감했다.

우리는 가파른 강둑에 불쑥 솟아서 닿기에 쉽지도 않고 쉬기에 편하지도 않은 틈새에 자리를 잡았다. 축축하지 않았고, 나뭇잎으로 가려져 눈에 띄지도 않는 곳이었다. 서너 시간 동안 이동하느라 기진맥진한 우리는 맛있는 아침을 먹은 후 틈새에 셋의 머리와 발이 맞닿도록 길게 누워서는 오후의 태양에 얼굴이 까맣게 그을릴 때까지 잠을 잤다.

테리의 발이 내 머리를 때렸다.

"밴, 좀 어때? 아직 살아 있어?"

"잘 살아 있지." 내가 말했다. 제프 역시 우리만큼 활기가 넘쳤다.

몸을 돌리지 않는다면 몸을 쭉 펼 공간이 있었음에도 우리는 우리를 가려주는 나뭇잎 뒤에서 한 명씩 아주 조심스럽게 몸을 돌렸다.

낮에 그곳을 떠나는 건 소용없는 짓이었다. 이 나라를 많이 둘러보지는 못했지만 우리가 경작지가 시작되는 지점에 있다는 건 충분히 알 수 있었고, 우리의 탈출 소식이 나라 전역에 퍼졌을 게 분명했다.

테리는 그 뜨겁고 좁은 바위틈에 누운 채 혼자 킬킬거렸다. 그는 거친 언사를 섞어가며, 당황했을 감시인과 우리 스승들에 대해 뒷말을 했다.

우리가 비행기를 두고 온 곳까지는 한참을 더 가야 할 뿐 아니라 그곳에 비행기가 있다는 보장도 없다는 사실을 내가 상기시켰지만 테리는 초 치지 말라며 오히려 내게 슬쩍 발길질을 했다.

"도움은 못 될망정 트집은 잡지 마셔. 탈출이 소풍 가듯 즐거울 거라고 말한 적 없으니까. 하지만 난 감방 속 죄수가 되느니 남극 설원이라도 달려서 탈출할 거야."

우리는 곧 다시 곯아떨어졌다.

긴 휴식과 피부에 스며드는 건조한 열기는 우리에게 도움이 됐다. 그날 밤 우리는 전 국토의 경계를 둘러싸고 있는 거친 삼림지대에 몸을 숨긴 채 꽤 먼 거리를 이동했다. 가끔 바깥쪽 가장자리 근처를 지날 때면 눈앞에 불쑥 나타난 어마어마한 깊이의 심연이 눈길을 사로잡았다.

제프가 말했다. "이곳 지형은 마치 현무암 기둥 같군. 저들이 우리 비행기를 압류했다면 기둥을 타고 내려가면 딱 좋겠어!" 제프는 실없는 농담을 한 대가로 우리에게 응징을 당했다.

눈에 보이는 내륙 지역은 평화로웠지만 달빛에 의지해야만 볼 수 있었다. 낮에는 몸을 숨기고 있었기 때문이다. 테리도 말했듯이 우리는 설령 할 수 있다고 하더라도 노처녀들을 죽이고 싶지는 않았다. 하지만 발각된다면 몸뚱이째 들려서 되돌아가게 될 것이 뻔했다. 그러니 가능한 한 몸을 낮추고 눈에 띄지 않게끔 살금살금 빠져나가는 것 외에 다른 방도가 없었다.

밤이 되면 우리는 별말 없이 마라톤 장애물 경주를 이어나갔다. 브레이크가 고장 난 기관차처럼 멈추지 않고 전진했다. 물이 너무 깊어서 물살을 헤치면서 걸을 수 없거나 다른 길이 없으면 헤엄쳐서 건너기도 했는데, 그런 경우는 딱 두 번뿐이었다. 낮에는 숙면을 취했다. 우리는 정말 운 좋게도 가는 길에 먹을 걸 구할 수 있었다. 숲 가장자리에도 열매가 풍성했던 것이다.

하지만 생각이 깊은 제프는 바로 그 점이 우리가 언제라도 충직한 정원사나 수목관리인, 견과류를 채집하는 사람들과 마주칠 수 있다는 증거라며 주의해야 한다고 말했다. 만약 이번 기회를 놓친다면 두 번 다시 기회는 없을 거라고 확신한 우리는 신중에 신중을 기했다. 그리고 마침내 저 아래 우리가 이륙했던 드넓은 호수가 보이는 지점에 도달했다.

테리가 아래를 내려다보며 말했다. "좋았어. 만약 비행기를 찾지 못해서 다른 방법으로 이 절벽을 넘어야 한다면 어느 쪽을 목표로 삼아야 할지 감 잡았어."

여기서 보니 절벽은 접근하고 싶은 생각이 전혀 들지 않았다. 완전히 수직으로 솟은 탓에 머리를 쭉 빼고 아래를 쳐다봐야만 밑이 보였다. 아래 저 멀리 보이는 들판은 식물이 잔뜩 뒤엉켜 있는 습지인 듯했다. 우리는 다른 원주민들처럼 나무와 바위 사이로 기어 내려갔는데, 예상과는 달리 목숨을 걸 만큼 위험하지는 않았고, 마침내 우리가 착륙했던 평지에 도달할 수 있었다. 그리고 믿을 수 없게도 그곳에서 우리 비행기를 발견했다.

"세상에! 비행기를 덮어놓다니! 여자들이 이 정도로 센스가 있을 거라고 상상이나 했냐?" 테리가 외쳤다.

"그 정도라면 여자들 센스가 굉장히 좋을 것 같은데. 보나마나 비행기를 감시하고 있을 거야." 나는 목소리를 낮춰서 테리에게 경고했다.

우리는 희미해져가는 달빛에 의지해 가능한 한 멀리까지 정찰했지만 유감스럽게 달은 본래 신뢰할 수 없는 법이다. 동이 트자 익숙한 형태가 우리 눈에 들어왔다. 비행기는 캔버스 천 같은 무거운 천으로 덮여 있었고, 근처에 감시인의 흔적은 전혀 없었다. 우리가 정확한 작업을 할 수 있을 만큼 날이 밝으면 신속하게 비행기 쪽으로 가기로 결정했다.

테리가 말했다. "난 비행기가 움직이든 말든 상관없어. 비행기를 가장자리까지 밀고 가서 올라탄 다음 저기 있는 우리 배 옆으로 착륙하기만 하면 되거든. 풍덩! 저길 봐! 배가 보이잖아!"

아니나 다를까 잔잔한 물 위에는 우리 배가 마치 회색 누에고치처럼 떠 있었다.

우리는 조용히, 하지만 재빨리 달려가서는 비행기 덮개 고정 장치를 잡아당기기 시작했다.

"제기랄! 덮개를 완전히 꿰매서 봉해버렸군. 우리는 칼도 없는데!" 다급한 테리가 절망적인 목소리로 소리쳤다.

그 질긴 천을 이리저리 끌고 당기던 우리에게 무슨 소리가 들렸다. 세 명이 깔깔대는 소리였다. 그 소리를 들은 테리가 군마처럼 고개를 홱 들었다.

셀리스와 알리마, 엘라도어였다. 그녀들은 우리가 처음 봤을 때와 마찬가지로 약간 떨어진 곳에 서서는 장난기 많은 남학생들처럼 재미있다는 듯 바라보고 있었다.

내가 경고했다. "기다려, 테리. 기다리라고! 너무 뻔하잖아. 혹시 함정이 있을지도 모르니까 조심해."

제프가 주장했다. "저들의 친절한 마음에 호소해보는 게 어때? 도와줄 것 같은데. 칼을 가지고 있을지도 몰라."

나는 테리를 꽉 붙잡았다. "저들한테 달려가봤자 소용없어. 우리보다 달리기도 더 빠르고 나무도 더 잘 타잖아."

테리는 마지못해 내 말을 인정했다. 우리는 우리끼리 잠깐 생각을 교환한 다음 친근함의 표시로 손을 내민 채 그들을 향해 서서히 다가갔다.

여자들은 거리가 꽤 가까워졌을 때까지 가만히 서 있다가 갑자기 멈추라는 신호를 보냈다. 우리가 그녀들의 의도를 확인하기 위해 한두 발 더 다가갔더니 그들은 재빨리 뒤로 물러섰다. 결국 우리는 여자들과 어느 정도 거리를 두고 멈췄다.

우리는 이곳 언어를 총동원해서 어떻게 갇혀 있었으며 어떻게 탈출을 감행했는지 설명했는데, 이런저런 몸짓을 동원해 탈출 과정을 설명하자 그들은 아주 재미있어했다. 낮에는 몸을 숨겼다가 밤에만 이동했고 내내 견과류로 연명했다고 말하면서 테리는 당장에라도 굶어 죽어갈 듯한 연기를 했다.

여기까지 오는 동안 사방에 먹을 게 널려 있었고 우린 항상 배불리 먹었으므로 난 테리가 배가 고플 리 없다는 사실을 잘 알고 있었다. 하지만 여자들은 안쓰러운 듯했다. 그들은 잠시 상의하더니 주머니에서 작은 봉지를 꺼낸 다음 우리 손 안에 정확하게 던져주었다.

이 처사에 가장 고마워한 건 제프였다. 그리고 테리가 과장된 몸짓으로 존경을 표시하자 여자들은 자신들의 능력을 뽐내고자 하는 소년 기질을 드러냈다. 우리가 그들이 던져준 맛 좋은 비스킷을 먹는 동안 엘라도어는 우리의 움직임을 살폈고, 셀리스는 달려가서 막대기 세 개를 세운 다음 그 위에 노란 열매를 올렸다. 게임을 하기 위한 준비 같았다. 알리마는 돌을 모았다.

우리는 여자들이 말해준 대로 돌을 던져서 열매를 맞혀보려 했지만 거리가 너무 먼 까닭에 실패를 거듭했고, 그 모습을 본 요정 같은 소녀들이 즐거운 듯 깔깔거렸다. 마침내 제프가 막대기를 모두 땅에 쓰러뜨렸다. 나는 조금 더 오래 걸렸고, 3등을 차지한 테리는 짜증을 냈다.

셀리스는 삼각대 모양으로 다시 막대기를 세운 다음 우리를 쳐다보면서 막대기를 쓰러뜨리고는 쓰러진 막대기를 가리키며 짧은 곱슬머리를 강하게 흔들었다.

그녀가 말했다. "아니에요. 잘못됐어요. 틀려요!" 우리는 그녀 말을 이해할 수 있었다.

셀리스는 다시 막대기를 세우고 그 위에 열매를 얹은 다음 다른 소녀들에게 되돌아갔다. 거기서 소녀들은 돌아가면서 한 명은 열매를 올려놓고, 나머지 두 명은 열매를 향해 작은 돌을 던졌다. 그들은 세 번 던지면 두 번은 막대기를 건드리지 않고 열매를 떨어뜨렸다. 소녀들은 즐거워했고 우리 역시 그런 척했지만 속은 그렇지 않았다.

우리는 게임을 통해 서로 친해졌다. 나는 테리에게 갈 수 있을 때 가지 않으면 후회하게 될 거라고 말했다. 우리는 소녀들에게 칼 좀 빌려달라고 간청했다. 우리가 하고 싶은 걸 설명하는 건 별로 어렵지 않았고, 기분이 으쓱해진 그들은 주머니에서 튼튼한 접이식 칼을 꺼냈다.

우리는 간절하게 말했다. "맞아요, 바로 그거예요! 제발…" 우리는 그들의 말을 꽤 배운 상태였다. 우리의 간청에도 불구하고 그들은 칼을 내어주지 않았다. 우리가 조금 더 다가가면 그들은 뒤로 물러섰고 언제든 날아가버릴 것 같았다.

내가 말했다. "소용없어. 차라리 뾰족한 돌이라도 찾아보는 게 낫겠어. 우린 이걸 벗겨내야만 해."

우리는 주위에서 날이 선 조각들을 찾아 천을 자르려 시도했지만 그건 조개껍질로 돛을 자르는 꼴이었다.

천을 자르면서 이리저리 헤집던 테리가 이를 갈며 말했다. "이봐들, 지금 우리 몸 상태가 좋으니 죽기 살기로 뛰어서 여자들을 잡아보자구. 그렇게 해야만 해."

우리가 하는 일을 보려고 가까이 다가와 있던 소녀들은 우리가 자신들을 잡으려 하자 깜짝 놀랐다. 테리가 말했듯 우리는 최근에 운동을 한 덕분인지 힘이 넘쳤고, 소녀들은 겁에 질린 반면 우리는 거의 성공할 뻔한 긴박한 순간도 몇 번 있었다.

하지만 우리가 손을 뻗자 그들과 우리 사이는 다시 벌어졌다. 여자들이 속도를 높였다. 우리는 온 힘을 다해 내달렸고, 현명하지 못하다는 생각이 들 만큼 멀리까지 갔지만 단 한 번도 그들을 따라잡을 수 없었다.

거듭된 내 훈계에 친구들은 결국 숨을 헐떡이며 멈췄다.

"이건 진짜 바보 같은 짓이야. 저 여자들, 일부러 저러는 거라구. 돌아가자. 안 그러면 후회할 거야."

아까보다 훨씬 느린 속도로 되돌아온 우리는 진짜 후회하고 말았다.

천으로 덮인 비행기로 돌아온 우리가 다시 덮개를 찢기 시작할 때 갑자기 다부진 형체들이 사방을 둘러쌌던 것이다. 우리가 익히 아는 바로 그 단호한 얼굴들이었다.

테리가 신음 소리를 냈다. "맙소사! 대령들이야! 다 끝났군. 사십 대 일은 되겠어."

싸우는 건 소용없는 짓이었다. 여자들은 일단 수적으로 압도적이었고, 훈련받은 병력은 아니었지만 다수가 공동의 목적을 위해 행동하고 있었다. 그들에게 두려운 기미는 전혀 없었다. 우리에겐 무기가 없는 반면 적어도 100명쯤 되는 여자들이 주위를 열 줄로 둘러싸고 있었기에 우리는 가능한 한 품위 있게 백기를 들었다.

우리는 당연히 밀착감시가 따르는 감금이나 독방 감금 같은 처벌이 뒤따를 거라고 예상했지만 그런 일은 일어나지 않았다. 그들은 우리를 학교를 무단결석한 학생인 듯, 우리의 무단결석을 다 이해한다는 듯 대했다.

이번에는 마취를 당하지 않았고, 미국 차들과 비슷해서 우리도 알아볼 수 있는 전기차를 타고 갔다. 우리는 각각 다른 차를 타야 했는데, 건강한 여자 둘이 우리 양쪽을, 세 명이 맞은편을 지켰다.

이들은 모두 친절했고, 우리의 의사소통 능력이 신통치 않았음에도 계속 말을 붙였다. 테리는 크나큰 모멸감을 느꼈고 처음엔 우리 모두 가혹한 대우를 받게 될까봐 두려웠지만 나는 이내 자신감을 갖고 여정을 즐기게 되었다.

나와 같은 차에 오른 다섯 명의 동행인은 모두 천성이 착해 보였고 간단한 경기에서 이긴 데 따르는 승리감을 즐길 뿐 다른 감정은 없어 보였다. 그들은 그 승리감마저 억누르고 있었다.

돌아가는 길은 이 나라를 눈여겨볼 수 있는 좋은 기회였다. 나는 보면 볼수록 이 나라가 마음에 들었다. 차량 속도가 너무 빨라서 자세히 보기는 어려웠지만 빗자루로 쓴 듯 먼지 한 톨 없는 완벽한 도로와 끝없이 줄지어 선 나무들이 드리운 그늘, 그 아래에 만발한 꽃들, 다양한 매력을 품은 채 끝없이 펼쳐진 풍요롭고 편안한 시골 풍경을 감상할 수 있었다.

수많은 마을과 도시를 지나면서 나는 우리가 처음에 봤던 공원처럼 아름다웠던 도시가 예외가 아니었음을 깨달았다. 비행기가 빠르게 훑고 지나갈 때 봤던 풍경도 매력적이었지만 자세히 보지는 못했다. 몸싸움을 벌이다가 포로가 된 첫날 역시 바깥 풍경을 거의 보지 못했다. 하지만 시속 50킬로미터가량의 편안한 속도로 달리는 지금 꽤 많은 걸 볼 수 있었다.

우리는 점심을 먹기 위해 꽤 큰 마을에 멈췄다. 거리를 따라 천천히 달리는 차 안에서 우리는 많은 사람들을 보았다. 우리가 지날 때마다 사람들이 나와서 우리를 쳐다보곤 했는데, 이곳에는 그 수가 더 많았다. 점심을 먹기 위해 나무와 꽃들 사이의 그늘에 작은 테이블들이 놓여 있는 커다란 정원으로 들어갔을 때에도 우리에게 수많은 눈길이 쏠렸다. 탁 트인 들판이든, 마을이든, 도시든 온 사방에 여자들뿐이었다. 나이 많은 여자와 젊은 여자도 있었지만 늙지도 젊지도 않은 여자가 대다수였다. 어쨌든 여자들뿐이었다. 청소년이나 어린아이는 여자들인지 확실치 않았다. 우리는 학교나 놀이터처럼 보이는 곳에 있는 소녀나 아이들을 여러 번 눈여겨보았지만 남자라고 판단되는 아이들은 없었다. 우리는 신중하게 모두를 살폈다. 모든 사람들이 공손하고 상냥하면서도 호기심 어린 눈초리로 우리를 바라보았다. 무례한 사람은 없었다. 이제 우리는 말을 어느 정도 알아들을 수 있었는데 그들의 대화는 모두 즐거운 듯했다.

어둠이 내리기 전에 우리 모두는 머무르던 큰 방으로 안전하게 돌아왔다. 여자들은 우리가 끼친 손실을 못 본 척했다. 침대는 여전히 부드럽고 쾌적했으며 새 옷과 수건들이 채워져 있었다. 여자들이 새롭게 취한 조치는 밤에 정원에 불을 밝혀놓은 것과 감시인을 한 명 더 늘린 게 전부였다. 하지만 다음 날이 되자 여자들은 설명을 위해 우리를 호출했다. 체포조에 포함되지 않았던 우리의 세 스승은 우리를 맞을 준비로 바빴고, 이윽고 우리에게 그간의 상황을 설명해주었다.

그들은 우리가 비행기로 향할 것이라는 사실과 비행기 말고는 살아서 이곳을 빠져나갈 방법이 없으리라는 걸 잘 알고 있었다. 그렇기에 우리의 탈출은 별다른 골칫거리가 아니었으며, 여자들은 주민들에게 숲 경계를 따라 비행기가 있는 지점으로 이동하는 우리의 동태를 살피라는 말을 전달했을 뿐이었다. 신중한 여자들은 여러 밤 동안 강둑 옆에 있는 커다란 나무와 바위 사이에 앉아서 우리의 도주를 한가롭게 지켜본 것이 틀림없었다.

테리는 그녀들의 설명에 넌더리가 난 듯했지만 나는 굉장히 흥미로웠다. 우리가 도망자가 되어 밤에는 추위와 습기, 낮에는 건조함과 더위와 싸우고, 견과류와 과일로 목숨을 연명하면서 몸을 숨긴 채 이동하는 동안 존경받아야 마땅한 이 여자들은 그저 우리가 숲에서 나오기만을 기다렸던 것이다.

이들은 우리가 이해할 수 있는 단어를 사용해서 신중하게 설명을 시작했다. 그들은 우리를 이 나라의 손님, 말하자면 공적인 보호를 받아야 하는 사람으로 간주하는 것 같았다. 처음에 우리가 폭력을 행사하는 바람에 당분간 보호하에 둘 필요가 있었지만, 언어를 배우고 위해를 가하지 않겠다는 다짐을 한다면 이 나라를 모두 보여주겠다고 했다.

제프는 그들에게 확신을 주기 위해 애썼다. 물론 탈출 계획이 테리의 작품이라고 말하지는 않았지만 자신의 행동이 부끄럽기 짝이 없으며 앞으로는 모든 지시에 순응할 것이라고 했다. 우리는 두 배로 열심히 언어를 공부했다. 그들은 수많은 책을 가져다주었고, 나는 진지하게 그 책들을 공부하기 시작했다.

우리끼리 방에 있던 어느 날 테리가 말을 꺼냈다. "이야기가 정말 유치하기 짝이 없다니까. 물론 누구나 아이들 책으로 시작하긴 하겠지만, 난 이제 좀 더 구미가 당기는 이야기를 읽고 싶다고."

"남자도 없는데 마음을 뒤흔드는 로맨스나 거친 모험 이야기가 있을 턱이 없잖아?" 내가 말했다. 남자가 없다는 가정처럼 테리를 짜증 나게 하는 건 없었다. 하지만 여자들이 건네준 책이나 그림 어디에도 남자의 흔적은 보이지 않았다.

테리가 으르렁댔다. "닥쳐! 말도 안 되는 소리야! 내가 직접 물어보겠어. 이제 우리도 알 만큼은 알잖아."

실제로 우리는 최선을 다해 이 나라의 언어를 배운 덕분에 이젠 막힘없이 책을 읽었으며, 읽은 내용에 대해 상당히 여유롭게 토론할 수 있었다.

그날 오후 우리 모두가 옥상에 모여 앉았다. 우리 셋과 교육을 담당하는 여자들이 테이블에 모였으며 감시인들은 눈에 띄지 않았다. 얼마 전에 우리는 폭력을 행사하지 않으면 감시인을 동행하지 않겠다는 그들의 제안에 기꺼이 그러겠다고 약속한 터였다.

우리는 그곳에 편하게 앉았다. 모두가 비슷한 옷차림이었다. 머리 길이까지 비슷했던 우리가 그들과 다른 점은 턱수염이 유일했다. 우리는 수염을 기르고 싶지 않았으나 아직까지는 수염을 자를 만한 도구를 달라고 그들을 설득하지 못한 상태였다.

테리가 느닷없이 말을 꺼냈다. "여러분, 이 나라에는 남자가 한 명도 없소?"

소멜이 대답했다. "남자라구요? 여러분들 같은?"

"그렇소, 남자 말이오. 진짜 남자들 말이지." 테리가 자신의 수염을 가리키면서 넓은 어깨를 쫙 펴 보였다.

소멜이 차분하게 말했다. "없습니다. 이 나라에 남자는 없어요. 지난 2천 년 동안 우리 사이에 남자는 없었어요."

그녀는 단호하고 정직한 표정으로, 대경실색할 만한 사실을 별일 아니라는 듯 말했다.

"하지만 사람들이… 아이들은요?" 그녀 말을 전혀 믿지 않았지만 그런 속내를 들키고 싶지 않았던 테리가 이의를 제기했다.

소멜이 미소 지었다. "오, 그래요. 여러분들이 어리둥절해하는 게 당연해요. 우리는 모두 어머니들이에요. 하지만 아버지는 없지요. 오래전부터 묻고 싶었을 텐데 왜 물어보지 않았나요?" 그녀의 표정은 여느 때처럼 상냥했고 어조는 차분했다.

테리는 말에 아직 자신이 없어서 그랬다고 설명했지만 제프는 훨씬 더 솔직했다.

"그 말을 믿기 힘들다고 말한다면 무례할까요? 이 세상에서 그런 일은 일어날 수 없어요."

"여러분 나라에는 그런 생물이 하나도 없나요?" 자바가 물었다.

"물론 일부 낮은 발달 단계의 하등 생물들은 그런 경우가 있어요."

"발달 단계가 낮은 건 얼마나 낮고 높은 건 얼마나 높다는 말인가요?"

"일부 고등 곤충들 중에 그런 예가 있어요. 우리는 단위생식이라고 하죠. 처녀생식이라는 뜻이에요."

자바는 제프의 말을 이해하지 못했다.

"**생식**이라는 말은 물론 알아요. 그런데 **처녀**가 뭐지요?"

테리는 불편한 표정을 지은 반면 제프는 차분하게 질문을 받았다.

"**처녀**는 짝짓기를 하는 동물 중에 한 번도 짝짓기를 하지 않은 암컷을 뜻해요."

"오, 알겠어요. 그럼 짝짓기를 한 번도 하지 않은 수컷도 그렇게 부르나요? 아니면 수컷을 부르는 다른 용어가 있나요?"

제프는 같은 용어를 쓰긴 하지만 수컷에게는 거의 사용하지 않는다고 말하면서 급히 대답을 마무리했다.

그녀가 말했다. "그래요? 하지만 짝이 없으면 짝짓기를 할 수 없잖아요. 그러니 짝짓기 전에는 다들 처녀가 아닌가요? 그리고 수컷 혼자 생식을 할 수 있는 생물은 없나요?"

"전혀 없어요." 제프가 대답한 후 내가 진지하게 물었다.

"지금 당신은 지난 2천 년 동안 이곳에 여자만 존재했고 여자아이만 태어났다는 사실을 우리에게 믿으라는 건가요?"

소멜이 진지하게 고개를 끄덕이며 대답했다. "네, 그래요. 물론 다른 동물들은 그렇지 않다는 사실도, 어머니뿐 아니라 아버지도 존재한다는 사실도 알고 있어요. 그리고 여러분이 아버지라는 사실도, 어머니와 아버지가 존재하는 세계에서 왔다는 사실도 알아요. 우리는 여러분이 우리와 자유롭게 말할 수 있을 때까지, 그래서 여러분의 나라를 비롯한 다른 세계의 이야기를 듣게 될 때까지 기다린 거예요. 여러분은 많은 걸 알고 있지만 우리는 우리나라밖에 모르니까요."

그전에 공부할 때도 우리는 여러 국가들의 크기와 관계, 각국의 인구 등 이 나라의 바깥세상에 대해 알려주기 위해 그림이나 지도를 그리거나 심지어 둥근 과일로 지구본을 만드는 등 애를 썼다. 우리의 설명은 수박 겉핥기에 불과했지만 여자들은 잘 이해했다.

내가 이 여자들에게서 받은 인상을 잘 전달한 것 같지 않다. 우리는 점차 이들이 무지와는 거리가 먼 현명한 사람들이라는 사실을 깨달았다. 명확한 추론, 사고의 범위와 힘은 단연 최고였다. 물론 모르는 것도 많았다.

그들의 기질은 매우 차분했고 한없는 인내심과 착한 천성을 지니고 있었다. 가장 인상적인 부분은 전혀 성급하지 않다는 점이었다. 이때까지만 해도 우리가 관찰할 수 있는 사람이 이들밖에 없었지만 훗날 이런 성품이 이 나라 여자들의 공통된 특성이라는 사실을 깨달았다.

우리는 우리를 억류하고 있는 여자들을 점차 친구라고 느꼈으며 이들의 능력이 상당히 뛰어나다고 생각하게 됐다. 하지만 아직까지 이들의 전반적인 수준이 어느 정도인지 판단하기는 어려웠다.

소멜은 아름답고 단단한 손을 깍지 낀 채 앞에 있는 테이블 위에 올리고는 맑고 고요한 눈으로 우리를 솔직하게 쳐다보며 말했다. "여러분이 가능하면 많은 걸 우리에게 가르쳐주면 좋겠어요. 우리도 새롭고 유용한 것들을 여러분에게 알려주고 싶어요. 짐작하시겠지만 2천 년 만에 남자를 만나다니 이건 우리에게 대단한 사건이에요. 그리고 여러분 나라의 여자들에 대해서도 알고 싶어요."

우리 존재의 중요성을 언급한 그녀의 말은 금세 테리를 즐겁게 했다. 슬며시 고개를 드는 모습을 보니 기분이 좋은 게 분명했다. 하지만 소멜이 우리나라의 여자들에 대해 언급했을 때 나는 설명할 수 없는 묘한 느낌이 조금 들었는데, 지금까지 여자라는 단어가 나왔을 때 한 번도 가져보지 못한 느낌이었다.

제프가 말했다. "어떻게 그럴 수 있었는지 말씀 좀 해주시겠어요? '2천 년 동안'이라고 그랬잖아요. 그전에는 여기에 남자들이 있었다는 뜻인가요?"

"맞아요." 자바가 대답했다.

여자들 모두 잠시 침묵을 지켰다.

"우리나라의 전체 역사를 읽어보는 게 좋겠어요. 길지 않고 명쾌하니까 두려워할 필요는 없어요. 우리가 역사를 제대로 기술하는 법을 배우기까지 오랜 시간이 걸렸답니다. 아, 여러분 나라의 역사도 읽고 싶군요!"

자바는 고개를 돌려가며 열의에 차 반짝이는 눈으로 우리를 한 명씩 쳐다보았다.

"정말 멋질 거예요. 안 그런가요? 2천 년 세월의 역사를 비교하는 거지요. 어머니만 존재한 우리의 역사와 어머니와 아버지가 있는 여러분들의 역사의 차이점을 알아보는 거예요. 물론 새들을 보면 아버지는 거의 어머니만큼 유용한 존재예요. 하지만 곤충의 경우 아버지의 중요성이 현저히 떨어지지요. 여러분에게는 그렇지 않은가요?"

테리가 말했다. "새나 곤충은 그렇겠지만 다른 동물은 그렇지 않아요. 여기엔 다른 동물은 없습니까?"

자바가 말했다. "고양이가 있어요. 고양이 세계에서 수컷은 거의 무용해요."

"소나 양, 말은 없나요?" 나는 이 동물들을 대충 그려서 그녀에게 보여주었다.

"아주 먼 과거에는 이 동물들이 있었어요." 소멜이 대답하더니 날렵하지만 정확하게 양 혹은 라마 같은 동물을 그렸다. "이것들도." 개 두세 종을 그리며 말했다. "이것도, 이것도." 터무니없긴 하지만 알아볼 수는 있는 말 그림을 가리키며 소멜이 말했다.

"그 동물들은 다 어떻게 됐습니까?" 제프가 물었다.

"우리는 동물이 더 이상 필요하지 않아요. 공간을 너무 많이 차지하거든요. 우리 국민을 먹이기 위해서는 이 땅 전체가 필요하지요. 보다시피 아주 작은 나라거든요."

"우유도 없이 어떻게 살아요?" 테리가 회의적인 말투로 물었다.

"우유요? 우유는 충분해요. 우리가 만들었어요."

"아니, 그러니까 제 말은 성인들을 위한… 요리할 때 쓰는 우유 말이에요." 테리가 말을 더듬었고, 여자들의 표정에는 놀라움과 일말의 불쾌감이 어렸다.

분위기를 풀어보려고 제프가 나섰다. "우리는 고기는 물론이고 우유를 얻기 위해 소를 키우지요. 소에서 얻는 우유는 식단의 필수 식품이에요. 우유를 짜고 유통하는 산업 규모도 굉장히 크지요."

그들의 표정은 여전히 어리둥절한 것 같았다. 나는 내가 그린 소를 가리켰다. "농부가 소의 젖을 짭니다." 나는 우유 통과 의자를 그린 다음 남자가 젖을 짜는 모습을 몸으로 흉내냈다. "짠 우유는 도시로 보내지고 배달원이 각 집으로 운반합니다. 아침이 되면 모두의 집 앞으로 우유가 배달되지요."

"소는 새끼가 없어요?" 소멜이 진지하게 물었다.

"물론 있지요. 송아지라고 불러요."

"사람들과 송아지가 다 먹을 만큼 우유가 충분한가요?"

달콤한 얼굴의 세 여인에게 어미 소로부터 송아지를 떼어놓고, 송아지가 먹을 젖을 훔치는 과정을 이해시키는 데는 시간이 좀 걸렸다. 우리의 대화는 육류 산업으로 이어졌고, 이 이야기를 들은 여자들은 얼굴이 창백해지더니 우리에게 양해를 구하고 이내 자리를 떴다.

5

특별한 역사

이번 장에는 모험담을 풀어놓기 힘들 것 같다. 이 대단한 여자들과 그들이 만들어온 역사에 관심을 가지지 않는 독자들이라면 어차피 이 책에 흥미를 느끼지 못할 것이다.

여인국에 온 세 명의 젊은이가 뭘 할 수 있을까? 앞서 말한 바와 같이 우리는 탈출을 시도했다가 테리가 불평한 대로 반항 한 번 못 한 채 순순히 돌아와야 했다.

변변한 싸움이 없었으니 모험이랄 것도 없었다. 이 나라에는 짐승은 아예 없었고 길들여진 동물도 아주 적었다. 그나마 이 나라에 흔한 애완동물 한 가지에 대해 말할 수 있겠다. 그 애완동물이란 바로 고양이이다. 이곳의 고양이들이란!

이곳의 버뱅크 여사들*은 고양이에게 무슨 짓을 한 것일까? 그들은

* 동물 품종 개량을 이뤄낸 여인국 여자들을 미국의 식물개량가 루서 버뱅크에 빗대어 한 말.

오랜 기간 동안 신중한 선택과 배제의 과정을 통해 울지 않는 고양이 종을 만들어냈다! 사실이었다. 벙어리가 된 이 딱한 짐승이 할 수 있는 일이라고는 배가 고프거나 문을 열고 싶을 때 낑낑거리거나 기분이 좋을 때 그르렁거리거나 이런저런 소리로 새끼를 부르는 것들뿐이었다.

그뿐만 아니라 고양이는 새들도 죽이지 않았다. 여자들은 인간의 식량을 훔쳐 먹는 쥐나 두더지 같은 동물들을 잡아먹도록 고양이를 훈련시켰다. 새들은 개체 수가 많았고, 안전했다.

새에 관한 이야기를 나누다가 테리가 모자에 깃털을 사용하는지 묻자 여자들은 그 생각에 놀란 듯했다. 테리가 길게 튀어나와 사람을 간질이는 깃털이나 꼬리 깃으로 장식된 미국 여자들의 모자 몇 개를 그렸다. 우리나라 여자들에 대한 것이라면 무엇이든 관심을 보였던 그녀들은 모자에도 큰 관심을 보였다.

그들은 밖에서 일할 때 해를 가리는 용도로만 모자를 쓴다고 말했다. 그들이 쓰는 모자는 중국이나 일본의 것과 비슷한 가볍고 커다란 밀짚모자였다. 날씨가 추울 때는 챙이 달린 모자나 후드를 쓴다고 했다.

"그런데 모자를 장식용으로 쓸 수도 있다는 생각은 안 해봤나요?" 테리는 깃털 모자를 쓴 여인을 한껏 아름답게 그려 보여주면서 물었다.

여자들은 테리의 생각에 동의하지 않은 채 남자들도 똑같은 모자를 쓰는지 물었다. 우리는 재빨리 그렇지 않다고 말하며 남자들이 쓰는 모자를 그렸다.

"남자들은 깃털 달린 모자를 쓰지 않나요?"

"원주민들만 그런 모자를 씁니다. 야만인들 말이에요." 제프가 설명하더니 원주민들의 전투모를 그려서 그들에게 보여주었다.

"군인들도 쓰지요." 내가 깃이 달린 군용모를 그리며 덧붙였다.

그들은 지대한 관심을 보일 뿐 공포감이나 반감, 놀라움은 드러내지 않으면서 우리 이야기를 끊임없이 기록했다!

야옹이 이야기로 다시 돌아가자면, 우리는 여자들이 번식에서 이룬 성과에 깊은 인상을 받았다. 그들은 정보를 얻기 위해 이런저런 질문을 쏟아냈다. 우리는 개와 말, 소 등에게 취해온 노력이 공연용에 사용되지 않는 일반 고양이들에겐 소용없는 일이었다고 말해주었다.

그들의 상냥하고 차분한 태도와 그 분별 있고 재기 넘치는 질문을 독자들에게 그대로 전할 수 있다면 얼마나 좋을까. 그건 단순한 호기심이 아니었다. 사실 그녀들에 대한 우리의 호기심도 만만치 않았다. 그들은 우리 문명을 이해하는 데에 여념이 없었는데, 그녀들의 질문 세례는 우리를 구석으로 몰았고, 결국 우리는 언급하고 싶지 않았던 이야기까지 하고 말았다.

"여러분이 키우는 모든 종의 개들이 유용한가요?" 그들이 물었다.

"오, 물론이에요! 사냥개나 감시견, 양치기 개 모두 유용하지요. 물론 썰매를 끄는 개나 쥐잡이 개들도 마찬가지예요. 하지만 유용하기 때문에 개를 키우는 건 아니에요. 말하자면 개는 '인간의 친구'거든요, 우리는 개를 사랑하지요."

여자들은 우리 말을 이해했다. "우리가 고양이를 사랑하는 것도 그런

식이에요. 고양이는 우리의 친구인 동시에 조력자예요. 고양이들이 얼마나 영리하고 정이 많은지 여러분도 아실 거예요."

사실이었다. 나는 아주 드문 예를 제외하고 그런 고양이를 본 적이 없었다. 이곳에서는 크고 멋진 외모에 실크처럼 부드러운 털을 가진 고양이들이 모든 사람들과 친밀하게 지냈는데 특히 주인에게는 헌신적인 애정을 드러냈다.

우리가 말했다. "새끼 고양이를 죽일 때는 가슴이 미어지겠군요." 여자들이 말했다. "오, 아니에요. 여러분이 소중한 소를 대하듯 우리도 고양이를 그렇게 대해요. 암컷에 비하면 수컷은 수가 아주 적지요. 각 마을마다 아주 좋은 종 일부만 남겨두니까요. 수컷들은 담이 있는 정원이나 친구 집에서 아주 행복하게 지내요. 다만 교미는 일 년에 한 번만 할 수 있어요."

"수컷에게 너무 부당한 처사 아닌가요?" 테리가 말했다.

"그렇지 않아요, 절대로요. 우리는 수 세기에 걸쳐 우리가 원하는 종을 번식시켰어요. 보다시피 건강하고 행복하고 친근하지요. 여러분은 개들을 어떻게 키우세요? 암수를 같이 키우나요? 아니면 수컷끼리 따로 키우세요?"

우리는 이건 정확히는 수컷의 문제가 아니라고 설명했다. 누구도 암캐를 키우고 싶어하지 않다보니 우리 개들은 모두 수캐들이고, 암캐들이 살아남는 비율은 굉장히 낮다고 말했다.

그러자 온화하며 다정한 미소를 띠고 테리를 바라보던 자바가 그에게 똑같은 질문을 던졌다. "수컷에게 너무 부당한 처사 아닌가요? 수캐들은 암컷과 떨어져 사는 걸 좋아하나요? 여러분의 개는 우리 고양이처럼 건강하고 사랑스러운가요?"

제프가 장난스럽게 테리를 쳐다보며 웃었다. 사실 우리는 제프가 배신자로 느껴지던 참이었다. 그는 종종 입장을 바꿔 여자들 편을 들었다. 의사였던지라 다른 시각으로 바라보는 경우도 많았다.

제프가 여자들에게 말했다. "인정하고 싶진 않지만 개는 모든 동물 중에서 인간 다음으로 질병에 취약한 동물이에요. 그리고 기질에 대해 말하자면, 사람들, 특히 아이들을 무는 개는 언제나 있기 마련이죠."

아이들을 무는 건 절대적인 악이었다. 아이들이야말로 이 나라의 존재 이유였던 것이다. 우리의 대화 파트너들은 동시에 자세를 바로잡았다. 여전히 부드럽고 절제된 그들의 목소리에는 깊은 놀라움이 담겨 있었다.

"그러니까 여러분은 아이들을 무는 수캐를 암캐 없이 키운다는 말인가요? 그런 개가 몇 마리나 되지요?"

"대도시에는 수천 마리는 될 겁니다. 시골에서는 거의 모든 가정이 개 한 마리씩은 키우지요."

테리가 끼어들었다. "여러분은 개들이 다 위험하다고 생각하면 안 됩니다. 사람을 무는 개는 백 마리 중에 한 마리도 안 되거든요. 사실 개는 아이들의 가장 친한 친구예요. 개를 키우지 않는 소년은 인생의 즐거움을 반도 누리지 못하는 셈이지요."

“여자아이들은요?” 소멜이 물었다.

“오, 여자아이들이요. 물론 여자아이들도 개를 좋아하지요.” 대답하는 테리의 목소리에는 힘이 약간 빠져 있었다. 훗날 깨달은 사실이지만 여자들은 언제나 이처럼 사소한 사실에 주목했다.

여자들은 우리 입을 통해 조금씩 진실을 짜냈다. 도시에 사는 인간의 친구들이 사실은 수감자처럼 갇혀 살고 있으며, 부족한 운동이라도 할라치면 목줄을 매야 하고, 수많은 질병은 물론 광견병이라는 치명적인 병에 노출되어 있고, 많은 경우 시민들의 안전을 위해 입마개를 쓰고 있다는 사실들을. 제프는 심술궂게도 미친개들에게 물려서 다치거나 죽은 사람들 이야기를 생생한 묘사를 곁들여가며 덧붙였다.

여자들은 우리 설명을 듣고도 우리를 힐난하거나 호들갑스럽게 굴지 않았고, 재판관처럼 침착하게 그 설명을 기록했다. 모딘은 기록한 내용을 우리에게 읽어주었다.

“제가 읽는 내용이 정확한지 이야기해주세요. 말씀하신 내용이 미국뿐 아니라 다른 나라에서도 일어나는 일인가요?”

우리는 시인했다. “맞아요. 대부분의 문명국에서 일어나지요.”

“대부분의 문명국에서 사람들과 함께 사는 동물은 유용하지 않고…”

“개들은 집을 지켜요. 도둑이 침입하면 개들이 짖거든요.” 테리가 주장했다.

그러자 모딘은 ‘도둑’이라고 적고 말을 이었다. “사람들이 이 동물에게 품고 있는 사랑 때문에…”

여기서 자바가 끼어들었다. "이 동물을 그렇게 사랑하는 게 남자들인가요? 아니면 여자들인가요?"

"둘 다예요!" 테리가 주장했다.

"애정의 정도가 같은가요?" 그녀가 물었다.

제프가 말했다. "말도 안 돼, 테리. 대체로 여자보다는 남자들이 개를 더 좋아한다는 걸 자네도 알잖아."

"사람들은, 특히 남자들은 개들을 너무 사랑한 나머지 집에 가둬두거나 목줄을 채워놓는답니다."

돌연 소멜이 물었다. "왜요? 우리가 수고양이를 가두어두는 이유는 암고양이와 짝짓기를 하는 걸 막기 위해서죠. 하지만 목에 줄을 매어놓지는 않아요. 뛰어놀 수 있는 넓은 공간이 있어요."

내가 말했다. "품종이 좋은 개들은 제대로 간수하지 않으면 도둑맞기 십상이에요. 우리는 개를 잃어버릴 때를 대비해서 주인 이름을 쓴 개목걸이를 매어놓아요. 게다가 개들끼리 싸움이 붙으면 품종 좋은 개들이 덩치 큰 개들 때문에 죽을 수도 있어요."

소멜이 말했다. "알겠어요. 개들은 만나면 싸우는군요. 흔한 일인가요?" 우리는 그렇다고 수긍했다.

"개들은 갇혀 있거나 목줄에 매여 있다." 소멜이 잠시 생각하다가 물었다.

"개는 뛰는 걸 좋아하지 않나요? 날 때부터 달리기를 좋아하는 동물 아닌가요?" 우리는 맞다고 인정했고, 심술궂은 제프는 이번에도 설명을 덧붙였다.

"저는 개를 줄에 묶어 산책시키는 남자나 여자를 볼 때마다 참 딱한 광경이라고 생각했습니다."

"이곳의 고양이처럼 미국의 개들도 깔끔한 습관을 갖도록 훈련을 받나요?" 질문이 이어졌다. 그리고 개들이 길거리에서 파는 물건이나 길가에 저지르는 짓에 대한 제프의 설명을 들은 그들은 믿기 힘들다는 표정을 지었다.

여자들의 나라는 네덜란드 주방처럼 깔끔했고 위생 상태도 마찬가지였다. 하지만 좀 더 자세한 설명에 앞서 이 놀라운 나라의 역사에 대해 내가 기억하는 대로 이야기해보려고 한다.

우선 이 나라의 역사를 배울 수 있었던 기회에 대해 간략하게 설명하겠다. 내가 기억하지 못하는 부분까지 자세하고 꼼꼼하게 기록하려고 노력하지는 않을 작정이다. 우리는 통틀어 여섯 달 동안 그 요새에 갇혀 있었으며, 그 이후에는 젊은 아가씨는 전혀 없고 오로지 '대령들'과 아이들만 있는 아름다운 도시에서 테리의 끝없는 싫증을 감내하며 석 달을 보냈다. 그 후 감시를 받으면서 석 달을 더 지냈는데, 그때는 우리의 스승이나 감시인과 함께 있었다. 마지막 석 달간의 생활은 즐거웠는데, 그곳 여자들과 진짜 친해졌기 때문이었다. 충분히 긴 내용이니 뒤에서 따로 한 장을 할애해 다루도록 하겠다.

우리는 이 나라의 언어를 완벽하게 숙지했으며, 그래야만 했다. 그들은 영어를 훨씬 빨리 배워서 우리의 학업 속도를 올리는 데 이용했다.

언제나 읽을거리를 지니고 다니는 제프는 소설 한 권과 얇은 시집 한 권을 가지고 있었고, 나는 정보로 꽉 찬 작고 두꺼운 포켓용 백과사전 한 권을 가지고 다녔다. 이 책들은 우리의 교육 때, 또 그들의 교육 때 사용되었다. 우리가 언어에 충분히 익숙해지자 그들은 우리에게 수많은 책을 가져다주었고, 그들이 이룬 이 기적의 기원을 알고 싶었던 나는 역사책을 읽는 데 몰두했다.

그리고 그들의 기록에 따르면 지금부터 말할 내용은 실제로 일어난 일이다.

지형에 관해 이야기하자면, 예수가 활동하던 시기 이 땅에는 바다로 통하는 길이 있었다. 여러 이유 때문에 어디라고 밝히지는 않겠지만 뒤에 있는 산맥에도 외부로 쉽게 드나들 수 있는 길이 있었다. 내 생각에 이들은 아리아인이 틀림없으며 한때 세계 최고 문명과 교류했다. 그들은 '백인'이지만 줄곧 태양에 노출된 까닭에 북방에 거주하는 인종보다는 피부색이 어두웠다.

당시 이 나라는 산맥 너머는 물론이고 해안지대까지 이르는 광활한 영토를 지니고 있었다. 이들은 선박을 보유했고 활발한 상업 활동을 했으며 군대가 있었고 왕도 존재했다. 지금 여자들이 냉정하게 우리를 양성인종이라고 부르는 것처럼 당시 그들 역시 양성인종이었다.

이 나라 초기의 역사는 다른 국가들도 종종 그렇듯 불운의 연속이었다. 전쟁으로 수많은 사람이 목숨을 잃었다. 전투 중에 많은 남자가 죽었고, 해안가에 살던 사람들이 이 오지로 쫓겨 온 후 수년 동안 산으로 이어지는 통로에서 적을 방어했다. 이곳은 원래 아래에서 공격하기 쉬운 지형이었지만 그들은 자연을 이용해 천연 방어막을 구축했고, 이제 사람이 오를 수 없는 안전한 곳이 되었다.

그 당시 다른 나라와 마찬가지로 이 나라에도 일부다처제와 노예제가 성행했다. 이들은 산속에 자리 잡은 자신들의 국가를 방어하기 위해 한두 세대에 걸친 기간 동안 요새를 지었다. 그중의 한 곳이 우리가 잡혀 있었던 건물이며, 오래된 다른 건물들 중 일부도 여전히 사용 중이었다. 요새는 크고 단단한 벽돌로 지어진 건축물로 지진이 일어나지 않는 한 무너질 일이 없었다. 당시에는 능숙한 남자 노동 인력이 충분했을 것이다.

그들은 생존을 위해 용감하게 싸웠지만 어느 국가도 선박회사가 흔히 말하는 '불가항력'을 이겨낼 수는 없다. 동원 가능한 모든 병력이 산속으로 향하는 통로를 방어하기 위해 전력을 쏟고 있었던 그때, 화산이 폭발하고 국지적으로 지진이 발생하면서 유일한 출구인 통로가 막혔다. 그들과 바다 사이에는 통로가 없어진 대신 깎아지른 듯 높은 산마루가 솟았다. 사람들은 산마루에 갇혔고, 적은 병력 전체가 그 밑에 깔리고 말았다. 노예를 제외하고 살아남은 남자는 극소수였다. 그러자 노예들이 이 기회를 이용해 혁명을 일으켰다. 살아남은 자신들의 주인은 물론이고 어린 남아와 나이 많은 여자들, 자녀를 둔 엄마들까지 죽였다. 노예들은 젊은 여자와 여아들만 남은 나라를 차지할 속셈이었다.

분노한 처녀들은 연이은 불행에 더 이상 참지 않았다. 노예들의 수는 많았지만 주인의 자질을 갖춘 이는 드물었다. 이에 젊은 여자들은 굴복하는 대신 필사적으로 들고일어나 잔인한 정복자들을 모조리 죽였다.

〈타이터스 앤드로니커스〉*처럼 들리겠지만 이게 그들의 설명이다. 그런 상황이라면 여자들은 미쳐버렸을지도 모르겠다. 누가 그들에게 비난의 화살을 날릴 수 있을까.

이 아름다운 고도의 정원에는 몇몇 나이 든 여자 노예와 히스테리가 심한 소녀들을 제외하면 말 그대로 아무도 남지 않았다.

이게 2천 년 전의 일이었다.

처음에는 깊은 절망의 시기가 이어졌다. 그들과 숙적들 사이를 산들이 가로막고 있었는데, 그 산들은 이들의 탈출마저 봉쇄했다. 위로든 아래로든 밖으로 나갈 방법이 없었기에 그들은 거기에 머무는 수밖에 없었다. 자살을 생각하는 사람들도 있었지만 다수는 아니었다. 그들은 담대한 집단이었음에 틀림없었다. 그들은 살 수 있는 한 살아가기로 결심했다. 당연히 그들은, 젊은이들이 그렇듯, 자신들의 운명을 바꿀 만한 일이 일어나길 희망했다.

여자들은 죽은 이들을 묻었고, 밭을 일구어 씨를 뿌리고 서로를 보살피기 시작했다.

시신 매장 얘기가 나왔으니, 생각난 김에 이들이 13세기쯤에 화장 제도를 도입했다는 사실을 기록해둬야겠다. 땅이 부족해 소 사육을 중단

* 후기 로마 제국을 배경으로 한 셰익스피어의 초기 작품으로 매우 잔인한 복수극.

했듯, 이 역시 땅이 충분치 않았기 때문이었다. 우리가 여전히 매장을 한다는 사실을 알고 굉장히 놀란 여자들이 그 이유를 물었는데, 우리의 대답은 그들을 전혀 만족시키지 못했다.

우리가 부활을 믿기 때문이라고 말했더니 여자들은 만약 신이 오랫동안 부패한 몸을 부활시킬 수 있다면 재가 된 사람도 부활시킬 수 있지 않느냐고 물었다. 우리는 사랑하는 사람들을 불에 태우는 걸 혐오스럽게 생각한다고 했더니, 그러면 사랑하는 사람들을 땅속에서 썩게 두는 건 덜 혐오스럽냐고 되물었다. 여자들은 불편하리만큼 논리적이었다.

전쟁 통에 살아남은 젊은 여자들은 삶의 터전을 가꾸기 위해, 최선의 삶을 살기 위해 팔을 걷어붙였다. 살아남은 여자 노예들은 자신들이 아는 기술을 가르치는 등 소중한 정보를 전수했다. 당시에 남겨져 보관되어 있는 기록을 보면 그 시대에 사용된 연장과 도구, 가장 비옥한 땅에 관한 정보 등이 적혀 있다.

살육을 피해 살아남은 일부 젊은 아낙네들이 대재앙 후 아기를 낳았다. 태어난 아이들 중 사내아이는 둘이었는데 둘 다 살아남지 못했다.

5년에서 10년 동안 그들은 함께 일하면서 더 강해졌고 더 지혜로워졌으며 그들의 관계 역시 더욱 돈독해졌다. 그리고 기적이 일어났다. 이 젊은 여자들 중 한 명이 아이를 낳은 것이다. 물론 그들은 어디엔가 남자가 있을 거라고 생각했지만 남자는 끝내 발견되지 않았다. 아기가 신의 선물이 분명하다고 생각한 사람들은 이 자랑스러운 어머니를 자신들의 모성의 여신인 마이아 신전에 모시고 엄중하게 지켰다. 세월이 흐르면서 이 신비로운 여성은 신전에서 하나, 둘씩 총 다섯 명의 아이를 낳았다. 모두 여아였다.

항상 사회학과 사회심리학에 비상한 관심을 가지고 있던 나는 심혈을 기울여 이 고대 여성들의 실제 상황을 마음속으로 재구성해보았다. 500명 내지는 600명의 여자가 있었고, 그들은 여자들 속에서 자랐을 것이다. 앞선 몇 세대 동안 투쟁이 일상화된 환경 속에서 자란 집단의 구성원들은 시련에 단련되었다. 힘든 환경 속에 부모를 잃은 채 홀로 남겨진 이들은 서로에게, 어린 여동생들에게 힘이 되었으며, 새로운 필요성의 압박 속에서 모두가 단결한 채 미처 알지 못했던 힘을 키워나갔다. 부모의 사랑과 보살핌은 물론 자신의 아이를 가질 수 있다는 희망마저 잃은 그들이었지만 고통은 이들을 더욱 단단하게 만들었고 노동을 통해 더욱 강인해졌다. 그리고 이윽고 새로운 여명이 이들을 비추었다.

마침내 여자들이 어머니가 된 것이었다. 물론 모두가 아이를 잉태할 수 있게 된 건 아니었지만 이 능력이 유전만 된다면 새로운 종족을 이룰 가능성이 생긴 것이었다.

'마이아의 딸들', '신전의 아이들', '미래의 어머니들'이라는 사랑과 희망, 존경이 담긴 칭호가 붙은 아이들이 어떻게 양육되었을지는 쉽게 짐작이 갈 것이다. 이 작은 여인국의 구성원 모두가 아이들을 감싼 채 사랑으로 보살폈고, 끝없는 희망과 절망 사이에서 아이들이 어머니가 될 수 있을지 지켜보았다.

그들은 어머니가 되었다. 스물다섯 살이 되자마자 아이를 낳기 시작한 것이다. 그들은 자신들의 어머니처럼 각각 다섯 딸을 낳았다. 이제 스물다섯 명의 새로운 여자, 어머니가 될 여자가 생기자 슬픔과 의연한 체념 속에 가라앉아 있던 이 나라에 자랑스러운 기쁨이 깃들었다. 남자들을 기억하는 나이 든 여자들이 세상을 떠났고, 세월이 흐르면서 '마이아의 딸들' 중 막내까지 세상을 떠나자 이제 처녀생식을 통해 태어난 155명의 여자들이 새 종족을 구성하게 되었다.

여자들은 이제 그 수가 줄고 있는 초기의 어머니들로부터 모든 것을 물려받았다. 여자들의 소국(小國)은 안전했다. 농장과 정원 모두 풍부한 생산량을 자랑했다. 산업들은 세밀하게 조율되어 있었다. 과거의 기록은 잘 보존되었고, 나이 든 여자들은 수년에 걸쳐 자신들이 소유한 기술과 지식 전부를 자매와 어머니인 어린 여자들에게 가르치기 위해 최선을 다했다.

이것이 바로 허랜드의 시작이다! 이들은 한 어머니의 배 속에서 태어난 한 가족이었다! 최초의 어머니는 100살까지 살면서 증손녀 125명의 탄생을 지켜보았다. 그녀는 모두의 여왕이자 사제, 어머니로서 그 누구보다도 고결한 자부심과 커다란 환희를 누리며 살다가 숨을 거두었다. 그녀는 홀로 새로운 종족을 건설한 것이었다.

최초의 다섯 딸은 성스러운 평온과 경외심이 담긴 기다림, 열정적인 기도 속에서 성장했다. 이 딸들이 모두가 간절히 바라는 어머니가 된다는 건 개인적인 기쁨일 뿐 아니라 이 나라의 희망이었다. 다섯 딸이 낳은 스물다섯 명의 딸들은 생존한 모든 인구의 사랑과 보살핌을 받으며 신성한 자매애 속에서 성장했다. 강한 희망과 폭넓은 시야를 지닌 열정적인 젊은이였던 그들은 위대한 역할을 맡을 그날을 고대했다. 그리고 마침내 세상에 그들만 남겨졌다. 머리가 하얗게 센 최초의 어머니가 세상을 떠났고, 다섯 자매와 스물다섯 명의 사촌들, 백스물다섯 명의 육촌들로 구성된 한 가족이 새로운 종족을 이루었다.

이들은 의문의 여지가 없는 인간이었다. 하지만 처녀생식으로 태어난 이 뛰어난 여성들이 남성적 특징만 없는 게 아니고 (물론 그걸 바란 건 아니지만) 여성들의 본질적인 특징마저 없는 것을 우리는 이해하기 힘들었다.

남자를 수호자나 보호자로 여기는 전통은 자취를 감추었다. 이 건장한 처녀들은 남자를 두려워하지 않았기에 보호를 받을 필요가 없었다. 높은 산마루로 막힌 그들의 땅에는 야생동물도 없었다.

그들에게는 우리가 최고의 힘이라고 높이 칭송해마지않는 모성애의 힘, 즉 모성본능은 물론 실제 관계를 보면서도 믿기 힘든 자매애 역시 존재했다.

우리끼리 있을 때 테리는 그 이야기에 대해 믿을 수 없다며 경멸적인 태도로 말했다. “이야기들이라는 게 다 헤로도토스만큼이나 오래됐고, 믿을 수도 없다고. 그리고 여자들 집단일 뿐이야. 그렇게 단결했을 리가 없어. 여자들은 싸울 줄이나 알지 뭘 조직할 줄도 모르고 질투심은 대단한 족속들인 거 우리가 다 알잖아.”

“하지만 여기에 사는 신여성들은 남자가 없으니 질투도 없었지.” 제프가 느릿느릿 말했다.

"그럴듯하군." 테리가 비꼬았다.

내가 테리에게 말했다. "그럼 네가 그럴듯한 이야기를 꾸며보지 그래? 이곳엔 여자들만 있어. 그리고 이 나라에 남자들이 코빼기도 안 보인다는 건 너도 인정했잖아." 우리는 이미 상당히 오랜 기간 동안 이곳에 머문 후였다.

테리가 으르렁거렸다. "물론 그랬지. 그래서 아쉽기도 해. 남자가 없으니 재미가 없잖아. 진짜 스포츠도 없고 경쟁도 없으니. 게다가 너희도 알다시피 이곳 여자들은 전혀 여성스럽지도 않아."

이런 종류의 대화는 항상 제프에게 불쾌감을 안겨주었으며 나는 점차 제프의 편을 들게 되었다. "그럼 넌 모든 관심이 모성에 쏠려 있는 여자들이 여성스럽지 않다는 거야?"

테리가 쏘아붙였다. "그걸 말이라고 해? 아빠가 될 가능성이 손톱만큼도 없는 곳에서 모성이 무슨 상관인데? 그리고 남자끼리 그런 감정을 이야기해봐야 도대체 무슨 소용이 있다는 거지? 남자는 모성애 말고도 여자한테 기대하는 게 많다고!"

우리는 가능한 한 테리에게 인내심을 가지려고 애썼다. 테리가 폭발했을 때는 그가 '대령들'과 함께 지낸 지 아홉 달이 지난 시점이었는데, 결국 좌절로 이어진 탈출 시도를 빼면 체력 훈련 정도의 흥밋거리마저 찾을 수 없는 생활이었다. 남아도는 에너지를 쏟아부을 연인이나 투쟁, 위험 없이 그렇게 오랜 시간을 지낸 적이 없는 테리는 짜증이 극에 달한 듯했다. 제프나 나는 달랐다. 지적으로 큰 흥미를 느꼈던 나는 감금생활에도 그다지 지치지 않았다. 따뜻한 성품의 제프는 자신의 스승이 마치 소녀라도 되는 듯 그녀와의 사교를 즐겼다.

테리의 비판은 사실 맞는 말이었다. 이들의 전반적인 문화를 지배하는 모성애가 두드러진 특징인 이 여자들에게 이른바 '여성성'은 눈에 띄게 부족했다. 이 점 때문에 오히려 나는 남자들이 그토록 좋아하는 '여성스러운 매력'이 여자들의 타고난 성품이 아닌 남성성이 반영된 결과물이라는 사실에, '여성스러운 매력'은 여자들이 남자들을 기쁘게 해줄 의무 때문에 발달했을 뿐 여자들의 위대한 성취의 과정에 전혀 중요하지 않다는 사실에 확신을 갖게 되었다. 하지만 테리의 결론은 나와 달랐다.

"여기서 나가기만 해봐!" 테리가 불평을 해댔다.

제프와 난 테리에게 경고했다. "테리, 말 좀 들어. 넌 조심해야 해! 여자들은 우리에게 정말 잘해주고 있어. 너 그 마취제 생각나지? 이 여인국에서 무슨 장난이라도 했다가는 저 이모님들 부대한테 복수를 당하는 수가 있어. 좀 남자답게 굴어! 이 상황이 평생 가지는 않을 거야."

다시 역사 이야기로 돌아가겠다.

여자들은 즉시 계획을 세웠고 그들이 가진 모든 힘과 지혜를 모아 아이들에게 필요한 것들을 짓기 시작했다. 모든 소녀들은 커가면서 자신에게 주어진 가장 큰 소임을 온전히 이해했으며 그 시기에 이미 교육과 어머니의 힘이 지혜로운 어른을 만든다는 오묘한 이치를 터득하고 있었다.

그들이 지닌 이상은 얼마나 고귀한지! 아이들은 아름다움, 건강, 힘,

지성, 선을 갖추기 위해 기도하고 노력했다.

그들에겐 적이 없었다. 모두가 자매이자 친구였다. 그들 앞에 펼쳐진 땅은 나쁘지 않았고 소녀들은 마음속에 위대한 미래를 그리기 시작했다.

여자들이 처음에 믿기 시작한 종교는 수많은 신과 여신이 존재했던 고대 그리스의 종교와 유사했다. 하지만 곧 전쟁과 약탈의 신에 대한 관심은 식어간 반면, 점차 어머니의 신이 믿음의 중심을 차지하게 되었다. 그들의 지적 능력이 발전하면서 이러한 믿음은 모신(母神) 범신교를 형성하게 되었다.

어머니의 땅은 열매를 맺었다. 씨앗과 달걀, 노동의 결과물에 이르기까지 그들이 먹는 모든 것은 모성의 산물이었다. 그들은 모성에 의해 태어났으며 모성으로 살아갔다. 그들에게 삶이란 그저 긴 모성의 한 주기였다.

초창기에 이미 역사를 그저 반복하지 않고 개선할 필요가 있음을 인식한 여자들은 자신들의 모든 역량을 훌륭한 사람을 키워내는 데 집중했다. 처음에 그들은 더 뛰어난 아기가 탄생하기를 희망했다. 하지만 이윽고 출생 당시 아이들의 수준이 다르더라도 진정한 성장은 교육을 통해 후천적으로 이루어진다는 사실을 깨달았다.

나라에 활기가 넘치기 시작했다.

나는 이 여자들이 이룬 것들을 이해하기 위해 배우면 배울수록 우리 남자들이 성취한 것들에게 대한 자부심이 희미해져갔다.

이 나라에는 전쟁이 없었다. 왕도, 사제도, 귀족도 없었다. 모두가 자매였으며 경쟁 대신 모두가 단합한 가운데 함께 성장해갔다.

우리가 경쟁을 그럴듯하게 설명하자 그들은 큰 흥미를 보였다. 사실 우리나라에 대해 진지하게 질문을 던지는 그들을 본 우리는 외부 세계가 자신들의 나라보다 우위에 있다는 사실을 여자들이 인정할 준비가 됐다고 생각했다. 하지만 그들은 확신하지 않았고, 그저 알고 싶어했다. 여자들은 오만할 법한 상황에서도 그런 태도를 취하는 법이 없었다.

우리는 허세를 섞어가며 경쟁의 이점에 대해 설명을 늘어놓았다. 경쟁이 어떻게 사람들의 훌륭한 자질을 발전시키는지에 대해, 또 경쟁이 없다면 '노동에 대한 자극도 없을 것'이라고 설명했다. 특히 테리는 후자를 강조했다.

그들은 이제 우리도 익숙해진 예의 그 어리둥절한 표정을 지으며 테리의 말을 반복했다. "노동에 대한 자극도 없다? 여러분은 일하는 걸 좋아하지 않는가보죠?"

"일할 필요가 없다면 어떤 남자도 일하지 않을걸요." 테리가 주장했다.

"아, 남자들이 그렇다는 거군요. 당신 말은 노동을 좋아하는지의 여부로 남녀를 구별할 수 있다는 뜻인가요?"

테리가 서둘러 말했다. "아니, 제 말은 남자든 여자든 보상 없이는 일을 하지 않을 거라는 겁니다. 경쟁은 일을 하게 하는 원동력이거든요."

여자들이 상냥하게 설명했다. "우리나라에는 경쟁이 없어요. 그래서 이해하기가 어렵군요. 당신 말은, 예를 들어 미국에서는 경쟁이라는 자극이 없다면 자식을 위해 일할 어머니가 하나도 없다는 뜻인가요?"

테리는 그런 뜻이 아니라고 말했다. 어머니들이야 자식들을 위해 집안일을 하겠지만 세상일은 다르다며 세상일을 책임지는 남자에게는 경쟁이라는 요소가 필요하다고 말했다.

그의 설명은 우리 스승들의 흥미를 불러일으켰다.

"우린 궁금한 게 정말 많아요. 여러분은 전 세계에 대해 우리에게 이야기해줄 수 있어요. 우리는 작은 우리나라밖에 알지 못하는데! 그리고 여러분의 세계에는 사랑하고, 서로 돕는 두 성별이 있구요. 분명히 풍요롭고 놀라운 세계일 거예요. 말해주세요. 이곳에는 없는 남자들만 한다는 세상일이란 게 뭐죠?"

테리가 당당하게 말했다. "모두 다예요. 우리나라에서는 남자들이 모든 일을 하거든요." 그는 넓은 어깨를 딱 벌리고 가슴을 한껏 부풀린 채 말했다. "우리는 여자들에게 일을 시키지 않아요. 여자들은 남자들의 사랑과 숭배, 존경을 받으며 가정에서 아이들을 보살피지요."

"가정이 뭔가요?" 소멜이 물었다.

그때 자바가 간청하듯 물었다. "제 질문에 먼저 답해주세요. 일을 하는 여자가 정말 없나요?"

테리가 말했다. "물론 있어요. 가난한 여자들은 일을 해야 하니까요."

"미국에 그런 사람들은 얼마나 있나요?"

제프가 그 어느 때보다도 짓궂게 말했다. "700만에서 800만 명은 있을 겁니다."

6

선명한 우위

나는 항상 내 조국에 자부심을 가지고 있었다. 미국인이라면 누구나 그럴 것이다. 백 보 양보하더라도, 내게 미국은 다른 나라나 다른 민족보다 모든 면이 뛰어난 국가였다.

그런데 총명하고 솔직하며 순진무구한 아이가 던진 천진난만한 질문이 종종 사람들의 자존심에 상처를 입히듯 이 여인들도 그랬다. 여자들은 악의나 우리를 비웃으려는 의도가 전혀 없었지만, 우리가 어떻게 해서든 회피하려는 주제를 대화에 지속적으로 끌어들였다.

그들의 언어에 꽤 능숙해진 우리는 허랜드의 역사에 대해 많은 걸 읽었고, 그들에게 미국 역사의 개요를 설명한 터라 이제 그들은 한층 더 밀도 높은 질문으로 우리를 압박하기 시작했다.

제프가 미국 여성 중 '임금노동자'의 숫자를 말하자 여자들은 곧 미국의 전체 인구와 성인 여자가 차지하는 비율을 물었고, 성인 여자의 인구가 기껏해야 2천만 명 정도라는 사실을 알게 됐다.

"그렇다면 최소한 성인 여자 인구 중 3분의 1이 여러분이 말하는 임금노동자라는 뜻이군요? 그들이 모두 가난하다는 말이지요. 그런데 가난하다는 게 정확히 어떤 의미인가요?"

테리가 말했다. "가난에 관해서라면 미국이야말로 세계 일류국가이지요. 역사가 오래된 나라에서 흔히 볼 수 있는 불쌍한 노숙자나 거지들이 없거든요. 유럽에서 온 관광객들은 미국인을 가난을 모르는 사람이라고 부르지요."

"그건 우리도 마찬가지예요. 설명을 해주겠어요?" 자바가 말했다.

테리는 내 직업이 사회학자라며 대답을 내게 미뤘다. 나는 자연법칙은 생존 투쟁을 요구하며, 환경에 가장 잘 적응한 자만이 살아남고 그렇지 않은 자는 도태된다고 설명했다. 마찬가지로 경제 분야에서도 환경에 가장 잘 적응한 사람들에게 더 높은 곳으로 오를 많은 기회가 주어지는데, 특히 미국에서는 상당히 많은 사람들이 그런 기회를 누렸다고 말했다. 한편 경제 상태가 악화되면 빈곤층일수록 타격이 크기 때문에 극빈층 여성들이 노동시장으로 내몰릴 수밖에 없다고도 말했다.

여자들은 평상시처럼 필기를 하면서 유심히 귀를 기울였다.

모딘이 진지하게 말했다. "대략 3분의 1이 극빈층에 속하는군요. 그리고 3분의 2가 여러분들이 아름답게 묘사한 '남자들에게 사랑과 존경을 받으며 가정에서 아이들을 돌보는' 여자들일 테구요. 3분의 1을 차지하는 이 가난한 여자들은 자녀가 없겠군요?"

제프는—그는 이제 여자들만큼이나 테리와 나를 코너에 몰고 있었다—그 반대로 가난한 여자일수록 더 많은 아이들을 낳는 경향이 있다고 진지하게 대답했다. 그는 이 역시 자연법칙이라고 설명했다. "재생산은 자아실현과 반비례하거든요."

자바가 부드럽게 물었다. "여러분들에게 '자연법칙' 말고 다른 법은 없나요?"

테리가 이의를 제기했다. "물론 있지요! 미국에는 수천 년의 세월 동안 이어져 내려온 사법체계가 존재합니다. 물론 이 나라도 그렇겠지만요" 그는 공손하게 말을 마쳤다.

모딘이 테리에게 말했다. "아, 그렇지 않아요. 우리에겐 100년 이상 된 법이 없어요. 대부분은 제정된 지 20년도 채 안 됐지요. 몇 주 후에 여러분에게 우리의 작은 나라를 구경시켜드리고, 여러분이 궁금해하는 모든 걸 알려드리겠어요. 우리는 여러분이 이곳 사람들을 만나봤으면 해요."

"이곳 사람들은 확실히 여러분을 만나고 싶어한답니다."

이 말을 들은 테리는 단번에 얼굴색이 밝아지더니 다시 교사로서의 능력을 발휘했다. 우리가 아는 것도 별로 없고 참고할 만한 책도 없었기에 망정이지 그렇지 않았다면 호기심 넘치는 그 여자들에게 다른 나라에 대해 알려주느라 지금까지 그곳에 머물러 있었을지도 모르겠다.

지리적으로 그들은 산맥 너머에 거대한 바다가 있다고 여겨왔다. 그런데 밑으로 보이는 건 끝없이 펼쳐진 나무로 우거진 평원이 전부였다. 하지만 드물게 남아 있는 고대 기록을 살펴보면—홍수가 나기 전이 아니라 그들을 세상과 완전히 끊어버린 강력한 지진이 발생하기 전—그들은 다른 나라와 다른 민족이 존재한다는 사실을 알고 있었다.

그들은 지질학에 대해서는 상당히 무지했다.

인류학 쪽을 보면 그들은 다른 민족들이 존재한다는 생각을 가지고 있었고 원주민들이 밑에 있는 어두운 숲을 차지하고 있다는 사실을 아는 정도였다. 그럼에도 불구하고 추론과 연역에 능했던 이들은 마치 우리가 지구와 비슷한 다른 행성이 있을 거라고 추측하듯 다른 지역에도 상당히 발달한 문명이 존재할 것이라고 짐작하고 있었다.

우리가 정찰을 위해 처음 비행할 당시 자신들의 머리 위로 휘잉 날아가는 비행기를 본 여자들은 이 비행기를 어디엔가 존재하는 고도로 발전한 문명의 증거로 받아들이고는, 우리가 화성에서 '유성'을 타고 오는 외계인을 맞을 준비를 하듯 우리를 맞이하기 위해 신중하게, 심혈을 기울여 준비를 했던 것이다.

여자들은 자신들의 고대 전통을 제외한 세계사에 대해서는 아예 무지했다.

오랜 역사를 지닌 천문학에 대해서는 실용적인 지식을 상당히 갖추고 있었다. 수학 역시 놀랄 만큼 넓은 범위에서 활용되고 있었다. 이곳 여자들은 수학적 재능이 뛰어났다.

그들은 생리학에도 익숙했다. 우리가 실생활에서 접할 수 있는 소재와 관련된, 보다 간단하고 구체적인 과학 분야에서 그들이 이룬 성과는 놀라웠다. 여자들은 예술과 접목되거나 산업과 융합되는 학문 분야인

화학, 식물학, 물리학에서 놀라운 실력을 발휘했고, 축적된 지식이 얼마나 대단한지 우리가 마치 초등학생처럼 느껴졌다.

또한 우리는 자유의 몸이 된 후 이 나라에 대해 좀 더 연구한 결과 이들 한 명 한 명이 상당한 지식인이라는 사실을 알게 되었다.

훗날 내가 도시에 사는 여자들은 물론 전나무로 덮인 고지대 계곡에 사는 산소녀들과 평원에 사는 햇볕에 그을린 여인들, 날렵한 삼림감독관들 등 시골 여기저기에 사는 여자들과 이야기를 나눠본 결과 어느 곳에 사는 사람들이건 모두 지적 수준이 높았다. 물론 자신의 전문 분야에 대한 지적 수준이 다른 사람들보다 월등히 높은 전문가들도 있었지만, 우리나라 사람들과 비교했을 때 대체로 이곳 사람들은 자신들의 나라에 대한 이해도가 매우 높았다.

우리는 미국에서 실시되는 의무교육과 미국인들의 높은 보편적 지식수준을 자랑스럽게 생각해왔지만 이곳에서 주어지는 교육 기회를 생각해보면 여자들은 우리보다 훨씬 나은 교육을 받고 있었다.

그들은 우리가 준비한 그림과 모형들을 사용해 설명한 것들을 토대로 점점 많은 걸 학습하면서 자신들이 공부할 일종의 학습 개요를 짰다.

먼저 커다란 지구본을 만든 후 그 지구본 위에 내가 가지고 있던 귀중한 연감을 참고해서 임시방편으로나마 지도를 그렸다.

배움을 목적으로 모인 여자들은 모두 열의에 차 있었다. 제프가 지구의 지질학적 역사를 훑고 이 나라의 관계적 위치를 설명하는 동안 여자들은 끼리끼리 앉아서 조용히 귀를 기울였다. 그들은 내 포켓용 연감에 실린 사실과 수치를 통해 정확한 관계를 파악했다.

테리마저도 이 일에 흥미를 갖기 시작했다. 테리가 우리에게 말했다. "이렇게 계속 가르치다보면 여자들은 아마 이 나라에 있는 모든 여학교와 대학 강의도 죄다 우리에게 부탁할 거야. 정말 멋지지 않냐! 그런 제의를 거절할 이유는 전혀 없지."

나중에 여자들은 실제로 우리에게 공개 강의를 청했다. 하지만 청중도, 그들의 의도도 우리의 예상과는 달랐다.

그들이 우리에게 한 일은… 말하자면 나폴레옹이 일자무식한 몇몇 농부에게서 군사정보를 캐내는 것과 흡사했다. 그들은 우리에게 무슨 질문을 해야 할지, 우리 답을 어떻게 활용할지 잘 알고 있었다. 정보 전달용으로 사용하는 기계 역시 우리의 것과 거의 동일했다. 그리고 우리가 강의를 위해 앞에 나섰을 때 청중들은 우리가 우리 스승에게 건네준 모든 내용을 이미 철저하게 숙지한 건 물론이고 대학 교수들조차 겁을 집어먹을 정도로 많은 메모와 질문을 준비한 상태였다.

청중들도 소녀들이 아니었다. 우리가 젊은 여자들을 만나도록 허용된 건 좀 더 시간이 지난 후였다.

"괜찮다면 우리랑 뭘 하려는 건지 말씀 좀 해주시지요?" 테리는 돌연 특유의 허세가 담긴 말투로 차분하고 상냥한 모딘에게 캐물었다. 처음 이곳에 왔을 때 테리는 호통을 치거나 허풍스러운 동작을 취하곤 했는데 이런 그의 행동은 여자들에게 큰 구경거리였다. 여자들은 주변에 모여서 공손하면서도 흥미로운 표정으로 마치 전시물을 관람하듯이 테리를 바라보곤 했다. 결국 테리도 자신의 행동에 좀 더 신경을 쓰게 됐다. 물론 별반 달라지지 않았지만.

모딘이 부드럽고 차분한 목소리로 말했다. "물론이지요. 간단해요. 우리는 여러분들로부터 가능한 한 모든 걸 배울 생각이에요. 그리고 여러분이 우리나라에 대해 알고 싶어하는 모든 걸 가르칠 거예요."

"그게 다인가요?" 그가 말했다.

모딘은 얼굴에 수수께끼 같은 미소를 띠었다. "상황에 따라 달라요."

"무슨 상황이요?"

"주로 여러분에게 달려 있어요." 그녀가 대답했다.

"당신들은 도대체 왜 우리를 이렇게 가두어두는 겁니까?"

"젊은 여자들이 이렇게 많은 곳에 여러분이 자유롭게 다니도록 두는 게 안전한 것 같지 않기 때문이에요."

그 말을 들은 테리는 반색했다. 내심 그렇게 생각하고 있었던 것이다. 하지만 그는 내색하지 않고 질문을 이어갔다. "왜 걱정을 하시는 겁니까? 우리는 신사들이에요."

그녀는 다시 한번 슬며시 미소 지으며 물었다. "'신사들'은 언제나 안전한가요?"

"우리 중에 누군가가 이 나라 소녀들을 해치기라도 할 거라고 생각하는 건가요?" 테리는 '우리'라는 단어를 유독 강조하며 말했다.

모딘은 정색하며 재빨리 말했다. "오, 아니에요. 오히려 정반대의 위험을 말한 거예요. 이곳 여자들이 여러분을 다치게 할까봐서요. 만약,

우연이라도 여러분이 이곳 여자 한 명에게 위해를 가한다면 여러분은 어머니들 100만 명을 상대하게 될 테니까요."

테리가 어찌나 놀라면서 격분하던지 제프와 내가 껄껄 웃었지만 그녀는 개의치 않고 상냥하게 말을 이어나갔다.

"아직 이해를 잘 못 하는 것 같군요. 여러분은 모든 인구가 어머니 혹은 어머니가 될 사람들로 구성된 나라에 머무르는 남자 셋에 불과해요. 모성애는 우리에게 남다른 의미가 있어요. 여러분이 얘기한 그 어떤 나라에서도 찾아볼 수 없더군요. 제프, 당신이 여러분의 나라에서는 형제애를 위대한 신념으로 여긴다고 말했지만, 제 생각에는 그 표현도 현실과는 거리가 있는 것 같은데요?"

제프가 안타깝게 고개를 끄덕이며 말했다. "상당히 거리가 멀지요."

모딘이 말을 이어나갔다. "이곳에서 모성애는 중요한 가치예요. 우리의 기원인 자매애와 훨씬 고귀한 가치인 사회 성장을 위한 협력을 제외하면 가장 중요하다고도 할 수 있지요."

"이 나라에서 생각의 중심에는 언제나 아이들이 있어요. 우리는 앞으로 한 발씩 나아갈 때마다 아이들과 우리 민족에게 미칠 영향을 고려하지요. 우리는 어머니들이니까요." 그녀는 이 말이 모든 걸 담고 있다는 듯 다시금 반복했다.

테리가 이의를 제기했다. "모든 여자들의 공통점인 그 사실이 우리에게 무슨 위험이 된다는 건지 모르겠군요. 당신 말은 여자들이 공격으로부터 아이들을 보호할 거라는 뜻일 테지요. 물론 그럴 거예요. 어머니라면 누구나 그럴 겁니다. 하지만 우리는 미개인이 아니에요. 여러분, 우리는 아이들을 해칠 생각은 추호도 없어요."

여자들은 서로를 바라보더니 슬며시 고개를 저었다. 자바는 제프 쪽으로 고개를 돌리더니 테리나 나보다 그가 자신들의 뜻을 더 잘 이해하는 것 같다면서 우리의 이해를 도와주라고 부탁했다.

이제 나는 그녀들이 말한 내용의 많은 부분을 이해하고 있다. 하지만 그렇게 되기까지는 꽤 긴 시간이 걸렸고 상당한 지적 노력을 기울여야 했다.

여자들이 말한 모성애는 이렇다.

그들은 고대 이집트나 그리스처럼 높은 수준의 발전을 이룬 사회를 건설했다. 하지만 남성성을 잃게 되자 처음에는 모든 인간의 능력과 안전을 잃었다고 생각했다. 그러나 처녀생식으로 출산이 가능해진 후 여자들은 아이들의 번영을 위해 모두가 힘을 모아 영리한 방식으로 협력하기 시작했다.

여자들이 이룬 모든 문화에서 가장 두드러지는 특징인 이 단결성을 테리가 얼마나 오랫동안 인정하려들지 않았는지 나는 기억한다. "불가능해! 여자들은 힘을 합치지 않아. 그건 자연법을 거스르는 행위라고." 테리는 이렇게 주장하곤 했다.

우리가 명백한 사실로 설득하려들면 테리는 "당치 않은 소리!" 또는 "그건 불가능해!"라고 말하곤 했다. 결국 테리는 제프가 벌목(目) 곤충 얘기를 꺼내고 나서야 조용해졌다.

제프가 의기양양하게 말했다. "이 게으름뱅이야, 개미한테라도 가서 좀 배워라. 협동의 귀재들이잖아. 넌 이기지도 못할걸. 여기는 거대한 개미탑과 같은 곳이야. 개미탑은 한마디로 탁아소지. 벌들은 또 어떻고? 그 유명한 헨리 컨스터블의 시에도 나오지만 벌들도 서로 협력하고 사랑하면서 지내잖아?* 새나 곤충, 짐승 중에 이렇게 서로 힘을 합쳐 살아가는 수컷 생명체가 있으면 하나라도 대봐. 남자들이 지배하는 나라 중에 이곳 여자들처럼 단결력이 뛰어난 곳이 있으면 말해보라고! 천성적으로 협동을 잘하는 건 남자가 아니라 여자들이라고!"

테리는 원치 않는 많은 걸 배워야 했다. 이제 이곳에서 일어난 일에 대한 내 분석을 다시 적어보겠다.

여자들은 아이들을 위해 긴밀하게 서로 협력해나갔다. 당연한 얘기지만 최고의 성과를 내기 위해서는 모든 걸 전문화할 필요가 있었다. 아이들에게는 어머니는 물론이고 방적공과 방직공, 농부, 정원사, 목수와 석공도 필요했다.

사회가 발전하자 인구밀도가 급상승했다. 특히 이런 소규모 국가가 30년마다 인구가 다섯 배씩 증가하면 금방 한계에 이르게 된다. 그들은 방목하던 소들을 없앴다. 가장 마지막에 없앤 가축은 양이었을 것으로 짐작된다. 그들은 내가 들어본 모든 사례를 뛰어넘는 집중 농업 체계를

* 영국의 시인 헨리 컨스터블(1562~1613)의 시구 "새들이 봄을 사랑함과 같이, 벌들이 그들의 자상한 왕에게 그러함과 같이, 아름다운 아가씨여, 이제 나를 사랑해다오!"를 말한다.

만들어냈고, 숲속 나무들은 과일이나 견과류가 열리는 나무들로 대체했다.

많은 노력을 기울였음에도 그들은 곧 인구 증가에 따른 심각한 문제에 봉착했다. 모든 곳은 사람으로 가득 찼고, 삶의 질이 저하되는 건 불가피했다.

그렇다면 여자들은 이 문제에 어떻게 대처했을까?

여자들은 다수의 천박한 사람들이 몸부림치며 서로를 능가하기 위해 애쓰고, 몇몇은 잠시나마 정상을 차지하지만 빈민층과 부적응자 등 절망에 빠진 수많은 하위계층은 끊임없이 짓밟히며, 어느 누구에게도 고요와 평화가 없고, 대다수의 사람들에게서 고귀한 품성을 찾을 수 없는 '생존 투쟁'으로 대응하지 않았다.

그들은 어려움을 겪는 대중을 위해 다른 이들의 영토를 침략하거나 식량을 약탈하는 짓도 하지 않았다.

이곳의 여자들은 달랐다. 함께 회의를 통해 해결책을 모색했다. 그들은 명석하고 강인한 사상가들이었다. 그들은 이렇게 말했다. "최선의 노력을 경주하면 이 나라는 우리가 원하는 평화와 쾌적함, 건강, 아름다움, 발전의 수준을 유지하면서 이 많은 사람들을 훌륭하게 부양할 수 있을 것입니다. 인구는 지금 이 수준을 유지할 것입니다."

이제 이해할 수 있을 것이다. 그들은 어머니였다. 하지만 우리 머릿속에 있는, 원치 않는 출산으로 이 땅을 가득 채운 자신의 아이들이 고통받고 죄를 짓고 서로 끔찍하게 싸우다가 죽어가는 걸 바라볼 수밖에 없는 무력한 어머니가 아닌, 의식 있는 사람을 키워내는 어머니였던 것이다. 어머니들에게 모성애는 잔인한 열정, 즉 개인적 느낌에 불과한 '본능'이 아닌 하나의 종교였다.

모성애는 우리가 그토록 이해하기 힘들어했던 여자들의 단합을 가능케 한 무한한 자매애도 포함하고 있었다. 이들의 모성애는 국가적이었고 민족적이었으며 인간적이었다. 아, 난 이 모성애를 어떻게 표현해야 좋을지 모르겠다.

우리는 이른바 '어머니'라는 사람들이 혼을 쏙 빼놓을 만큼 귀여운 자신의 아이를 돌보느라 모든 아기들의 공통된 필요에 관심을 갖는 건 고사하고 타인의 아이에게 일말의 관심도 갖지 않는 모습을 무수히 보았다. 하지만 이곳의 여인들은 모두가 힘을 합쳐 가장 위대한 과업—그들은 사람을 만들고 있었다—을 수행하고 있었으며, 실제로 아이들을 훌륭하게 키워냈다.

인구 폭발은 '소극적인 우생학'의 시기로 이어졌다. 끔찍한 희생이 뒤따랐음이 분명했다. 우리는 보통 조국을 위해 목숨을 바치지만 여자들은 조국을 위해 모성을 포기해야 했다. 그들에게는 감내하기 어려운 일이었다.

여기까지 읽은 나는 좀 더 많은 걸 알고 싶어서 소멜을 찾아갔다. 그 당시 나는 소멜과 가깝게 지냈는데, 내 인생에서 여자와 그렇게 깊은 우정을 나눈 건 그때가 처음이었다. 소멜은 넉넉한 영혼의 소유자로, 남자가 좋아하는 다정하고 부드러운 어머니와 같은 느낌을 풍기면서도 내가 남자의 특징이라고 생각해온 냉철한 지성을 지닌 신뢰할 수 있는 사람이었다. 우리는 이미 상당량의 대화를 주고받은 사이였다.

내가 말했다. "인구가 지나치게 늘어나서 인구 제한을 결정해야만 했던 힘든 시기가 있었지요. 우리끼리 이 부분에 대해 많은 이야기를 나눴는데 여러분의 시각은 우리와 다를 것 같아요. 전 그 부분을 좀 더 알고 싶습니다.

여러분은 출산을 사회를 위한 고귀한 봉사, 진정한 성사로 여겼어요. 대부분의 사람들에게 출산 기회는 단 한 번뿐이었어요. 신체가 건강하지 않으면 이마저도 허용되지 않았지요. 아이를 한 명 이상 출산하도록 장려된 사람들에게는 국가로부터 큰 보상과 높은 명예가 뒤따랐지요."

(소멜은 가장 명예로운 여인들을 '높으신 어머니'라고 부르며, 이들은 귀족과 비슷한 지위를 누린다고 덧붙였다.)

"그런데 제가 이해할 수 없는 부분은 바로 출산을 어떻게 막을 수 있느냐는 겁니다. 여자 각각이 다섯 명씩 출산했다고 들었어요. 출산을 제한할 강압적인 남편도 없고, 태아를 죽이는 짓도 하지 않는데…"

그 순간 본 그녀의 섬뜩하면서도 공포 어린 표정을 나는 결코 잊지 못할 것이다. 의자에서 일어서는 소멜의 얼굴은 창백했고 눈은 이글거리고 있었다.

"태아를 죽인다구요! 여러분 나라에서 남자들은 그런 짓도 하나요?" 소멜이 낮고 거칠게 말했다.

"남자들이라구요?" 발끈해서 대답하려던 내 앞을 심연이 가로막았다. 우리는 이 나라 여자들이 우리가 입에 침이 마르도록 자랑한 우리나라 여자들을 그 어떤 면에서든 열등하다고 생각하게 만들고 싶지 않았다. 나는 성도착자나 영아를 죽이는 미친 여자들과 같은 범죄자들이 있다며 부끄럽지만 적당히 얼버무렸다. 미국은 비판받을 점이 많은 나라지만 그들이 우리와 우리의 상황을 좀 더 이해하게 될 때까지 우리의 결점을 드러내놓고 이야기하고 싶지 않다고도 솔직하게 털어놓았다.

그러고는 원래 화제로 전환하기 위해 재빨리 그들이 어떤 방법으로 인구를 제한했는지 다시 물었다.

소멜 역시 놀라움을 가감 없이 드러낸 것에 대해 미안함은 물론 창피함마저 느끼는 듯했다. 그들을 더 잘 알게 된 지금 그 시절을 떠올려보면 우리에게서 뼛속까지 역겨워지는 말을 끊임없이 들으면서도 언제나 정중한 태도를 잃지 않은 그녀들에게 놀라지 않을 수 없다.

소멜은 다정하면서도 진지한 표정으로 내게 설명했다. 그녀의 설명에 따르면 내가 아는 바와 같이 처음에 각각의 여자들은 아이를 다섯 명씩 낳았다. 건국에 대한 열망으로 수 세기 동안 다산을 이어간 여자들은 결국 산아 제한의 절대적 필요성에 직면했다. 산아 제한 문제는 모두에게 명백했고 모든 사람들이 관심을 가지고 있었다.

처녀생식을 위해 골몰했던 여자들이 이제 그 놀라운 능력을 제한할 방법을 찾기 위해 몰두했다. 여자들은 몇 세대에 걸쳐 이 문제에 사고와 연구를 집중했다.

소멜이 말했다. "우리는 그 문제를 해결하기 전까지 배급받은 식량으로 살았어요. 그리고 결국 문제를 해결했지요. 아이들이 우리 몸에 생기기 전에 진정한 환희가 느껴지는 시기가 있어요. 몸과 마음이 행복과 아이를 향한 진한 열망으로 가득해지지요. 우리는 아주 조심스럽게 그 시기를 기다리는 법을 알게 됐어요. 아직 임신을 경험하지 않은 젊은 여자들은 자발적으로 이 시기를 늦추기도 했답니다. 여자들은 아이를 향한 내면의 깊은 요구가 느껴지면 비로소 심신을 적극적으로 활용할 수 있는 일을 시작했어요. 더 중요한 건 다른 아이들을 보살피면서 자신의 열정을 다스리는 것이었지요."

소멜이 말을 멈췄다. 지혜롭고 상냥한 그녀의 얼굴에 깊은 경외감이 차올랐다.

"우리는 모성애가 한 가지 모습만 지니고 있는 게 아니라는 사실을 깨달았지요. 아이들이 우리 모두에게 이렇게 큰 사랑을 받을 수 있는 건 이곳 사람들이 자신의 아이를 원하는 만큼 갖지 못하기 때문인 것 같아요."

이 말이 너무나 안쓰럽게 느껴졌기에 나는 이렇게 말했다. "미국에서 사는 우리도 씁쓸하고 힘든 일을 많이 겪긴 하지만, 원하면서도 아이를 갖지 못하는 상황이라니 말로 표현할 수 없을 만큼 안타깝네요. 아이들을 갈망하는 모성으로 가득 찬 나라라니!"

하지만 소멜은 깊은 곳에서 우러나오는 만족스러운 미소를 지은 채 내가 오해한 거라고 말했다.

"우리 각자는 어느 정도 개인적인 기쁨을 포기한 채 살아가지요. 하지만 기억하세요. 우리에게는 사랑과 봉사가 필요한 아이가 백만 명이나 있어요. 모두 우리 아이들이지요."

나는 수많은 여자들이 '우리 아이들'이라고 말하는 걸 이해할 수 없었다. 다만 그게 개미와 벌의 방식인 것 같았다.

이것이 바로 그들이 살아가는 방식이었다.

아이를 갖기로 결심한 여자는 자연의 기적이 일어날 때까지 내면에 아이를 향한 열망을 키운다. 그렇지 않은 여자들은 아이에 대한 모든 생각을 지우고 다른 아이들에게 마음을 쏟는다.

미국은 미성년자들이 전체 인구의 5분의 3을 차지하는 반면에 이 나라에서 미성년자는 전체 인구의 3분의 1 이하이며 그들은 정말 소중하다! 황제의 자리를 이어받을 황태자도, 고독한 백만장자의 자식도, 중년 부부의 외동아이도 이곳 허랜드의 아이들과는 비교할 수 없을 것이다.

이 주제로 넘어가기 전에 내가 시도한 분석을 마저 끝내야겠다.

그들은 인구를 효과적이고 영구적으로 제한하는 데 성공함으로써 모든 구성원이 풍요로운 삶을 살 수 있게 되었다. 시민들은 공간과 공기는 물론 한적함까지 모든 걸 풍족하게 누릴 수 있었다.

인구를 제한할 수밖에 없었던 그들은 삶의 질을 향상시키기 위한 노력을 시작했고 1,500년이라는 세월 동안 부단히 노력을 경주했다. 그녀들이 이렇게 좋은 사람들인 게 전혀 놀랍지 않은 이유다.

생리학과 보건, 위생시설, 체육 분야 역시 오래전에 완벽한 수준에 이르렀다. 여자들 대부분이 아픈 게 뭔지 모른 채 살다보니 이른바 '의학'

은 과거에는 대단히 발달한 학문이었으나 지금은 실질적으로 사라진 학문이 되고 말았다. 여자들은 순수한 혈통을 지녔고 생기가 넘쳤으며 최상의 보살핌을 받았고 그들의 삶의 조건은 언제나 완벽했다.

심리학과 관련하여 그들이 쌓은 실용지식과 일상에서 그 지식을 실천하는 모습을 본 우리는 경외감에 말문이 막히고 말았다. 이들의 심리학에 대한 이해가 깊어지자 외계인이나 다를 바 없는 이방인이자 미지의 반대 성별을 가진 우리를 처음부터 이해하고 돌봐준 그들의 세심한 능력 역시 기꺼이 인정하게 되었다.

여자들은 이렇게 넓고 깊고 철저한 지식을 바탕으로 그들이 직면한 교육 문제를 해결해나갔다. 훗날 이 부분에 대해 좀 더 자세히 설명할 기회가 있기 바란다. 이처럼 국가의 사랑을 한 몸에 받는 이곳 아이들을 우리나라의 평균적인 아이들과 비교하는 건 사람이 가꾸어 화려하게 꽃을 피운 장미꽃을 잡초와 비교하는 것과 다름없다. 훌륭한 성품이 자연스럽게 몸에서 배어나는 덕에 이들은 '가꾸어진' 것처럼 보이지도 않았다.

꾸준히 사회적으로 헌신하면서 정신력과 의지력을 키워온 여자들은 수 세기 동안 예술과 과학 분야에도 힘을 쏟아 눈부신 성공을 거두었다.

모든 면에서 우월하다고 믿었던 우리는 지혜롭고 다정하고 강인한 여자들이 사는 이 고요하고 아름다운 땅에 갑작스레 발을 들였다. 그리고 그들이 안전하다고 여길 정도로 길들여졌고 훈련을 받은 지금 마침내 이 나라를 보고 사람들에 대해 알기 위해 밖으로 나가게 되었다.

7

커지는 겸손

여자들은 우리를 충분히 길들이고 교육시켰다고 생각했는지 우리에게 가위를 주었다. 우리는 가능한 한 깔끔하게 면도를 했다. 수염을 짧게 깎고 나니 길 때보다 확실히 기분이 한결 상쾌했다. 그들은 물론 면도칼은 주지 않았다.

테리가 비웃었다. "이렇게 늙은 여자들이 많으니 면도칼을 가지고 있을 법도 한데." 그러자 제프가 이들처럼 얼굴에 솜털이 아예 없는 여자들은 처음 본다고 말했다.

"내 생각에는 여자들이 이런 쪽으로 더 여성스러운 게 남자들이 없기 때문인 것 같아." 제프가 말했다.

테리가 마지못한 듯 인정했다. "그렇다면 그 부분만 여성스러운 거겠지. 난 이렇게 여성스러움과 거리가 먼 여자들을 본 적이 없어. 애가 있다고 해서 모성이 발달하는 건 아닌 것 같아."

테리가 생각하는 모성은 팔에 안겨 있는 아기나 어머니의 슬하에 오순도순 모인 아이들, 어머니가 아기에게 푹 빠져 있는 모습에서 연상되는 개념으로, 보통 사람들이 가진 생각과 비슷했다. 사회를 지배하고 모든 예술과 산업에 영향을 미치며 아이들을 보호하고 아이들에게 완벽한 보살핌과 교육을 제공하는 건 테리에게는 전혀 어머니다운 모습이 아니었다.

우리는 이곳 옷에 굉장히 익숙해졌다. 여기 옷들은 미국에서 입던 옷보다 어떤 면에서는 더 편안했고 모양새 역시 더 멋졌다. 주머니도 흠잡을 곳이 없었다. 안쪽에 껴입는 옷에 바느질을 해서 주머니를 많이 달았는데, 위치가 정교해 손을 넣기 편하고 몸에 불편함을 주지 않았다. 주머니 덕에 옷의 내구성이 한결 좋아졌을 뿐 아니라 바느질 선은 장식 효과도 있었다.

우리가 관찰한 다른 수많은 것들처럼 주머니 역시 해로운 영향력에 속박받지 않고 예술적 감성이 충만한 실용적 지식을 잘 보여주는 결과물이었다.

어느 정도 자유를 얻은 우리의 첫 여정은 안내인과 함께 이 나라를 둘러보는 것이었다. 이제 우리를 둘러싼 감시인들은 더 이상 없었고, 교육을 담당한 여자들만 동행했다. 우리는 그들과 매우 사이가 좋았다. 제프는 자바가 이모만큼 좋다며 그렇게 활달한 이모를 본 적이 없다고 말했다. 나와 소멜은 가장 좋은 친구 사이인 듯 다정했다. 테리와 모딘을 보고 있으면 웃음이 났다. 모딘은 인내심을 갖고 정중하게 테리를 대했는데, 그 모습은 마치 경험 많고 노련한 외교관이 어린 여학생을 대하는 것 같았다. 모딘은 테리의 가당찮은 말에는 침묵으로 응대했다. 그녀는 가끔 테리를 보고 웃음을 터뜨렸는데—그 웃음은 종종 테리를 향한 비웃음인 것 같았다—그때조차도 나무랄 데 없이 공손했다. 제프와 나는 모딘이 순수한 의도로 던진 질문에 테리가 필요 이상으로 구구절절 늘어놓는 게 너무나 우스웠다.

테리는 똑똑한 사람들이 말수가 적은 이유를 깨닫지 못한 듯했다. 모딘이 언쟁을 멈추면 자신 때문에 그녀의 말문이 막혔다고 생각했고, 그녀가 웃음을 터뜨리면 자신의 재치 때문이라고 여겼다.

인정하고 싶지는 않지만 테리에 대한 내 평가는 곤두박질쳤다. 제프 역시 나와 생각이 같은 게 분명했지만 우리는 서로 내색하지 않았다.

우리는 미국에 있을 때 테리를 다른 남자들과 비교하곤 했다. 물론 우리는 테리의 단점을 알고 있었지만 그가 결코 색다른 유형의 남자는 아니었다. 우리는 그의 장점 역시 알고 있었고, 그 장점은 언제나 단점보다 두드러졌다. 테리에 대한 미국 여자들의 평가는 늘 후했다. 그는 분명히 인기가 많았다. 안 좋은 버릇이 알려진 후에도 테리에 대한 평판은 여전했다. 그에게 딱 들어맞는 '놀 줄 아는 남자'라는 별명은 어떤 면에서는 그의 특별한 매력을 나타낸다고 볼 수도 있었다.

하지만 비교할 사람이라고는 언제나 기쁨이 넘치는 제프와 있는 듯 없는 듯 지내는 나밖에 없는 이곳에서 테리의 언행은 차분한 지혜와 조용하고 절제된 유머를 갖춘 이 여자들의 눈에 심하게 거슬렸다.

남자들끼리 있을 때 테리는 전혀 튀지 않았다. 여자들 사이에서 남자로 존재할 때도 별 문제 없었다. 테리의 두드러진 남성성은 미국 여자들의 두드러진 여성성과 오히려 더 잘 어울리는 것 같았다. 하지만 이곳에서 테리는 전혀 어울리지 않았다.

모딘은 잘 드러내지 않지만 균형 잡힌 힘을 가진 체격이 큰 여자였다. 그녀의 눈은 펜싱 선수처럼 주변을 주시했다. 모딘은 자신이 책임지는 테리와 좋은 관계를 유지하고 있었는데 모딘처럼 이 일을 잘 해낼 수 있는 사람은 이 나라에도 별로 없을 것 같았다.

우리끼리 있을 때 테리는 모딘을 '모드'라고 부르면서 '착한 영혼의 소유자이지만 몸이 굼뜬 편'이라고 말했는데 그건 완전히 틀린 말이었다. 그리고 테리는 제프의 스승을 '자바', 또 가끔은 '모카'나 아예 '커피'라고 부르곤 했다. 특별히 장난기가 발동할 때는 '치커리'라고 부르거나 심지어 '포스텀'*이라고 부르기도 했다. 하지만 억지스럽게 '섬 헬'**이라고 부를 때를 제외하면 소멜은 테리의 이런 식의 장난을 슬기롭게 피해갔다.

"여러분은 이름이 하나밖에 없나요?" 어느 날 우리는 여자들 몇 명을 소개받았는데, 테리는 우리가 아는 몇몇 이름처럼 듣기는 좋지만 음절이 짧은 낯선 이름들을 듣더니 이렇게 물었다.

모딘이 말했다. "그렇지 않아요. 많은 사람들이 살다보면 자신의 특

* 커피 대용으로 인기 있는 곡물 음료.

** 지옥.

징과 관계된 이름으로 불리게 되지요. 우리 이름도 그렇게 얻었어요. 드물게 다채로운 삶을 산 사람들은 그렇게 얻은 이름이 바뀌거나 더해지기도 해요. 여러분은 대통령이나 왕이라고 부르는 현재 '이 땅의 어머니'를 예로 들어볼게요. 그분은 어릴 때조차 '메라'라고 불렸어요. '생각하는 사람'이라는 뜻이지요. 시간이 지나면서 사람들은 이 이름 앞에 '두'를 붙여 '두 메라', 즉 '지혜롭게 생각하는 사람'이라 불렀고, 현재는 '오 두 메라', 즉 '위대하고 지혜롭게 생각하는 사람'이라고 불러요. 여러분은 그분을 만나게 될 거예요."

"성은 없습니까? 가족 이름 말이에요." 테리가 은연중에 깔보듯 물었다.

모딘이 말했다. "없어요. 왜 성이 필요하죠? 우리는 한 사람의 자손인걸요. 실제로 모두가 '가족'이에요. 비교적 단순하고 한정된 역사 덕에 적어도 우리는 이런 이점을 갖게 되었지요."

"하지만 각각의 어머니는 자식에게 자신의 성을 물려주기를 원하지 않나요?" 내가 물었다.

"아뇨. 왜요? 아이는 자신만의 이름을 가지고 있는데요."

"신원 확인을 위해서지요. 사람들이 아이가 누구의 아이인지 알 수 있잖아요."

소멜이 말했다. "우리는 모두가 첫 어머니로부터 이어져 내려오는 동안 누구를 거쳤는지 매우 세심하게 기록하고 있어요. 이렇게 하는 데는 여러 이유가 있지요. 그런데 누가 누구의 자식인지 아는 게 왜 그렇게 중요하죠?"

다른 많은 예에서도 그렇듯 여기서도 어머니와 아버지의 시각 차이가 느껴졌다. 이상할 정도로 개인의 긍지는 무시되는 것 같았다.

제프가 물었다. "다른 예는 어떻습니까? 책이나 조각품 등에 서명을 하지 않습니까?"

"물론 서명을 하지요. 기꺼이, 자랑스럽게 서명을 해요. 책이나 조각품뿐 아니라 다른 모든 것들에요. 주택이나 가구, 가끔은 그릇에서도 이름을 찾을 수 있어요. 써놓지 않으면 잊게 되고, 누구에게 감사를 표해야 할지 알 수 없게 되겠지요."

"서명을 하는 게 생산자의 명예보다는 소비자의 편의를 위한 것처럼 얘기하시는군요." 내가 말했다.

소멜이 말했다. "양쪽 다예요. 우리는 우리가 만든 물건에 큰 긍지를 가지고 있어요."

"그렇다면 아이들에게는 왜 그렇지 않지요?" 제프가 물었다.

"무슨 말이에요? 우리는 아이들을 정말 자랑스러워해요." 소멜이 주장했다.

"그런데 왜 아이들에게 가족 이름을 물려주지 않는 건가요?" 테리가 의기양양하게 말했다.

모딘이 살짝 장난기 어린 미소를 띤 채 그를 쳐다보았다. "완제품은 더 이상 개인의 것이 아니기 때문이에요. 아이들이 어릴 때 우리는 이사의 라토, 노빈의 아멜처럼 불러요. 하지만 사람들과 대화를 할 때에만 그렇죠. 물론 아이가 어느 어머니들의 자손인지 기록을 남기긴 해요.

그러나 아이들은 라토나 아멜로 불릴 뿐 조상의 이름까지 붙이진 않아요."

"그렇다면 아이들 모두가 새 이름을 가질 만큼 이름이 충분히 많은가요?"

"각 세대별로 이름이 충분히 많아요."

여자들은 우리의 방식에 대해 물었고, 곧 우리의 방식과 다른 나라의 방식이 다르다는 걸 알게 되었다. 어느 방식이 최고라고 입증되었는지 알고 싶다는 그들의 질문에 우리는 지금까지는 각 나라 방식을 비교한 사례가 없었을 뿐 아니라, 사람들은 자기 나라의 방식이 훨씬 우수하다고 생각하며 다른 나라의 방식은 경멸하거나 무시한다는 걸 시인할 수밖에 없었다.

이 나라 제도의 가장 핵심적인 특징은 합리성이었다. 내가 이 나라의 발전 과정을 알기 위해 기록을 뒤졌을 때 가장 놀라웠던 사실은 나라를 발전시키기 위한 이들의 의식적인 노력이었다.

한 발 한 발 나아가는 게 얼마나 중요한지 일찌감치 깨닫고 좀 더 앞으로 나아갈 여지가 있다고 생각하게 된 이들은 비판과 창의력, 이 두 가지 정신을 발전시키기 위해 고심을 거듭했다. 어릴 때부터 사물을 관찰하고 특성을 구분하며 아이디어를 제안하는 능력을 갖춘 아이들은 그런 능력을 극대화시키기 위한 특별한 훈련을 받는다. 고위 관료들은 분야별로 개선할 점이 있는지 시간을 들여 꼼꼼하게 연구를 진행했다.

단점을 감지하고 변화의 필요성을 보여주는 새로운 사람들이 각 세대에 생겨나기 시작했다. 잘못을 지적하면 창의력을 갖춘 인재들은 곧 바로 자신들의 특별한 능력을 발휘하여 새로운 아이디어를 제안했다.

이때쯤 되자 우리는 일단 우리 방식에 대해 스스로 대답해보면서 준비하지 않은 상태라면, 어떤 주제든 그들과 토론을 시작하면 안 된다는 사실을 깨달았다. 발전을 위해 그들이 의식적으로 노력한 부분에 대해 내가 입을 다문 건 바로 그 이유였다. 우리는 우리 방식이 더 낫다는 걸 입증할 준비가 되어 있지 않았다.

적어도 제프와 나는 마음속으로 이 낯선 나라의 운영 방식에 장점이 있다는 사실을 인정하고 있었다. 테리는 여전히 비판적이었다. 우리는 테리가 신경이 예민하기 때문이라고 생각했다. 그는 확실히 짜증이 난 상태였다.

이 나라의 가장 두드러진 특징은 완벽한 식품 공급망이었다. 우리는 맨 처음 숲길을 걸을 때 그리고 처음에 비행기를 탄 채 조금이나마 정찰을 했을 때부터 그 부분을 주목해왔다. 그리고 마침내 우리는 그 웅장한 정원으로 안내되었고 그들의 식물 재배 방식을 보게 되었다.

이 나라의 국토 면적은 1만 6천에서 1만 9천 제곱킬로미터 사이로 네덜란드와 비슷했다. 숲으로 우거진 거대한 산 옆구리에는 네덜란드 몇 개를 숨길 만했다. 이 나라의 인구는 약 300만 명으로 많지 않았지만 질적인 측면에서는 대단했다. 300만은 충분한 다양성을 허용할 만한 숫자였고, 이곳 사람들이 가진 다양성의 스펙트럼은 우리가 처음에 생각한 것보다 훨씬 넓었다.

테리는 여자들이 처녀생식을 한다면 개미나 진딧물과 비슷할 거라고 주장하면서 다양한 여자들의 외모야말로 어딘가에 남자가 있다는 증거라고 말했다.

하지만 훗날 좀 더 친밀한 대화 자리에서 우리가 교차수정 없이 어떻게 이런 다양한 사람들이 탄생할 수 있느냐고 질문하자 그들은 세심한 교육 덕분에 작은 경향성이 큰 차이로 이어졌으며 돌연변이의 법칙 덕분이기도 하다고 말했다. 그들은 식물 연구를 통해 이 법칙을 발견했으며 자신들의 사례를 통해 완벽하게 입증했다.

이곳에는 병약한 사람도, 지나치게 큰 체형도 없었기에 우리와 비교하면 대부분이 신체적으로 비슷했다. 사람들은 키가 컸고 강인했으며 건강하고 아름다운 민족이었다. 하지만 한 사람 한 사람 따져보면 이목구비나 피부색, 표정이 제각각이었다.

소멜이 말했다. "가장 중요한 건 우리가 정신적으로 성장했고 우리가 만들어낸 것들도 점점 개선되고 있다는 점이에요. 여러분의 나라에서는 외모가 다양하듯 생각이나 감정, 사람들이 만들어낸 것들도 다양한가요? 아니면 외모가 비슷한 사람들은 그들의 내면이나 창조물도 비슷한가요?"

우리는 반신반의했지만, 신체적 다양성이 클수록 발전의 여지도 클 거라는 쪽으로 생각이 기울어졌다.

자바 역시 동의했다. "분명히 그럴 거예요. 이 작은 나라에서 모든 남자들을 잃은 건 초창기 우리 역사에서 크나큰 불행이었다고 생각해왔어요. 그게 우리가 의식적으로 모든 걸 개선하기 위해 분투하는 이유이기도 해요."

"하지만 후천적으로 얻은 특성은 유전되지 않아요. 바이스만이 그 사실을 입증했어요." 테리가 주장했다.

그들은 우리 주장에 반박하지 않고 충실하게 기록하기만 했다.

자바가 진지하게 말했다. "그렇다면 우리가 나아진 건 돌연변이 때문이거나 교육 때문이겠군요. 우리는 분명히 나아졌어요. 초기의 어머니에게 잠재되어 있던 수준 높은 자질들이 세심한 교육을 통해 발휘되었을 것이고 태아기 상태에 따라 개인 간 차이가 생겼을 수도 있겠어요."

제프가 말했다. "여러분이 발전한 건 그동안 축적한 문화와 여러분이 이뤄낸 놀랄 만한 정신적 성장 덕분인 것 같아요. 우리는 진정한 정신문화의 창조 방식에 대해 거의 모르는 데 반해 여러분은 굉장히 잘 알고 있는 것 같거든요."

어쨌든 그들의 지능과 행동 수준은 지금까지 우리가 이해한 것보다 훨씬 높았다. 우리는 '사교적인 매너'라는 가면을 쓰고 있을 때만은 이들처럼 정중하게 예의를 갖추고 유쾌하고 상냥하게 행동하는 사람들을 몇 명 알고 있었기에 우리의 일행이 이곳에서 세심하게 선택된 소수라고 생각해왔다. 하지만 시간이 흐르면서 사람들의 온순한 성품이 교육에서 비롯되었다는 사실을 깨닫고 깊은 감동을 받았다. 온순한 분위기에서 태어나고 자라온 이들에게 온순한 성품은 비둘기의 온화함이나 뱀의 지혜처럼 자연스러우면서도 보편적인 특징이 되었던 것이다. 고백하건대, 허랜드 사람들에게서 가장 놀라웠던 특징 한 가지를 꼽자면 바로 지적 수준이었다. 나는 그들의 지적 수준에 굴욕감을 느끼기도 했다. 우리는 곧 허랜드인 모두가 명확히 공통적으로 지니고 있는 이런저런 점에 대해 언급하는 걸 중단하기로 했다. 그렇지 않으면 우리 상황을 묻는 굴욕적인 질문이 쏟아졌기 때문이다.

그들의 지적 수준이 가장 잘 드러나는 분야는 식량 공급 체계였다. 여기서 그 부분을 설명하려고 한다.

농업을 최고 수준으로 발전시키고, 자신들의 국토에서 나오는 식량으로 먹고살 수 있는 인원을 정확하게 추산한 후 그 숫자에 맞춰서 총인구를 제한하면 모든 할 일이 끝난 것이라고 생각할지도 모르겠다. 하지만 이 나라 여자들은 그렇게 생각하지 않았다. 그들에게 이 나라는 하나의 공동체였다. 개개인은 정체성이 뚜렷한 존재였지만 모두가 공동체의 관점에서 생각했다. 그들이 가진 시간 감각은 한 개인의 희망이나 야망에 한정되지 않았다. 그들은 으레 수백 년 후를 생각하며 발전 계획을 세우고 실천해나갔다.

나는 사람들이 모든 숲에 일부러 다른 종류의 나무를 새로 심는 걸 본 적도, 아니 상상해본 적도 없다. 그런데 이곳 여자들에게는 이 일이 마치 좋지 않은 잔디를 갈아엎고 다시 씨를 뿌리는 것만큼이나 매우 간단하고 상식적인 일인 듯했다. 모든 나무는 열매를 맺었는데, 그 열매들은 다 식용이었다. 그들이 특히 자랑스러워하는 나무가 있었는데 그 나무는 원래 열매를 맺지 않았다. 그러니까 사람이 먹을 수 있는 열매가 아니었던 것이다. 하지만 그들은 아름다운 이 나무를 키우고 싶어했다. 그리고 900년에 걸쳐 실험을 거듭한 끝에 결국 그들은 영양이 풍부한 씨앗이 풍성하게 열리는 아름다운 나무를 우리에게 선보일 수 있게 된 것이다.

그들은 땅을 일구는 것보다 노동력이 적게 들고, 같은 토지 면적에서 더 많은 수확을 올릴 수 있으며, 토양을 보존하고 비옥하게 한다는 점에서 일찌감치 나무가 최고의 식량자원이라고 생각했다.

특히 제철작물을 고려한 덕분에 과일과 견과류, 곡물, 딸기류가 거의 일 년 내내 열렸다.

이 나라의 경계를 에워싼 산과 가까운 고지대는 눈이 내리는 겨울 날씨였다. 반면에 지하로 흐르는 호수와 연결된 거대한 계곡이 있는 남동쪽은 캘리포니아 날씨와 비슷해서 감귤류와 무화과, 올리브가 풍성하게 자랐다.

토질을 비옥하게 만들기 위한 그들의 계획은 내게 특히 인상적이었다. 보통 사람이라면 이곳처럼 사방이 막힌 좁은 땅덩어리에 살 경우 오래전에 굶어 죽었거나 생존 투쟁을 거듭했을 것이다. 하지만 이 세심한 원예가들은 땅에서 나온 모든 것을 다시 땅으로 돌려보내기 위한 완벽한 계획을 수립했다. 이들은 음식물 쓰레기와 벌목이나 섬유산업에서 발생한 식물 폐기물, 오수에서 나온 쓰레기를 모두 적절히 처리하고 혼합해서 비료를 제조해 다시 땅에 뿌렸다.

그 결과 점점 황폐해지는 지구상의 다른 곳과 달리 이곳은 비옥한 땅이 늘어났고 숲도 한층 울창해졌다.

이 사실을 처음 알게 된 우리가 놀랍다는 반응을 보이자 그들은 오히려 그렇게 명백하고 상식적인 일에 찬사를 보내는 우리가 놀랍다며 미국에서는 어떻게 하는지 물었다. 우리는 미국 영토의 규모를 언급한 후 알짜배기 땅에서 무성의하게 실속만 챙기고 있다고 말하고는 서둘러 화제를 돌렸다.

적어도 우리는 그들의 관심을 다른 곳으로 돌렸다고 생각했다. 하지만 그들은 우리가 말한 모든 사실을 꼼꼼하고 정확하게 정리한 데에서 그치지 않고 일종의 개요도를 그린 다음 우리가 말한 내용과 언급하기를 꺼렸던 내용 모두를 기록하고 연구했다. 미국의 상황을 단 몇 줄로 고통스러울 만큼 정확하게 요약 정리해낼 정도로 식견이 풍부한 이들에게 그건 애들 놀이나 다름없었다.

논의가 끔찍한 추론으로 이어질 것 같으면 그들은 결론을 열어둔 채 늘 우리에게 의문을 제기할 기회를 제공함으로써 더 많은 지식 습득의 기회로 삼았다. 그들은 우리가 지극히 당연하게 생각하거나 인간의 한계로 여겼던 것들을 말 그대로 믿기 힘들어했다. 앞서 말한 대로 우리 셋은 미국의 전반적인 사회 상황을 감추기 위한 무언의 노력에 동참하고 있었다.

테리가 말했다. "빌어먹을 할망구식 사고방식 같으니라고! 여자들은 당연히 남자들의 세계를 이해 못 하지! 저 여자들은 인간이 아니야. 그냥 여… 여자들 패거리일 뿐이라고!" 결국 여자들의 처녀생식을 인정한 후 테리가 남긴 발언이었다.

제프가 말했다. "우리 할아버지들도 모든 걸 잘 운영했다면 좋았을 텐데 말이야. 너는 우리가 가난이나 질병 같은 고난을 이겨내면서 그럭저럭 살아온 게 다 남자들 공이라고 생각하는 거야? 이 여자들은 평화롭고 모든 게 풍족해. 부와 아름다움, 선함, 지성까지 갖추고 있지. 대단한 사람들이야!"

"저 사람들도 단점이 있다는 걸 알게 될걸." 테리가 주장했다. 그리고 우리 셋 모두는 일종의 자기방어의 관점에서 그들의 단점을 찾기 시작했다. 이곳에 도착하기 전부터 아무 근거 없는 추측을 남발한 예에서 보듯 우리는 단점을 짚어내는 데에는 일가견이 있는 사람들이었다.

제프는 당시에 이런 말을 여러 차례 반복했다. "만약 여자들만 사는 나라가 있다면 그곳 여자들은 어떤 모습일까?"

우리는 자신만만하게 여자들이 많다면 어쩔 수 없는 한계와 단점, 악덕을 갖추고 있을 거라고 확신했다. 이른바 '여자들 특유의 허영심'을 채우기 위해 의상에 프릴과 주름 장식을 다는 데에 몰두할 거라고 생각했다. 하지만 이곳의 여자들은 중국 의상보다도 완벽한 의상을 만들어 냈다. 그들의 옷은 필요할 때는 매우 아름다우면서도 항상 실용적이었고 언제나 품위가 있었으며 감각 또한 훌륭했다.

우리는 여자들만의 나라가 지루하고 고분고분하며 천편일률적인 사회일 거라고 상상했지만 이곳은 미국을 훨씬 뛰어넘는 대담한 사회적 창의력을 지니고 있었고 기계와 과학의 발달 수준은 우리와 맞먹었다.

이 나라 여자들은 옹졸한 사람들일 거라고 예상했지만 이들의 사회적 의식 수준과 비교하면 우리는 싸움박질이나 하는 어린애들처럼 보였다.

여자들의 질투를 예상했지만 이들에게는 폭넓은 자매애와 우리는 따라잡을 수 없는 공정한 지적 능력이 있었다.

히스테리를 부리는 여자들을 상상했지만 이들은 건강하고 생기 넘치며 차분한 기질의 소유자였다. 일례로 우리는 욕이 무엇인지 설명하려 했지만 그들은 결코 이해하지 못했다.

테리 역시 이 모든 걸 시인하면서도 여전히 곧 여자들의 다른 면을 보게 될 거라고 주장했다.

테리가 말했다. "당연한 이치야. 안 그래? 모든 게 비정상적이야. 우리가 직접 경험하지 않았으면 아마 불가능하다고 했을 거야. 부자연스러운 조건은 부자연스러운 결과로 이어지기 마련이야. 곧 이들의 끔찍한 성격을 알게 될걸. 예를 들어 우리는 이들이 범죄자나 장애인, 노인들에게 무슨 짓을 하고 있는지 몰라. 너희도 알겠지만 우린 아직 이런 사람들을 한 명도 보지 못했어. 뭔가 있는 게 분명해!"

뭔가 수상쩍다는 생각이 들기 시작한 나는 이 문제를 정면 돌파하기로 결심하고 소멜에게 물었다.

"저는 모든 게 완벽한 이 나라에 어떤 단점이 있는지 알고 싶어요." 나는 소멜에게 단호하게 말했다.

"300만 명이나 사는 나라에 단점이 없다는 건 한마디로 말이 안 되잖아요. 우리는 이 나라를 이해하고 배우기 위해 최선을 다하고 있어요. 여러분이 생각하기에 이 독특한 문명국가에서 가장 안 좋은 특성이 무엇인지 말해줄 수 있나요?"

우리는 식사가 가능한 정원 내 그늘진 정자에 함께 앉아 있었다. 맛있는 식사를 마친 후였고, 우리 앞에는 아직 과일 접시가 놓여 있었다. 한쪽으로는 넓고 풍요롭고 아름다운 들판이 쭉 뻗어 있었고, 다른 쪽으로는 사생활 보호를 위해 충분한 공간을 두고 테이블들이 놓인 정원이 보였다. 이곳은 세심하게 '인구의 균형'이 유지되고 있는 덕분에 사람들로 붐비지 않는다는 사실을 짚고 넘어가야겠다. 어디서나 충분한 공간과 기분 좋은 자유를 누릴 수 있었다.

소멜은 한 손으로 턱을 괴고, 옆에 있는 낮은 담에 팔꿈치를 올린 채 저 멀리 아름다운 땅을 바라보았다.

소멜이 말했다. "물론 우리 모두가 단점을 가지고 있어요. 어떤 면에서는 과거보다 단점이 더 많은지도 모르겠어요. 완벽함의 기준이 점점 더 멀어지고 있는 것 같거든요. 그래도 낙담하지 않아요. 기록들이 우리가 상당한 진보를 이루었다는 걸 보여주니까요."

"우리는 특별히 고귀하신 어머니 한 분에게서 시작되었지만 고귀하신 어머니 전부터 오래도록 이어진 민족의 여러 특징을 물려받았어요. 그리고 그 특징들이 때때로 놀랄 만큼 겉으로 드러났지요. 하지만 맞아요, 지난 육백 년 동안 이곳에는 여러분이 '범죄자'라고 부르는 사람은 없었어요."

"우리는 가능하면 열등한 사람들을 교육하거나 멸종시키는 걸 최우선 과제로 삼았어요."

"멸종시킨다구요? 처녀생식을 하는데 그게 어떻게 가능하지요?" 내가 물었다.

"자질이 나쁜 소녀가 아직 사회적 의무를 인식할 수 있는 상태라면 우리는 그녀에게 출산을 단념하도록 설득해요. 열등한 사람 중에는 다행스럽게도 생식 능력이 없는 사람도 있어요. 그런데 지나친 이기주의에 빠져 출산의 권리를 주장하는 소녀도 있었어요. 심지어 자신이 낳은 아이가 더 뛰어날 거라고 했지요."

내가 말했다. "그렇군요. 그리고 그런 정신으로 자녀를 양육했겠군요."

"그건 용인되지 않아요." 소멜이 조용히 대답했다.

"용인한다구요? 어머니가 자신의 아이를 기르는 걸 허락한다구요?" 내가 물었다.

소멜이 말했다. "지고한 과업에 적합한 사람이 아니라면 당연히 그 일을 맡길 수 없지요."

이 말은 지금까지 내가 가지고 있던 확신에 큰 타격을 주었다.

"여러분 모두가 어머니가 될 권리가 있다고 생각했는데요."

"어머니가 될 권리, 다시 말하면 아이를 낳을 권리는 누구에게나 있어요. 하지만 가장 중요한 분야인 교육은 오직 최고 전문가들에게만 허용된답니다."

나는 다시 한번 당황했다. "교육이라구요? 전 교육이 아니라 아이를 낳고 양육하는 걸 말한 거예요."

"양육도 교육의 한 부분이에요. 따라서 자질을 갖춘 사람에게 맡겨야 해요." 그녀가 반복했다.

"그렇다면 여러분은 어머니와 아이를 갈라놓는다는 얘기군요." 나는 서늘한 공포에 휩싸인 채 외쳤다. 수많은 미덕을 갖춘 이 여자들에게도 뭔가 잘못된 게 있을 거라는 테리의 말이 나를 오싹하게 만들었다.

소멜은 인내심을 가지고 설명했다. "보통은 그렇지 않아요. 대부분의 여자들은 어머니가 되는 걸 최고의 가치로 생각해요. 소녀들에게 이 모성애는 소중할 뿐 아니라 아름다운 환희이자 최고의 명예이고 가장 친밀하고 지극히 개인적이며 더없이 귀한 가치예요. 그러다보니 우리에게 육아는 깊이 연구하고 섬세함을 갖춘 숙련된 인력들이 하는 일이지요. 아이들을 사랑하면 할수록 육아를 미숙한 사람들에게 맡길 수 없게 되지요. 설령 그게 우리 자신이더라도."

"하지만 어머니의 사랑은…" 내가 조심스럽게 말을 꺼냈다.

소멜은 알아듣기 쉽게 설명할 방법을 찾으려고 애쓰면서 내 얼굴을 살폈다.

마침내 그녀가 입을 열었다. "저희에게 미국의 치과의사에 대해 들려준 적이 있지요. 다른 사람들, 어떨 때는 어린아이들의 충치를 치료하면서 일생을 보내는 전문가들 말이에요."

"그런데요?" 그녀의 의도를 짐작하지 못한 내가 물었다.

"여러분의 나라에서는 모성애 때문에 자식들의 충치를 어머니들이 직접 치료하나요? 혹시 어머니들은 그러기를 바라나요?"

내가 반박했다. "물론 그렇지 않지요. 하지만 그건 고도로 전문화된 기술이 필요하기 때문이에요. 반면에 육아는 어떤 여자든, 어떤 어머니든 할 수 있는 일이잖아요."

소멜이 상냥하게 대답했다. "우리는 생각이 달라요. 가장 경쟁력 있는 사람만이 그 일을 수행할 수 있지요. 그리고 소녀들 대다수가 육아를 하고 싶어서 간절하게 노력해요. 여러분에게 장담하지만, 우리나라에서는 가장 뛰어난 사람들이 육아를 맡고 있어요."

"하지만 자식을 뺏긴 불쌍한 엄마들은…"

소멜은 진심 어린 표정으로 내게 장담했다. "아니요, 절대 빼앗긴 게 아니에요. 자식과 어머니의 관계는 변함없어요. 아이는 어머니와 함께 있어요. 어머니는 자식을 잃은 게 아니에요. 다만 자식을 돌보는 걸 어머니 혼자 하는 게 아니란 뜻이에요. 그들보다 더 현명한 사람들이 있어요. 어머니들은 그들처럼 자신도 공부를 하고 연습을 해왔기 때문에 그 사실을 잘 알아요. 그리고 그들의 우수함에 존경을 표합니다. 아이들을 위해서라도 그렇게 최고의 보살핌을 받을 수 있는 걸 기쁘게 생각하지요."

나는 확신이 가지 않았다. 게다가 이건 그저 들은 이야기일 뿐이었다. 나는 아직 허랜드의 모성애를 직접 확인하지 못한 상태였다.

8

·

허랜드 소녀들

드디어 테리의 야망이 현실이 되었다. 우리가 일반 청중과 소녀들에게 강연을 해달라는 초청을 받은 것이었다. 부탁하는 그녀들은 평소처럼 정중했으며 우리에게 선택권을 맡겼다.

나는 그 첫 시간을 위해 우리가 옷에 얼마나 신경을 썼는지, 미숙하게나마 수염을 다듬기 위해 얼마나 애썼는지 기억한다. 특히 테리가 자신의 수염을 깎아주는 제프와 나를 얼마나 달달 볶아대던지 우리는 가위를 그의 손에 쥐어주면서 네 손으로 직접 하라고 말하지 않을 수 없었다. 이곳 여자들은 장신에 단단한 체격을 지닌 데다 짧은 머리 스타일에 남녀 구분이 없는 옷을 즐겨 입다보니 그들과 우리의 외모에서 차이가 나는 부분은 수염뿐이었다. 그러다보니 우리는 이 수염이 소중하게 느껴지기 시작했다. 그들이 다양한 의상을 제공해준 덕분에 우리는 각자의 취향에 맞는 옷을 골라 입고 수많은 청중을 만났는데, 모든 사람들 중에서 우리 옷, 특히 테리의 것이 가장 화려하다는 사실에 깜짝 놀랐다.

테리의 모습은 정말 인상적이었다. 내게 가능한 한 짧게 잘라달라고 한 테리의 부탁에도 여전히 긴 머리카락 덕분에 그의 뚜렷한 이목구비가 어느 정도 부드러워 보였다. 화려한 자수가 돋보이는 튜닉과 넓고 느슨한 벨트는 헨리 5세를 떠올리게 했다. 제프는… 음… 위그노 신도 같았다. 내 모습은 어땠는지 모르지만 느낌이 굉장히 편했다는 것은 기억한다. 나는 미국에 돌아와서 안쪽에 패드를 대고 가장자리에 풀을 먹여 뻣뻣한 갑옷 같은 옷을 다시 입게 되자 편안했던 허랜드 옷이 떠오르면서 진한 아쉬움을 삼켜야 했다.

우리는 청중을 훑어보면서 우리와 안면이 있는 세 소녀의 밝은 얼굴을 찾았으나 눈에 띄지 않았다. 조용하고 열정적인 태도로 듣고 배우기 위해 눈과 귀를 집중하고 있는 다른 수많은 소녀들의 모습만 보일 뿐이었다.

우리는 세계사의 개요에 대해 나름대로 충분히 설명한 후 질의응답 시간을 갖기로 했다.

모딘이 우리에게 이렇게 말했었다. "아시겠지만 우리는 굉장히 무지한 편이에요. 이 반쪽짜리 나라에서 우리 스스로 두뇌를 써서 발전시켜 온 과학 말고는 아는 게 없어요. 반면에 여러분은 전 세계에 걸쳐 서로 돕고, 발견을 공유하면서 함께 발전해왔으니 여러분이 이룬 문명은 얼마나 아름다울까요!"

소멜이 덧붙였다.

"우리에게 설명한 내용을 또다시 반복할 필요는 없어요. 여러분에게 배운 내용을 우리가 죄다 요약했고, 온 나라 사람들이 그 요약본을 탐독했으니까요. 그 요약본을 한번 보시겠어요?"

큰 관심을 갖고 요약본을 살펴본 우리는 깊은 인상을 받았다. 이 여자들은 우리가 기본이라고 생각하는 지식에도 무지했기에 처음에 우리는 이들의 수준이 어린애들이나 원시인들 정도일 거라고 생각했다. 하지만 그들에 대해 알게 될수록 여자들이 고대 그리스 시대의 플라톤이나 아리스토텔레스처럼 모르는 분야도 많았지만 이 철학자들 못지않게 고도로 발달된 정신세계를 지니고 있음을 인정하지 않을 수 없었다.

우리가 그들에게 가르친 엉성한 내용을 이 페이지에 늘어놓을 생각은 추호도 없다. 오히려 기억할 만한 사실은 우리가 그들에게 배운 것들이며 여기서 살짝 소개하기로 하겠다. 사실 당시 우리의 주요 관심사는 강연 주제가 아닌 바로 청중들이었다.

앳되어 보이는 수백 명 소녀들의 얼굴 표정은 호기심으로 가득 찼고 초롱초롱한 눈빛이 우리에게 집중되었다. 그리고 이들의 질문이 빗발칠수록 우리는 안타깝게도 능력의 한계를 체감할 수밖에 없었다.

우리의 안내를 맡아 함께 연단에 있던 여자들은 종종 청중들의 질문을 우리에게 명확하게 전달했고, 그보다 더 자주 우리 답변을 청중들에게 제대로 전달하는 데에 도움을 주었는데, 우리가 쩔쩔맨다는 사실을 눈치챈 후 다소 이른 저녁에 공식적인 강연을 마무리했다.

소멜이 말했다. "이곳 젊은 여자들이 여러분을 개인적으로 좀 더 만나서 대화를 나누길 원해요. 어떠세요?"

어떻긴! 우리는 성급하게 우리 역시 그 시간을 원한다고 말했다. 그 순간 나는 모딘의 얼굴에 살짝 스치는 미소를 보았다. 우리와의 대화를 기다리는 열의에 찬 젊은 소녀와의 만남을 앞둔 바로 그때 내 마음속에 뜻밖의 질문이 떠올랐다. "저 소녀들은 무슨 생각을 할까? 우리에 대해 어떻게 생각했을까?" 시간이 흐른 후 그 의문이 풀렸다.

테리는 바다를 만난 수영 선수마냥 황홀감에 젖은 채 어린 소녀들 사이로 뛰어들었다. 귀족적인 생김새의 제프는 넋이 나간 표정으로 성체(聖體)에 다가가듯 소녀들에게 향했다. 나는 바로 전에 떠오른 그 생각 때문에 잔뜩 긴장한 나머지 신경이 곤두서 있었다. 우리 셋은 호기심에 가득 찬 질문자들에게 둘러싸였다. 나는 그 와중에 제프를 바라보았다. 제프의 흠모하는 눈빛과 의젓하고 예의를 갖춘 태도가 몇몇 소녀들의 관심을 끌었다. 반면에 좀 더 강인해 보이는 소녀들은 테리나 내 쪽으로 향했다.

나는 테리가 이 시간을 얼마나 갈망해왔는지, 미국에서 테리가 얼마나 대단한 매력의 소유자였는지 잘 알고 있는 터라 특별한 관심을 가지고 그를 보았다. 그리고 그리 오래 지켜보지 않았는데도 테리의 겉만 번지르르한 상냥함과 능수능란한 접근 태도가 그녀들의 마음에 거슬리는 듯 보였다. 여자들은 테리의 은밀한 시선에 희미하게나마 불쾌감을 드러냈고 아부성 발언에 당황하며 짜증 섞인 기색을 드러냈다. 어떤 소녀는 소심한 태도로 눈썹을 내리까는 대신 분노에 차서 고개를 쳐들고 얼굴을 붉히기도 했다. 소녀들은 하나둘씩 테리에게서 등을 돌렸고, 결국 그의 주변에는 몇몇 소녀만이 원형으로 모여 있었다. 이곳에 모인 소녀들 중 명백히 가장 '소녀답지' 않은 무리였다.

처음에 자신이 강한 인상을 남겼다고 생각하며 기뻐하던 테리는 제프와 내 쪽을 힐끗 쳐다보더니 점점 풀이 죽어갔다.

나는 기분 좋게 놀라지 않을 수 없었다. 미국에서 나는 인기와는 거리가 먼 사람이었다. 좋은 여자 친구들이 있긴 했지만 친구일 뿐 그 이상도, 그 이하도 아니었다. 게다가 그들 역시 나와 같은 부류로 인기가 없기는 마찬가지였다. 하지만 여기서는 놀랍게도 내게 몰린 인원이 가장 많았다.

물론 내가 받은 많은 느낌들을 압축해서 일반화해야 할 것이다. 하지만 우리가 소녀들에게 어떤 인상을 남겼는지는 첫날 저녁을 통해 잘 알 수 있었다. 제프에게는, 내 생각을 정확히 표현한 단어는 아니지만, 말하자면 감상적인 소녀들이 모여들었다. 예술가나 윤리학자나 교사들처럼 덜 현실적인 여자들이었다.

공격적인 성향의 소녀들이 테리에게 향했는데, 그 수는 많지 않았다. 그들은 예리하고 논리적이며 탐구심이 강한 반면 그다지 세심하지 않은 소녀들로, 테리가 결코 선호하지 않는 부류였다. 내게 온 소녀들은 다양한 성향을 지니고 있었기에 나는 절로 목에 힘이 들어갔다.

테리는 몹시 화가 났고, 우리는 그럴 만하다고 생각했다.

저녁 행사가 끝난 후 우리끼리 모였을 때 테리가 분통을 터뜨렸다.

"소녀들이라고! 그런 여자들을 소녀라고 부른다고!"

푸른 눈에 꿈꾸듯 만족감을 가득 담은 채 제프가 말했다. "정말 사랑스러운 소녀들이야."

"넌 저 소녀들이 어떤 것 같은데?" 내가 가볍게 물었다.

"사내놈들이야! 다들 사내놈들이라고. 쌀쌀맞고 무례하기 짝이 없어. 나이는 어린데 매사에 비판적이고 버릇도 없어. 절대 소녀들이 아니야."

테리는 화가 난 데다 우리에게 적잖게 질투심을 느끼는 것 같았다. 시간이 흐른 후 테리 역시 이곳의 여자들이 싫어하는 점을 깨닫고 자신의 태도를 바꾸면서 여자들과의 관계가 개선되었다. 그럴 수밖에 없었다. 그의 비난에도 불구하고 그들은 모두 소녀들이었고, 더구나 그곳에는 그런 여자들밖에 없었기 때문이다. 그러나 처음에 우리가 만났던 세 소녀는 언제나 테리의 비난에서 비켜나 있었다. 그리고 우리는 이내 이 세 소녀를 다시 만나게 되었다.

얼마 지나지 않아 우리 셋은 모두 교제를 하게 되었다. 나야 물론 내 사례를 가장 잘 설명할 수 있지만 내 이야기로 지면을 메우고 싶지는 않다. 제프의 이야기는 좀 들은 바가 있다. 제프는 셀리스의 고귀한 감수성과 무한한 완벽함에 대해 경건함과 존경하는 마음으로 생각하곤 했다. 수많은 만남 후 거듭 퇴짜를 맞은 테리는 태도가 상당히 바뀐 후에야 알리마와 사귀게 되었으나 그녀와의 만남 역시 순조롭지는 않았다. 그들은 헤어짐과 말다툼을 반복했다. 위로가 필요했던 테리는 다른 멋진 여자에게 구애하기도 했지만 상대편의 마음을 얻지 못하고 다시 알리마에게 돌아오곤 했다. 그리고 그때마다 그녀를 향한 테리의 마음은 간절해져갔다.

알리마는 한 치도 양보하지 않았다. 체격이 크고 잘생긴 그녀는 강인한 여자들이 사는 이곳에서조차 눈에 띄게 강인해 보였다. 당당한 그녀의 이글거리는 짙은 눈동자 위에 자리한 곡선 모양의 눈썹은 공중으로 치솟는 매의 넓은 날개를 닮았다.

세 여자 모두와 좋은 친구로 지낸 나는 그중에서도 엘라도어와 가장 친했는데 오랫동안 우정에 머물러 있던 우리의 감정은 차츰 다르게 변해갔다.

나는 나와 자유롭게 이야기를 나누던 엘라도어와 소멜을 통해 마침내 방문객에 대한 허랜드 사람들의 시각을 들을 수 있었다.

여자들이 외딴 이곳에서 행복하고 만족스러운 삶을 영위하고 있던 그때 우리가 탄 비행기 소리가 이 나라의 상공을 갈랐다.

수 킬로미터나 떨어진 곳에 사는 사람들까지 모두가 비행기를 보았고, 소리를 들었다. 소문은 이 나라 구석구석까지 전광석화처럼 퍼졌고, 모든 마을에서 회의가 열렸다.

그리고 그들은 다음과 같이 신속한 결정을 내렸다.

"타국에서 왔습니다. 분명히 남자들입니다. 당연히 고도로 문명화된 나라일 겁니다. 틀림없이 가치 있는 정보를 대단히 많이 가지고 있을 거예요. 위험할지도 모릅니다. 가능하면 사로잡도록 하고 필요하다면 길들이고 훈련을 시켜봅시다. 우리나라 사람들을 위해 양성이 살아가는 사회로 재건할 수 있는 기회가 될지도 모릅니다."

그들은 우리를 두려워하지 않았다. 300만 명에 이르는 대단히 지적인 여자들, 성인만 해도 200만 명이나 되니 젊은 남자 셋이 두렵지는 않았을 것이다. 우리는 그들을 단순히 '여자들'이라고, 그러니 겁이 많을 거라고 생각했다. 하지만 그들이 뭔가를 두려워했던 건 2천 년 전이었고, 그 감정을 극복한 후 이미 천 년의 세월이 지났다.

우리는 여자들 중에서 누구를 고를지 우리에게 선택권이 있다고 생각했다. 최소한 테리는 그랬다. 하지만 그들은 자신들이 선택을 하기 위해 굉장히 조심스럽게, 선견지명을 가지고 생각하고 있었다.

우리가 훈련을 받는 내내 그들은 우리를 연구하고 분석했으며 우리에 대한 보고서를 준비했다. 이 자료들은 이 땅에 사는 모든 여자들에게 전달되었다.

이 나라의 모든 소녀들은 우리나라와 우리 문화, 우리 개개인의 성격에 대한 수많은 정보를 여러 달 동안 습득했다. 그들의 질문이 대답하기 힘들 만큼 어려웠던 것도 당연한 일이었다. 실망스럽게도 마침내 세상에 나온 우리가 사람들 앞에 전시(이렇게 말하긴 싫지만 사실이 그랬다)되었을 때 우리를 차지하기 위해 달려드는 무리는 없었다. 불쌍한 테리는 '장미를 닮은 소녀들로 가득 찬 정원'을 자유롭게 거니는 허황된 상상에 가슴이 부풀었다. 하지만 보라! 장미들은 날카로운 시선으로 우리를 관찰하고 있었던 것이다.

그들은 우리에게 깊은 관심을 가지고 있었으나 우리가 원하는 종류의 관심은 아니었다.

여자들의 태도가 어땠는지 알려면 그들에게 대단히 강한 연대의식이 있다는 사실을 잊지 말아야 한다. 사랑, 다시 말해 성적인 사랑에 대해 아는 게 전혀 없었던 그녀들은 연인을 선택하려는 게 아니었다. 모성애가 삶의 대원칙인 이곳의 여자들은 개인적인 문제를 뛰어넘는 고귀한 사회적 봉사이자 일생의 성사(聖事)로서 임신과 출산을 고대했다. 그런데 전체적인 상황이 완전히 바뀔 수 있는, 자연의 법칙을 따랐던 예전의 양성사회로 돌아갈 수 있는 기회를 맞은 것이었다.

이러한 근원적인 고려 말고도 여자들은 우리 문명에 대해 사사로운 흥미와는 다른 무한한 관심과 호기심을 가지고 있었으며 이런 여자들에 비하면 우리는 철부지 남학생에 불과했다.

강연이 성공을 거두지 못한 것이나 우리의 접근이, 최소한 테리의 접근이 이곳에서 환영받지 못한 것은 놀랍지도 않았다. 제프나 테리에 비해 내가 성공을 거둔 이유도 알고 보니 내 자긍심을 높여주지는 못했다.

소멜이 내게 말했다. "우리가 당신을 좋아한 이유는 우리와 가장 비슷해 보였기 때문이에요."

'여자 같다고!' 나는 그 생각을 하자 넌더리가 났다. 하지만 이내 그녀들이 우리가 생각하는 경멸적인 의미에서의 '여자들'과는 대단히 거리가 멀다는 점이 떠올랐다. 소멜은 내 생각을 읽었는지 나를 향해 미소를 지었다.

"여러분에게 우리가 여자 같지 않다는 점은 알고 있어요. 당연히 양성이 공존하는 사회에서는 각 성의 특징이 뚜렷하게 구분되겠지요. 하지만 사람들이 성별을 초월해 갖는 특징도 많지 않나요? 당신이 우리와 비슷하다는 건 바로 당신이 사람답다는 뜻이에요. 우리는 당신과 함께 있을 때 편안해요."

제프의 문제는 과하게 예의를 차리는 것이었다. 그는 여자들을 이상화하며 틈만 나면 그들을 보호하거나 그들에게 봉사할 기회를 찾았다. 사실 그들은 보호도, 봉사도 필요 없었다. 그들에게는 힘이 있었고 모든 게 풍요로웠으며 모두가 평화로운 삶을 살고 있었다. 반면에 우리는 그들에게 전적으로 의지하는 손님이자 수감자였다.

물론 우리는 그들이 우리나라를 방문한다면 뭐든 해주겠다고 약속을 할 수도 있었다. 하지만 그들에 대해 알게 되면 될수록 우리 어깨에 들어갔던 힘이 빠졌다.

여자들은 테리가 가져온 보석이나 장신구를 골동품처럼 소중하게 다루었다. 그들은 그 물건들의 가격이 아닌 세공기술에 대해 물어보며 서로 돌려 보았고, 그 골동품들을 누가 가질 것인가가 아니라 어느 박물관이 소장해야 하는가에 대해 의논했다.

남자가 여자에게 줄 게 아무것도 없고 오직 개인이 가진 매력에만 의지해야 한다면 남자의 구애는 한계를 갖게 된다.

여자들은 남자와 여자가 다시 함께 사는 사회로의 대변환이 과연 바람직한지, 그 목표를 이루려면 개인이 어느 정도 적응해야 하는지 이 두 가지를 고려하고 있었다.

이 점에서 민첩한 숲속의 세 소녀와의 짧았던 만남은 우리 모두가 한층 친밀해지는 데 도움을 주었다.

엘라도어에 대해 말하자면, 우연하게 발을 들인 낯선 땅이 기대보다 괜찮은 곳이라고만 생각했는데 낯선 땅을 탐험하면서 풍요로운 농지와 멋진 정원들과 희귀하고 특이한 보물들이 헤아릴 수 없이 가득 찬 궁궐들, 히말라야 같은 산과 바다를 발견한 느낌이라고 해야 할까.

나는 우리가 마주친 그날 나뭇가지 위에 중심을 잡은 채 내 앞에 서서 자신과 두 친구의 이름을 말할 때부터 엘라도어가 좋았다. 나는 그녀 생각으로 하루를 보냈다. 세 번째 만났을 때부터 우리는 친구처럼 지내기 시작했고 그 후에도 관계를 이어갔다. 셀리스가 제프의 지나친 헌신에 난감해하는 탓에 두 연인의 행복의 시간은 자꾸 미뤄졌다. 테리와 알리마는 말다툼과 이별, 재회를 반복했다. 그동안 엘라도어와 나는 더욱 친밀해졌다.

우리는 끊임없이 이야기했고, 긴 시간 동안 산책도 함께 했다. 엘라도어는 내게 많은 걸 보여주며 설명을 곁들였고, 내가 이해하지 못하는 부분은 기꺼이 해석해주었다. 그녀의 호의와 설명 덕분에 나는 허랜드 사람들의 정신을 한층 잘 이해하게 되었고, 완벽한 겉모습은 물론 놀라운 내적 성장에 대해 더욱 감탄하게 되었다.

이방인이나 수감자라는 느낌은 더 이상 들지 않았다. 대신 내가 이해받고 있다는 느낌, 나의 정체성과 목적의식에 대한 감각이 생겼다. 엘라도어와 나는 모든 것을 의논했다. 그녀의 풍요롭고 사랑스러운 영혼을 여행하고 탐험해 나갈수록 아름다운 우정은 여러 감정이 조합된 채 맞물린 거대한 기반으로 변해갔으며, 나는 이 경이로운 감정에 분별력을 잃을 지경이 되고 말았다.

앞서 말한 대로 테리와는 달리 나는 여자들에 대해 별로 신경 써본 적이 없었으며 여자들 역시 마찬가지였다. 하지만 이 여성은 달랐다.

처음에 나는 소녀들이 말하는 것처럼 '그런 식으로' 엘라도어를 생각해본 적조차 없다. 나는 터키 하렘*을 기대하고 이 나라에 온 것도 아니고 제프 같은 여성 숭배론자도 아니었다. 나는 그저 우리가 말하듯 '친구'로서 그 소녀를 좋아했다. 하지만 그 우정은 나무처럼 자랐다. 엘라도어는 정말 좋은 친구였다! 우리는 온갖 것을 같이 했다. 서로 게임을 가르쳐주었다. 함께 달리기를 하고 같이 노를 저었다. 다양한 즐거움을 함께 누리는 동안 우정은 한층 깊어졌다.

그녀를 향한 여행이 이어지자 궁궐과 보물, 눈 덮인 산맥이 내 앞에 펼쳐졌다. 나는 이렇게 위대한 인간이 존재할 수 있는지 미처 몰랐다. 재능을 뜻하는 게 결코 아니다. 엘라도어는 가장 뛰어난 수목관리인 중 한 명이었지만 내 말뜻은 그녀의 능력을 말하는 게 아니다. 내가 위대하다고 말한 것은 모든 방면에서 놀랍다는 뜻이었다. 만일 그런 여자들을 좀 더 알고, 그들과 좀 더 친밀하게 지냈다면 엘라도어가 그렇게 특별하다고 생각하지 않았을지도 모르겠다. 하지만 여자들 사이에서도 엘라도어는 고귀했다. 나는 그녀의 어머니와 할머니 모두 '높으신 어머니'였

* 이슬람 사회의 아내들이 거처하는 방. 모든 일반 남자의 출입이 금지된 곳이다.

다는 사실을 훗날 알게 되었다.

엘라도어는 아름다운 이 나라에 대해 많은 이야기를 들려주었다. 나 역시 원치는 않았지만 미국에 대해 많은 얘기를 했으며 우리는 이제 떨어질 수 없는 사이가 되었다. 서로에 대한 깊은 인식은 더욱 커졌다. 나는, 말하자면 내 영혼이 날개를 펴고 날아오르는 것 같은 느낌이 들었다. 나의 삶의 범위가 점차 커졌다. 엘라도어가 도와준다면 나는 전에는 이해하지 못했던 것들을 이해하고, 많은 것들을 해내고, 성장할 수 있을 것 같았다. 그리고 어느 순간에 우리 둘 다 그렇게 느끼게 되었다.

고요한 어느 날, 허랜드 땅 경계에 서서 우리 둘은 저 멀리 희미한 삼림지대를 바라보며 낙원과 이 세상, 인생, 그리고 우리나라와 다른 나라, 그들이 원하는 것과 내가 그들을 위해 하고 싶은 일들에 대해 이야기를 나누고 있었다.

"당신이 도와준다면…" 내가 말했다.

엘라도어가 고귀하고 사랑스러운 표정이 담긴 얼굴을 내게 돌렸다. 그녀의 눈이 내 눈과 마주쳤고 그녀의 손이 내 손에 포개어졌다. 그리고 우리 사이에 형용할 수 없을 만큼 압도적인 영광의 순간이 휘몰아쳤다.

셀리스는 푸른 눈과 빛나는 금발, 장밋빛 피부를 가졌으며 알리마는 까만 눈과 흰 피부, 앵두같이 붉은 입술을 지닌 빛나는 미모의 소유자였다. 엘라도어는 모든 것이 갈색이었다. 그녀의 머리카락은 바다표범의 털처럼 짙고 부드러웠으며 피부는 혈색 좋고 깨끗한 구릿빛이었다. 눈동자 역시 갈색이었는데 상황에 따라 그 빛깔이 황옥부터 까만 벨벳까지 다양하게 바뀌었다. 모두 다 멋진 소녀였다.

그들은 맨 처음 저 아래 호수에서 우리를 보자마자 우리가 탐험을 위해 첫 비행에 나서기도 전에 전광석화처럼 우리의 소식을 나라 전역에 알렸다. 우리가 착륙하는 모습을 지켜보았고 나무에 몸을 숨긴 채 숲을 따라 움직이면서 우리를 뒤쫓았다. 지금 생각해보니 소녀들은 숲속에서 자신들의 존재를 드러내기 위해 일부러 깔깔거리며 웃었던 것 같다.

그들은 순번을 정해 돌아가며 헝겊으로 덮어둔 우리 비행기를 감시했다. 그리고 우리가 탈출했다는 소식이 전해지자 앞서 말한 대로 하루 내지 이틀에 걸쳐 우리 뒤를 따라와서는 그 자리에 나타났던 것이다. 그들은 자신들이 우리에 대해 특별한 권리가 있다고 생각했는지 우리를 자신들의 남자들이라고 불렀다. 마침내 우리가 자유의 몸이 되어 이 나라와 이 나라 사람들을 관찰할 수 있게 되고 그들 역시 우리를 관찰할 수 있게 되자 허랜드의 현명한 지도자들은 세 여자의 주장을 승인했다.

우리 셋은 수백만 명의 여자들 사이에서도 틀림없이 이들을 선택했을 것이라고 생각한다.

하지만 '진정한 사랑의 길은 결코 순탄치 않다'라는 말이 있듯이 우리의 교제 기간은 예상치 못한 위험으로 가득 차 있었다.

허랜드에서, 그리고 시간이 흐른 후 돌아온 미국에서 다양한 일을 겪은 나는 이 글을 쓰는 지금에야 비로소 그 당시에는 놀라움의 연속이었고 종종 비극으로 느껴졌던 경험을 이해하고 철학적인 고찰을 할 수 있게 되었다.

대부분의 교제는 당연히 성적 매력으로부터 시작된다. 두 사람이 마음을 열면 그제야 우애가 서서히 발전해가는 것이다. 그리고 결혼 후에는 우정에 바탕을 둔 채 서서히 성숙하는 깊고 부드럽고 달콤한 관계, 꺼지지 않는 사랑의 불꽃이 따뜻하게 비추는 관계가 형성된다. 반대로 사랑이 식고 희미해지며 우애의 깊이가 얕아지면서 아름다웠던 모든 관계가 잿더미로 변하기도 한다.

이곳에서는 모든 것이 달랐다. 상대방을 미혹하려는 성적인 감정은 사실상 아예 없었다. 2천 년 동안 사용하지 않다보니 그 본능이 거의 사라졌던 것이다. 게다가 예외적으로 인간 본연의 욕구를 드러내는 여인들은 그 이유 때문에 어머니가 되는 일이 용납되지 않았다.

그럼에도 어머니가 되는 과정이 남아 있는 한 성별을 구분하는 고유한 근거 역시 남아 있기 마련이다. 그렇다면 우리가 이곳에 발을 들여놓은 후 이미 오래전에 잊힌 희미하고 이름을 알 수 없는 그 느낌이 이곳의 몇몇 여인들 사이에서 되살아나지 않았다고 누가 말할 수 있을까.

여자들에게 접근할 때 우리를 더 큰 혼란에 빠뜨린 건 전통적인 성 개념의 부재였다. 이곳에는 보편적으로 받아들여지는 '남성다움'과 '여성다움'의 기준이 없었다.

제프가 사랑하는 연인 셀리스에게서 과일 바구니를 빼앗으며 "여자는 아무것도 들면 안 돼요."라고 말하자 셀리스는 놀라움을 숨기지 않으며 "왜죠?"라는 반응을 보였다. 제프는 가슴이 떡 벌어진 체형에 놀랍도록 민첩한 수목관리인인 셀리스의 얼굴을 보며 차마 "여자는 연약하니까요."라고 말할 수 없었다. 그녀는 연약하지 않았으니까. 누구든 경주마더러 짐마차용 말이 아니기 때문에 약하다고 할 수는 없을 것이다.

제프는 여자들의 신체 구조상 힘든 일은 어울리지 않는다는 다소 군색한 대답을 내놓았다.

셀리스는 들판 저쪽에서 큰 돌로 새로운 벽을 세우고 있는 여자들을 바라보았다. 또 여자들이 지은 집들로 이루어진 뒤쪽의 가까운 마을과 우리가 걸어온 매끄럽고 단단한 길을 바라본 후 제프가 그녀로부터 빼앗은 작은 바구니로 시선을 던졌다.

셀리스가 사랑스러운 목소리로 말했다. "이해가 가질 않아요. 당신 나라에 있는 여자들은 이런 것도 못 들 만큼 약한가요?"

제프가 말했다. "관습 같은 거예요. 여자들은 육아만으로도 충분히 힘들기 때문에 남자들이 나머지 일을 모두 다 해야 한다고 생각하는 거지요."

"정말 아름다운 생각이군요!" 셀리스가 파란 눈동자를 빛내며 말했다.

"실제로 그런가요? 전 세계에 있는 남자들이 모든 걸 죄다 든단 말인가요? 아니면 미국에서만 그런 건가요?" 예리한 알리마가 재빨리 물었다.

"너무 따지지 말아요. 당신들은 숭배받길 원하고 또 우리가 시중을 들어주길 바라잖아요? 우리 역시 기꺼이 그렇게 할 의향이 있단 말이에요."

"당신들은 우리가 당신들에게 그렇게 하기를 원하지 않잖아요." 알리마가 말했다.

테리가 짜증 내며 말했다. "그건 다른 문제예요." 그러자 알리마가 "왜 그렇죠?"라고 물었다. 결국 테리는 부루퉁한 표정으로 "여기 있는 밴이 바로 철학자예요"라며 그녀의 질문을 내게 넘겼다.

엘라도어와 나는 그 주제에 대해 심도 깊게 얘기했기에 우리가 사랑에 빠진 기적과 같은 순간이 왔을 때 수월하게 넘어갈 수 있었다. 또한 우리는 제프와 셀리스에게 우리의 경험을 바탕으로 좀 더 알아듣기 쉽게 설명해주었다. 하지만 테리만은 귀를 기울이지 않았다.

테리는 알리마에게 미친 듯이 빠져 있었다. 그는 알리마의 마음을 단숨에 사로잡길 원했지만 오히려 그녀를 영원히 잃을 뻔했다.

만약 어리고, 세상 경험도 없고, 구식 전통에 매여 시나 로맨스 소설만 읽고, 희망이나 관심이라고 할 만한 게 결혼이나 연애 말고는 아예 없는 여자라면 남자의 저돌적인 구애에 비교적 쉽게 마음을 열지도 모르겠다. 저돌적인 구애를 통해 여자의 마음을 얻는 데 일가견이 있었던 테리는 이곳에서도 똑같은 수법을 쓰려 했지만, 그런 테리의 태도에 큰 모욕감과 역겨움을 느낀 알리마는 몇 주 동안 테리에게 자신의 곁을 내어주지 않았다.

그녀가 차갑게 거절할수록 거절에 익숙하지 않은 테리의 마음은 더욱 불타올랐다. 알리마는 테리가 달콤한 말로 접근하면 웃음으로 일축했다. 선물 공세나 참기 힘든 과잉보호에도, 자신의 마음을 알아주지 않는 그녀가 잔인하다며 불만을 터뜨려도 사리를 따져가며 물을 뿐이었다. 테리에게는 긴 시간이 필요했다.

셀리스나 엘라도어가 자신들의 연인을 받아들였듯 알리마가 자신의 이상한 연인을 과연 받아들일지 나는 의구심이 들었다. 테리는 너무나 자주 그녀의 기분을 상하게 했고, 그녀에게 상처를 주었던 것이다.

내 생각에 알리마에게는 옛 여인들이 지녔던 감정이 희미하게나마 남아 있었고, 테리는 이 점 때문에 다른 여자들보다 알리마에게 더 이끌리는 듯했다. 알리마 역시 실험을 해보기로 결심했기에 단념할 생각은 없는 듯했다.

어쨌든 우리는 마침내 모든 것을 완전히 이해했으며, 우리에게는 낯설고 새로운 기쁨의 순간이자 그녀들에게는 크나큰 행복이면서도 헤아릴 수 없을 만큼 중요하며 엄숙한 질문의 순간을 진지한 태도로 마주했다.

여자들은 예식으로서의 결혼에 대해 아는 게 없었다. 제프는 종교적, 사회적 의식을 치르기 위해 여자들을 우리나라로 데려가고 싶어했지만 셀리스나 다른 여자들 모두 찬성하지 않을 것 같았다.

"아직은 우리와 같이 가고 싶지 않을 거야. 좀 더 기다리자. 적어도 그들이 스스로 원할 때 데려가야 해." 테리가 현명한 척 말했다. 거듭된 실패에 대한 후회 섞인 회고를 늘어놓으며 한 말이었다.

"하지만 우리 세상이 오고 있어." 테리가 활기차게 덧붙였다. "이 여자들은 아직 남자에게 굴복해본 적이 없잖아." 그는 과거에 대단한 발견을 한 사람처럼 말했다.

"네게 주어진 기회를 잃고 싶지 않다면 누구든 굴복시킬 생각은 아예 버리는 게 좋을 거야." 나는 테리에게 진지하게 말했다. 그는 내 말을 웃어넘기며 말했다. "남자마다 주특기는 다 다른 법이니까!"

테리에게는 아무 말도 통하지 않았다. 우리는 테리를 자신이 하고 싶은 대로 하게 두는 수밖에 없었다.

이곳에 교제의 전통이 부족하다보니 우리는 구애할 때 여러 난관에 봉착했다. 그런데 결혼 전통의 부재는 우리에게 더 큰 난관을 안겨주었다.

우리 사이의 다름의 격차는 추후 내가 겪은 경험과 그들의 문화에 대한 깊은 이해를 바탕으로 다시 설명하기로 하겠다.

이들은 2천 년 동안 남자 없는 단일한 문화를 이어왔다. 그 역사의 이면에는 하렘의 전통만 있을 뿐이었다. 그들에게는 우리가 쓰는 단어인 '가정'이나 로마에 기원을 둔 '가족'에 해당하는 단어가 없었다.

그들은 사실상 보편적인 애정을 가지고 서로를 사랑했는데, 이 보편적인 애정은 아름답고 깨지지 않는 우정으로 발전했고, 애국심이라는 우리말로는 도저히 정의할 수 없는 조국과 민족에 대한 헌신으로 이어졌다.

뜨겁게 달아오른 애국심은 국익을 도외시하기도 하고 부정직한 행동, 고통받는 대중을 향한 냉담한 무관심과 양립하기도 한다. 애국심으로 무장한 사람들은 대체로 자부심이 넘치는 사람들로 매우 호적전인 성향을 띤다. 이들은 일반적으로 굉장히 적대적이다.

이 나라는 교류가 전혀 없는 저 아래에 사는 가난한 원주민들을 제외하고는 자국과 비교를 해볼 만한 국가가 전혀 없었다.

여자들은 자신과 아이들을 위한 탁아소이자 놀이터이며 일터인 조국을 사랑했다. 노동의 공간인 조국에 긍지를 느꼈고 상승일로의 효율성에 자부심을 가졌다. 그들은 조국을 아름다운 정원, 작지만 아주 실용적인 낙원으로 만들었다. 하지만 무엇보다도 자신들의 나라를 아이들을 위한 문화적 환경으로 소중하게 여겼는데, 이 점을 우리는 이해하기 힘들었다.

모든 특별함의 가장 중요한 특징은 두말할 것도 없이 아이들이었다.

모두가 숨죽인 채 보살피고, 숭배하다시피 해서 기른 이 민족 최초의 어머니들로부터 지금에 이르기까지 여자들은 아이들을 통해 위대한 국가가 건설되었다고 여겼다.

미국 여자들이 자신의 가족을 위해 모든 걸 헌신하고 있다면 이 나라의 여자들은 조국과 민족을 위해 모든 걸 쏟아붓고 있었다. 그들은 남자들이 아내에게 기대하는 충성과 봉사를 한 명의 개인인 남편이 아닌 한 사회의 일원인 서로에게 바치고 있었던 것이다.

우리나라에서 모성애는 가슴 아플 정도로 강렬하며 상황에 따라 좌절되기도 한다. 얼마 되지 않는 자신의 아이들에게 개인적 헌신이 집중되다보니 제 자식이 죽거나 병에 시달릴 때, 혹은 자식을 가질 수 없거나 심지어 다 큰 자식이 곁을 떠나 빈 공간에 홀로 남겨졌을 때 모성애는 쓰라린 상처를 입는다. 하지만 이 나라에서 모성애는 넓고 세찬 물결이 되어 긴 세월 동안 여러 세대에 걸쳐 이 땅의 모든 아이들에게 더 깊고 더 넓게 퍼져나갔다.

여자들은 아동기의 질병을 연구하고 극복하는 데 그들의 힘과 지혜를 모았고 그 결과 이곳의 아이들은 질병 없이 무럭무럭 자랐다.

그들은 교육 문제에 직면했지만 그 문제 역시 훌륭하게 해결했다. 아이들은 모든 감각을 통해 배우면서 어린 나무들처럼 자연스럽게 성장하면서도 자신이 교육을 받고 있다는 사실을 의식하지 못했다.

사실 그들은 교육이라는 말을 우리와 다르게 사용했다. 그들이 생각하는 교육이란 어느 정도 성장했을 때 전문가들에게 받는 특별한 훈련을 의미했다. 호기심 넘치는 젊은이들은 자신들이 선택한 분야에 푹 빠져서 쉽게 폭넓은 지식을 습득했다. 나는 이런 모습을 보며 경탄을 금할 수 없었다.

아기나 어린아이들은 우리가 '교육'이라고 부를 때 흔히 떠올리는 '억지로 밀어 넣는' 것에 대한 압박을 느낄 일이 없었다. 이 부분은 나중에 이야기하겠다.

9

관계에 대하여

이번 주제는 행복하고 무엇이든 열심히 하는 성인으로 성장한 이들이 가장 좋아하는 일을 하면서 만난 동료들과 맺는 관계, 어머니를 향한 깊고—감히 입에 올릴 수 없을 만큼—부드러운 경외심, 온전하고 자유롭고 드넓은 자매애, 조국을 위한 봉사와 우정이다.

미국적 사고방식과 신념, 문화, 전통으로 무장한 우리는 남자들 관점에서 보기에 바람직한 감정을 이곳 여자들에게 일깨워주기 위해 노력했다.

우리 사이에는 크든 작은 진정한 성적인 느낌이 존재했지만 여자들은 그 감정을 자신들이 아는 개인 사이의 순수한 사랑인 우정 또는 모성애라고 생각했다. 우리는 분명히 어머니도 아이도 아니었으며 그들의 동포 역시 아니었다. 따라서 그들이 우리를 사랑한다면 우리는 그들에게 친구임이 분명했다.

그들은 교제 기간 동안 우리가 자신들과 둘씩 다니는 걸 자연스럽게 받아들였다. 그뿐 아니라 자신들도 그랬듯 많은 시간 동안 우리 셋이 붙어 있는 것도 자연스럽게 생각했다. 아직 아무런 일도 하지 않는 우리가 숲에서 일을 하는 자신들 주변을 배회하는 것 역시 당연하다고 생각했다.

하지만 우리가 각 커플이 '가정'을 꾸리는 것에 대해 이야기하자 그들은 그 말을 이해하지 못했다.

"우리는 일 때문에 나라 전역을 돌아다녀야 해요. 항상 한 곳에 머물러 살 수가 없어요." 셀리스가 말했다.

"우리는 지금 함께 있잖아요." 알리마가 늠름한 테리의 모습을 뿌듯하게 바라보며 말했다. (곧 다시 헤어지긴 했지만 그 당시에 둘은 사이가 좋았다.)

테리가 주장했다. "전혀 달라요. 남자는 아내와 가족이 머무는 자신만의 가정을 원해요."

"거기에 머문다고요? 항상? 갇혀 있는 건 아니겠죠?" 엘라도어가 물었다.

"당연히 아니죠. 그곳에 사는 거예요." 테리가 대답했다.

"여자는 하루 종일 뭘 하나요? 아내는 무슨 일을 해요?" 알리마가 물었다.

그러자 테리는 인내심을 가지고 다시 한번 우리나라에서 여자들은 별일 없으면 일을 하지 않는다고 말했다.

"하지만 아무 일도 하지 않는다면 아내들은 뭘 하죠?" 알리마가 끈질기게 물었다.

"가정과 아이들을 돌봐요."

"동시에요?" 엘라도어가 물었다.

"물론이에요. 아이들은 주변에서 놀고 엄마는 집안일을 책임져요. 물론 하인들이 있긴 해요."

테리는 자신이 너무나 분명하고 당연하다고 생각하는 일을 설명할 때면 항상 조급증이 발동했다. 하지만 소녀들은 정말로 알고 싶어했다.

"여러분 나라에서 여자들은 아이를 몇 명이나 낳지요?" 알리마가 공책을 꺼내 들고는 입을 다문 채 대답을 기다렸다. 테리는 얼렁뚱땅 넘어가고 싶어했다.

"정해진 숫자는 없어요. 자식이 많은 가정도 있고 적은 가정도 있으니까요."

"아예 없는 집도 있어요." 내가 장난스럽게 끼어들었다.

그들은 내 말을 물고 늘어지더니 결국 우리로 하여금 아이들이 많은 집에 하인 수가 적고 아이들이 적은 집에 하인들이 많다는 일반적인 사실을 실토하도록 만들었다.

알리마가 의기양양하게 말했다. "그것 보세요! 아이는 한두 명이거나 아예 없는데 하인이 서너 명이나 있다면 아내들은 대체 집에서 뭘 하죠?"

우리는 최선을 다해 설명했다. 하지만 우리는 손님 접대나 취미 생활 등을 얘기하면서 엉큼하게도 그들이 우리와 전혀 다른 뜻으로 받아들이는 '사회적 의무'라는 말을 꺼냈다. 언제나 공동체적인 관점에서 생각하는 이 도량 큰 여자들에게 온전히 개인적인 삶이란 상상도 할 수 없다는 걸 잘 알면서도 말이다.

엘라도어가 결론지었다. "이해할 수가 없군요. 하지만 우리 민족은 반쪽짜리예요. 우리에게는 여자의 방식밖에 없지만 그곳에는 남자의 방식과 남녀의 방식 모두 있겠지요. 우리는 우리만의 삶을 위한 제도를 구축했지만 물론 한계가 있어요. 미국 사람들은 훨씬 더 폭넓고 풍요롭고 좋은 제도를 가지고 있을 거예요. 모두 다 보고 싶어요."

"보게 될 거예요, 내 사랑." 내가 속삭였다.

"피울 게 하나도 없군." 테리가 불평했다. 알리마와의 냉전이 길어지자 테리는 진정제를 찾았다. "마실 것도 없고. 이 축복받은 여자들은 즐거운 비행 하나 저지를 생각을 안 한단 말이야. 여기서 제발 나가고 싶어!"

테리의 소망은 헛된 바람이었다. 우리에게는 항상 감시하는 눈이 따라붙었다. 테리가 밤에 거리를 산책할 때면 언제나 곳곳에서 '대령'이 눈이 띄었다. 테리는 극심한 좌절감이 든 나머지 탈출에 대한 어렴풋한 생각을 품고 절벽 끝으로 향했지만 그때마저 인근에 있는 대령 몇 명을 발견했다. 우리는 자유로웠지만 감시의 눈길은 피할 수 없었다.

"여자들은 불쾌한 비행도 저지르지 않아." 제프가 테리에게 상기시켰다.

"그런 짓 좀 했으면 좋겠어! 남자들의 악덕도 없고, 그렇다고 여자들만의 미덕을 갖춘 것도 아니잖아. 다들 중성인이야!" 테리가 고집스럽게 말했다.

"생각하는 게 고작 그런 거야? 말도 안 되는 소리 좀 집어치워." 내가 심각하게 말했다.

나는 자신도 모르게 나를 향해 지어 보이던 엘라도어의 표정과 눈빛을 생각하고 있었다.

제프 역시 성을 냈다. "네가 그리워하는 '여자들의 미덕'이라는 게 뭔지 모르겠다. 내가 볼 때 이곳 여자들은 모든 걸 다 갖추고 있어."

"얌전하지 않잖아." 테리가 말을 잘랐다. "인내심도 없고 순종할 줄도 몰라. 여자들의 가장 큰 매력인 고분고분함이 하나도 없어."

나는 측은한 생각에 고개를 저었다. "가서 사과하고 다시 친하게 지내, 테리. 네가 기분이 별로여서 그런 거야. 이곳 여자들은 인류가 갖춰야 할 모든 미덕을 가지고 있어. 내가 본 사람들 중에 단점이 가장 적은 사람들이라고. 인내심 얘기를 꺼냈으니까 말인데, 여자들이 인내심이 없었다면 여기에 착륙한 첫날 우리를 절벽에서 떠밀어버렸을 거야."

테리가 투덜거렸다. "놀거리가 없잖아. 남자가 가서 놀 만한 곳이 하나도 없어. 가도 가도 응접실하고 놀이방뿐인걸."

"일터도 있잖아. 학교, 사무실, 실험실, 스튜디오, 극장도 있어. 가정도 있고." 내가 덧붙였다.

테리가 비웃었다. "가정이라고! 이 불쌍한 나라 어디에도 가정은 없는걸."

"이 나라엔 가정 아닌 곳이 없어. 너도 알잖아. 난 이렇게 모든 사람들이 평화를 사랑하고 선량하고 서로를 사랑하는 곳을 본 적도 없고 상상조차 해본 적이 없어." 제프가 매섭게 쏘아붙였다.

"물론 영영 주일학교나 다니고 싶다면 이 모든 게 만족스러울 테지. 하지만 난 뭔가를 하고 싶다고. 그런데 이곳은 할 게 없어."

테리의 비난에는 일리가 있었다. 개척의 세월은 이미 오래전에 끝났다. 그들의 문명사에서 초창기의 고난은 오래전에 극복되었다. 굳건한 평화, 헤아릴 수 없는 풍요로움, 꾸준한 건강, 커다란 호의, 모든 사항을 빠짐없이 관리하는 매끄러운 운영 체제 등, 이제는 극복할 문제가 전혀 남아 있지 않았다. 이들은 마치 오래전에 만들어진 후 완벽하게 돌아가는 시골집에 사는 유쾌한 가족 같았다.

나는 이들이 이룬 사회학적 성취에 지대한 관심이 있었기에 이곳이 좋았다. 어디에 있든 이런 가족과 이런 곳을 좋아했을 제프는 말할 것도 없었다.

하지만 테리는 반대할 것도, 싸울 것도, 정복할 것도 없는 허랜드를 좋아하지 않았다.

"삶은 투쟁이야, 그래야만 한다고. 투쟁이 없다면 삶도 없지. 그뿐이야." 테리가 주장했다.

"바보 같은 소리 하고 있네. 남자의 입장만 내세우는 터무니없는 소리야." 평화주의자 제프가 말했다. 제프는 확실히 허랜드의 따뜻한 수호자였다. "개미들이 투쟁을 통해 그 수많은 개미를 기르냐? 벌이 그렇게 해?"

"넌 곤충으로 돌아가서 개미탑에서 살고 싶나보구나! 나는 더 높은 수준의 삶은 투쟁, 전투를 통해서만 성취될 수 있다고 말하는 거야. 이곳엔 드라마가 없어. 저들의 연극을 좀 봐. 아주 지긋지긋해."

이 부분만큼은 테리와 우리의 생각이 일치했다. 허랜드의 연극은 우리 취향으로 볼 때 다소 단조로웠다. 연극 안에 성적인 모티브가 없으니 질투도 없었다. 전쟁을 벌이는 국가 간, 귀족 간 대립도 없고 야망도 없으며 부자와 가난한 자들 사이의 갈등도 존재하지 않았다.

난 이곳의 경제 이야기를 이미 했어야 했는데 그러지 못했다. 하지만 일단 연극에 대한 이야기를 이어가겠다.

이곳의 연극에는 허랜드만의 특징이 있었다. 연극에 거대한 의식이라고 할 만한 화려한 행사 혹은 행진이 등장하는 게 아주 인상적이었는데, 그 의식에는 전반적으로 허랜드의 예술과 종교가 잘 녹아 있었다. 어린아이들도 의식에 동참했다. 위대한 어머니들과 용감하고 고귀하며 아름답고 강한 젊은 여자들, 크리스마스트리 주변에서 즐겁게 뛰노는 미국 아이들을 연상시키는 이곳 아이들이 무리 지어 장엄하게 행진하는 이 거대한 연례 축제를 보고 있으면, 성공을 이룬 후 환희가 가득한 인생의 느낌에 압도당하는 것 같았다.

허랜드의 역사는 연극과 춤, 음악, 종교, 교육이 따로 분리되기 전에 시작되었기에 여자들은 이 모든 분야를 따로 발전시키는 대신 상호 연관성을 그대로 유지시켰다. 여기서 삶에 대한 시각 차이, 그들의 문화의 배경과 기반을 부족하나마 다시 한번 설명해보려고 한다.

엘라도어가 그 부분에 대해 내게 많은 이야기를 들려주었다. 그녀는 성장하는 소녀들과 특별 교사들에게 나를 데리고 갔으며 내가 읽을 책들도 골라주었다. 엘라도어는 언제나 나의 궁금증과 그 궁금증을 해소할 방법을 잘 알고 있는 것 같았다.

한편 테리와 알리마는 열애와 이별을 반복했다. 테리는 알리마에게 미칠 듯 끌렸으며 알리마 역시 마찬가지였다. 그렇지 않았다면 테리의 행동을 절대 참지 못했을 것이다. 엘라도어와 나 사이에는 늘 함께 지낸 듯한 깊고 편안한 느낌이 있었다. 제프와 셀리스 역시 행복했다. 그건 확실했다. 하지만 엘라도어와 나처럼 좋은 시간을 보내는 것 같지는 않았다.

자, 이번에는 엘라도어가 내게 보여주려 했던 허랜드 아이들의 삶에 관한 이야기이다. 허랜드의 아이들은 태어나는 첫 순간부터 평화와 아름다움, 질서, 안전, 사랑, 지혜, 정의, 인내와 풍요로움을 경험한다. 여기서 '풍요로움'이란 이슬 맺힌 숲의 빈터와 시냇물이 흐르는 초원에서 자라는 아기 사슴처럼 아기들이 필요한 모든 게 갖추어진 환경에서 자라는 걸 의미한다. 그리고 새끼 사슴이 그렇듯 아기들도 주어진 환경을 온전히 누렸다.

아이들은 크고 밝고 아름다운 이 세상이 배우고 싶고, 하고 싶은 재미있고 매력적인 일들로 가득 차 있음을 깨달았다. 세상 사람들 모두가 다정하고 공손했다. 허랜드 아이들은 우리 아이들이 흔히 경험하는 고압적인 무례함을 접할 기회조차 없었다. 아이들은 태어난 그 순간부터 어른들과 같은 한 명의 인간이었다. 그들은 이 나라의 가장 소중한 존재였다.

아이들은 풍요로운 삶을 경험하는 매 순간마다 자신이 공부하는 구체적인 사례가 그 폭이 확장되어 범위가 무한한 공통된 관심사와 연결된다는 사실을 깨달았다. 아이들이 배우는 모든 것은 처음부터 서로 연결되어 있었다. 그들의 배움은 국가의 번영과도 밀접하게 연결되었다. 엘라도어가 말했다. "내가 수목관리인이 되겠다고 결심한 건 한 마리 나비 때문이었어요. 열한 살쯤이었을 거예요. 키 작은 꽃에 앉아 있는 보라색과 초록색을 띤 커다란 나비를 본 게. 난 배운 대로 접은 날개를 아주 조심스럽게 잡은 다음 나비의 이름을 물어보려고 제일 가까이에 있는 곤충 선생님에게 갔지요." 나는 곤충 선생에 대해 묻기 위해 공책에 메모를 했다. "선생님은 짧은 탄성과 함께 내게서 그 나비를 받으며 말했어요. '오, 복받은 아이로구나. 혹시 오버넛을 좋아하니?' 물론 오버넛을 좋아했던 난 그렇다고 말했어요. 오버넛은 최고의 견과류이거든요. '이건 암컷 오버넛나방이란다. 거의 멸종됐지. 우리는 몇 세기 동안이나 이 나방을 멸종시키려고 노력했단다. 네가 이 나방을 잡지 않았다면 무수히 많은 알을 낳았을 거고, 그 애벌레들이 견과류 나무 수천 그루에 해를 입혔을 거야. 그럼 오버넛 수확량 손실도 굉장히 컸을 테지. 우리가 아주 오랜 기간 동안 고생할 뻔했어.'"

"모두가 나를 축하해줬어요. 선생님들은 이 나라의 모든 아이들에게 이 나방이 더 있을지 모르니 주의해서 보라고 얘기했지요. 난 오버넛나방의 역사와 그 나방이 나무에 어떤 해를 끼쳤는지, 우리 어머니들이 그

나무들을 구하기 위해 얼마나 오랫동안 얼마나 힘들게 노력했는지에 관한 설명도 들었지요. 내가 한 뼘 더 성장하고, 수목관리인이 되기로 결심하는 계기가 되었어요."

이건 하나의 예일 뿐이었고 엘라도어는 내게 더 많은 사례를 들려주었다. 이곳과 미국의 큰 차이점은, 우리 아이들은 위험한 세계로부터 단절된 채 각각의 가정에서 가족의 보호를 받으며 자라는 반면, 이곳의 아이들은 태어나는 그 순간부터 드넓고 친근한 세상 속에서 그 세상이 자신의 것이라는 사실을 경험하며 성장한다는 사실이었다.

이곳의 아동문학은 경이로운 수준이었다. 내가 여자들이 아이들의 눈높이에 맞게 재탄생시킨 그 위대한 예술이 가진 섬세한 매력과 매끄러운 단순성을 이해하려면 오랜 세월이 걸렸을 것이다.

미국에는 두 종류의 삶이 있는데, 남자의 삶과 여자의 삶이 그것이다. 남자의 삶이란 성장과 투쟁, 정복, 가족의 구성뿐 아니라 그가 추구하는 야망의 성취를 의미하며, 여자의 삶은 성장과 결혼, 가족의 생활에 종속된 활동, 자신의 지위가 허락하는 사회활동이나 자선활동으로 이루어진다.

반면에 이곳의 삶은 한 종류뿐이었지만 그 영역이 방대했다.

아이는 드넓고 탁 트인 인생이라는 광야에 발걸음을 내딛는다. 아이를 낳고 기르는 행위는 개인이 국가를 위해 할 수 있는 위대한 기여였으며 그 외의 모든 개인적 삶 역시 공동체 안에서 이루어졌다. 얘기를 나눠보니 유아기가 지난 어떤 소녀든 장래희망에 대한 즐거운 생각을 마음에 품고 있었다.

여자들이 '얌전'하지 않다는 테리의 말은 그들의 이 거대한 인생관 안에 그늘진 구석이 없다는 말과 다르지 않았다. 그들은 깍듯하게 예의범절을 지켰으며 수치심 같은 건 없었다. 이들은 수치심이 무엇인지 알지 못했다.

어린아이들의 단점이나 아이들이 저지른 비행은 죄가 아닌 실수나 경기 중에 범한 반칙으로 간주했다. 다른 아이들과 사이좋게 지내지 못하는 아이들이나 성격이 아주 나약하거나 결점이 있는 아이들은 친한 친구들이 카드게임을 할 때 마치 게임을 잘 못하는 사람을 대하듯 너그럽게 포용했다.

그들의 종교는 알다시피 모성이었으며, 진화에 대한 이해를 바탕으로 한 이곳의 윤리관은 지도 원리인 성장의 가치와 아름답고 지혜로운 이곳 문화에 대한 그들의 믿음을 잘 드러냈다. 그들에게 선과 악의 필연적인 대립 이론 같은 건 없었다. 그들은 성장하면서 기쁨을 누렸으며 성장은 그들의 의무이기도 했다.

모성애를 다양한 사회활동으로 승화시켜온 여자들은 이러한 배경 아래 자신들이 수행하는 모든 작업을 국가의 성장에 긍정적인 효과를 주는 방향으로 수정했다. 그들은 아이들을 위해 언어도 분명하고 간단하며 쉽고 아름답게 다듬었다.

이러한 과업을 계획하는 선견지명, 그리고 지속적으로 수행할 수 있는 힘과 끈기를 가진 나라가 존재한다는 사실과 그렇게 결단성과 진취

성을 가진 여자들이 있다는 사실은 우리에게 대단한 놀라움을 안겨주었다. 사실 우리는 여자들에게 그러한 기질이 있을 거라고 생각하지 않았다. 천성적으로 활기 넘치고 제약을 참지 못하는 남자들만이 무엇이든 만들어낼 수 있다고 생각했던 것이다.

이곳에서 우리는 삶의 환경에 가해지는 압박은 성별과 상관없이 모든 인간에게 창의력을 발휘하게 하는 원동력이 된다는 사실과 온전히 깨어 있는 모성애를 지닌 어머니는 아이들을 위해 한없이 계획하고 노력한다는 사실을 깨달았다.

허랜드 여자들은 아이들이 가장 고귀하게 태어나서 풍요롭고 자유로운 성장이 가능한 환경에서 양육될 수 있도록 나라 전체를 뜯어고치고 개선해나갔다.

여자들은 유아기에 머무르지 않는 아이처럼 그 자리에 멈춰 있지 않았다. 완벽한 양육 체계 말고도 평생 동안 아이들이 누릴 수 있는 관심사와 인간관계의 범위는 허랜드의 문화 중에서 아주 인상적인 부분이었다. 무엇보다도 문학 분야에서 아이들에 관한 주제가 많은 것에 놀랐다.

그들에겐 우리에게도 익숙한 단순하고 반복적인 시와 이야기도 있었고, 매우 정교하고 창의적인 이야기도 있었다. 다만 구전으로 전해져 내려온 고대 민속 신화와 원시 사회 자장가의 흔적으로 남은 것이 미국의 아동문학인 데 반해, 그들의 아동문학은 위대한 예술가들이 정교하게 창작한 작품이었다. 이야기는 단순했지만 아이들의 마음을 울리는 호소력을 지녔을 뿐 아니라 살아 있는 세계를 충실하게 담아냈다.

아이들 놀이방에 하루만 앉아 있어도 유아기에 대한 시각이 완전히 바뀌었다. 장밋빛 뺨에 포동포동하게 살이 오른 아이들이 엄마의 팔에 안겨 있거나 달콤한 꽃향기 속에서 잠이 든 모습은 우리에게도 익숙한 모습이었지만, 한 가지 다른 점이라면 이 아이들은 전혀 울지 않았다. 허랜드에서 우는 아이를 보는 건 하늘의 별따기였다. 심하게 넘어져서 우는 아이는 한두 번 본 적이 있었다. 그럴 때면 극도의 고통을 호소하는 성인의 비명을 들었을 때 우리가 그러듯 이곳 사람들 역시 우는 아이를 돕기 위해 달려갔다.

어머니들은 한 해나 두 해 혹은 더 긴 시간 동안 아이와 함께 살면서, 자랑스러운 마음으로 아이를 키우면서 사랑하고 배우는 영광의 시간을 가진다. 아마 이것이 그들이 놀랍도록 활기찬 이유일 것이다.

하지만 아이가 어느 정도 크고 나면 아이를 돌보는 직업에 종사하지 않는 이상 어머니들은 아이 옆에서 많은 시간을 보내지 않는다. 아이들과 약간 거리를 둔 채 자긍심을 가지고 아이들에게 봉사하는 보모를 대하는 어머니들의 태도는 보기에 참 아름다웠다.

어린 아기들은 발가벗은 채 짧게 깎아 깨끗하고 윤기 나는 잔디나 부드러운 양탄자에서, 얕은 수영장의 맑은 물속에서 기쁨에 찬 웃음을 터뜨리며 이리저리 굴렀다. 내가 한 번도 꿈꿔본 적 없는 행복한 아기들의 모습이었다.

아기들은 따뜻한 지역에서 지내다가 어느 정도 자라면 고도가 높아 기후가 서늘한 지역에 점차 적응해갔다.

열 살에서 열두 살 사이의 건강한 아이들은 미국 아이들처럼 눈 속에서 신나게 뛰어놀았다. 이 아이들은 끊임없이 여러 지역을 여행했기에 나라 전역이 집처럼 느껴졌다.

아이들이 배우고 사랑하며 이용하고 봉사하기를 기다리는 이 나라는 모두가 아이들의 것이었다. 미국 소년들이 멋진 군인이나 카우보이처럼 자신들이 상상하는 무엇인가가 되기를 희망하고, 소녀들이 어떤 가정을 꾸릴지, 아이는 몇 명이나 낳을지 생각하듯이 이곳 아이들 역시 어른이 되어 이 나라를 위해 무엇을 할지에 대해 즐겁게 재잘대며 자유롭게 상상의 날개를 펼쳤다.

나는 이곳의 아이들과 청소년들이 행복을 누리면서 열정적으로 살아가는 모습을 보며 우리가 가진 '삶이 평탄하고 행복하면 사람들이 즐겁지 않다'는 통념이 얼마나 잘못된 생각인지 깨달았다. 이곳의 청소년들, 생기와 기쁨, 호기심으로 가득 찬 이 작은 생명체와 삶에 대한 그들의 왕성한 열정을 관찰하다보니 내가 가지고 있던 기존 생각들이 송두리째 흔들렸다. 늘 건강한 이곳의 청소년들에게는, 모순된 말이긴 하지만, 우리가 '야성의 정신'이라고 부르는 천연 자극제가 늘 샘솟았다. 아이들을 둘러싼 환경은 기분 좋고 흥미로웠으며 그들 앞에는 멋지고 끝없는 교육, 배움과 발견의 시간이 펼쳐져 있었다.

이곳의 교육 방식을 연구하고 미국의 교육 방식과 비교할수록 이들이 우리보다 낫다는 생각이 커져서 낯설고 불편했다.

엘라도어는 내가 놀라는 것을 이해하지 못했다. 그녀는 그런 설명이 왜 필요한지 의아해했지만 어쨌든 친절하고 다정하게 모든 걸 설명해 주었으며, 돌연 미국에서는 어떻게 하느냐는 질문을 던져서 나를 곤궁에 빠뜨리기도 했다.

어느 날 나는 엘라도어 몰래 소멜을 찾아갔다. 나는 소멜 앞에서는 내 멍청한 면모를 드러내는 걸 개의치 않았다. 소멜은 그런 내 모습에 익숙했다.

내가 소멜에게 말했다. "설명이 필요합니다. 당신은 제가 어리석다는 걸 잘 아시잖아요. 하지만 엘라도어는 제가 상당히 현명하다고 생각해요. 엘라도어에게만은 저의 그런 모습을 보이고 싶지 않아요."

소멜이 기쁘다는 듯 미소를 지었다. "당신 둘 사이에 그런 새롭고 놀라운 사랑이라는 감정이 생기다니 정말 멋져요. 온 나라가 흥미롭게 지켜보고 있어요. 안 그럴 수가 없네요."

내가 생각하지 못한 부분이었다. '온 세상이 사랑하는 사람을 사랑한다'고 하지만, 200만 명이나 되는 사람들이 어렵사리 유지하고 있는 한 쌍의 연애를 지켜보고 있다니 조금 부끄러웠다.

내가 말했다. "여러분이 생각하는 교육이 무엇인지 간단하고 쉽게 얘기해주겠어요? 제가 궁금한 게 뭔지 먼저 얘기할게요. 미국 교육에서는 아이들이 두뇌를 쓰게끔 하는 데 역점을 두고 있어요. 아이들이 장애물을 극복하는 게 잘하는 거라고 생각하지요."

예상과 달리 소멜이 내 말에 공감했다. "우리도 마찬가지예요. 이곳의 모든 아이들도 그래요. 그런 교육과정을 좋아하기도 하구요."

나는 다시 혼란스러워졌다. 아이들이 좋아하는 일이 어떻게 교육적일 수 있을까?

소멜이 조심스럽게 말을 이어나갔다. "우리의 이론은 이렇답니다. 어린아이가 한 명 있다고 합시다. 정신은 몸과 마찬가지로 자연스러운 것이에요. 성장하고, 아이가 사용하며 즐겨야 할 것이지요. 우리는 몸에 하듯 아이들의 정신에도 영양분을 제공하고, 정신을 자극하고 단련하기 위해 애써요. 교육은 알아야 할 것과 해야 할 것, 이렇게 크게 두 분야로 나뉘어요. 미국도 그런가요?"

"해야 할 것이라고요? 정신적인 단련을 말하는 건가요?"

"그래요. 우리의 일반적인 계획을 얘기할게요. 아이들의 정신에 영양분 즉 지식을 제공하기 위해, 우리는 젊고 건강한 두뇌가 가진 자연스러운 욕구를 만족시키고자 최고의 인력을 투입하죠. 각각의 아이들에게 너무 많지 않은 적정량을 다양한 방식으로 제공해요. 이건 가장 쉬운 부분이죠. 나머지 분야는 아이들 각각이 최고로 발달할 수 있도록 적절한 난이도의 훈련을 지속적으로 받게 하는 거예요. 모두가 공통으로 가진 능력뿐 아니라 몇몇만 지닌 특별한 능력을 계발하려면 세심함이 필요하죠. 미국에서도 그렇겠지요?"

나는 자신 없는 목소리로 말했다. "어떤 면에서는 그래요. 하지만 우리는 이곳처럼 영리하고 고도로 발전된 교육 시스템을 갖추지 못했어요. 이곳의 교육 시스템과 비교조차 할 수 없어요. 조금 더 설명해줘요. 지식을 어떻게 관리합니까? 이곳 사람들은 거의 모든 것을 알고 있는 것 같던데요. 맞나요?"

소멜이 웃으며 내 말을 부정했다. "절대 그렇지 않아요. 당신도 알겠지만 우리가 가진 지식은 굉장히 제한적이에요. 여러분이 말해준 새로운 지식에 우리나라 전역이 얼마나 들썩거리고 있는지 당신도 알면 좋겠어요. 수많은 사람들이 여러분의 나라로 가서 배우기를 열망하고 있어요. 우리가 아는 지식은 공통 지식과 전문 지식으로 나뉘어요. 우리는 오래전에 시간이나 별 힘을 들이지 않고 아이들에게 공통 지식을 가르치는 법을 배웠지요. 전문 지식 역시 원하는 사람들 모두가 배울 수 있어요. 한 분야를 전문적으로 공부하는 사람도 있지만 대부분이 직업을 갖기 위해, 또 계속 성장하기 위해 여러 분야를 배우지요."

"성장한다구요?"

"그래요. 한 분야에만 계속 머물러 있다보면 뇌의 여러 부분 중 사용하지 않는 부분이 퇴화하기 마련이거든요. 그리고 우리는 늘 지속적으로 배우고 싶어하죠."

"뭘 공부합니까?"

"우리가 아는 여러 학문을 배워요. 물론 한계는 있겠지만 우리는 온전하고 아름다운 삶과 관련된 해부학과 생리학, 영양학 지식을 상당히 쌓았어요. 식물학과 화학처럼 기본적이면서도 흥미로운 학문도 배우지요. 우리나라 역사는 물론이고 역사와 함께 발전한 심리학도 배워요."

"심리학을 개인적 삶이 아닌 역사와 연관된 학문이라고 생각한다는 뜻인가요?"

"물론이에요. 심리학은 언제나 우리 사이에 존재하지요. 심리학은 앞으로 전진하면서 이어져온 세대와 더불어 변해왔어요. 우리는 모두가 심리학과 함께 발전하도록 천천히, 하지만 조심스럽게 노력하고 있어요. 수많은 아이들이 커가면서 강인하고 맑은 정신과 상냥한 성격, 훌륭한 능력을 갖게 되는 걸 보는 건 정말 영광스럽고 멋진 일이에요! 미국에서도 그렇지 않나요?"

나는 대답을 회피했다. 인간이 가진 정보의 양은 늘었지만 인간의 정신은 초기 원시시대와 다를 바 없다는, 전에는 믿지 않았던 우울한 주장이 떠올랐다.

소멜이 말을 이었다. "우리는 두 가지 능력을 갖추기 위해 성실하게 노력하고 있어요. 고귀한 삶을 살아가기 위해 기본적으로 필요한 능력들이지요. 명쾌하고 폭넓은 판단력과 강인한 의지예요. 우리는 판단력과 의지 이 두 능력을 향상시키기 위해 어린 시절과 청소년기 동안 최선의 노력을 해요."

"교육과정 속에서 그런 노력을 한다는 말인가요?"

"정확해요. 가장 중요한 부분이지요. 이미 봤을지 모르겠지만 우리는 아기들이 피로를 느끼지 않으면서 정신을 성장시킬 수 있는 환경을 만들어줘요. 그 안에서 어느 정도 컸을 때 단순하면서도 흥미로운 것들을 다양하게 할 수 있지요. 물론 신체적인 면을 먼저 고려하긴 하지만 가능하면 어릴 때부터, 스트레스를 주지 않도록 주의하면서 아이들에게 원인과 결과가 뚜렷한 선택을 할 기회를 제공하고 있어요. 이곳에서 아이들이 하는 게임을 보셨나요?"

물론 본 적이 있다. 아이들은 자기들끼리 뭔가에 몰두해 있을 때를 빼면 늘 무슨 놀이를 하고 있는 것 같았다. 처음에 나는 아이들이 언제 학교에 가는지 궁금했지만 이내 학교에 가지 않는다는 사실을 깨달았다. 모든 게 교육이었지만 학교 교육은 아니었다.

"우리는 1,600년이라는 세월 동안 더 나은 아이들용 게임을 고안해내기 위해 노력해왔어요." 소멜이 설명을 이어갔다.

나는 그 말에 크게 놀랐다. "게임을 고안한다구요? 새로운 게임을 만들어낸다는 말이에요?"

"맞아요. 미국 사람들은 그렇지 않나요?" 그녀가 대답했다.

유치원과 몬테소리가 고안해낸 자료들을 떠올린 나는 조심스럽게 대답했다. "어느 정도는요." 하지만 대부분의 게임은 아주 먼 과거부터 아이에게서 아이에게로 전해져 내려온 것들이라 아주 오래되었다고 소멜에게 털어놓았다.

소멜이 물었다. "그 게임들은 어떤 효과가 있나요? 여러분이 원하는 능력을 발달시키는 데 도움이 되나요?"

나는 스포츠 찬성론자들의 주장을 떠올리고는 다시 신중하게 일부는 그렇다고 대답했다.

"그런데 아이들은 새로 만든 게임을 좋아하나요? 혹시 예전 게임을 하고 싶어하지 않아요?" 내가 물었다.

소멜이 대답했다. "당신은 이곳 아이들이 어떤지 아시잖아요. 미국 아이들은 이곳 아이들보다 더 만족스럽게 생활하고 더 호기심이 강하고 더 행복한가요?"

그때 전에는 한 번도 진심으로 생각해본 적 없었던 모습들이 떠올랐다. 따분하고 지루해서 "이제 뭐 해요?"라고 짜증 내는 아이들, 어슬렁거리며 돌아다니는 패거리들, 아이들의 파티와 아이들을 즐겁게 해주기 위해 어른들이 감내하는 의무들, 우리가 '장난'이라고 부르는 수많은 못된 행동들, 심심한 아이들이 저지르는 바보 같고 파괴적이고 때로는 사악하기까지 한 행동들.

나는 우울하게 대답했다. "아니요, 그런 것 같지 않군요."

이곳의 아이들이 태어나서 자라는 허랜드는 흥미로운 자료와 배움의 기회가 가득한 세심하게 준비된 세계이자, 타고난 자질을 훈련을 통해 더욱 발전시킨 수많은 교사들이 늘 곁에 머물면서—우리나라에서는 불가능한—아이들을 배움의 왕도로 이끌어주는 세상이었다.

이들의 교육방식에 수수께끼 같은 건 전혀 없었다. 교육은 아이들의 눈높이에 맞춰졌고, 어른들 역시 적어도 이해는 할 수 있었다. 나는 엘라도어와 함께, 때로는 나 혼자서 아이들을 지켜보며 많은 날을 보내면서 나는 물론 내가 아는 모든 사람들의 어린 시절에 대해 가슴 저린 연민을 느끼기 시작했다.

아이들을 위한 집과 정원은 계단이나 모퉁이, 아이들이 삼킬 만한 작은 물건이나 불처럼 아이들에게 해가 될 만한 것들이 하나도 없는, 그야말로 아이들을 위한 낙원이었다.

아이들은 깜짝 놀랄 정도로 빠르게 몸을 가누는 법을 배워갔다. 나는 이렇게 또박또박 걷고 손을 안정적으로 사용하며 명석한 두뇌를 가진 아이들을 본 적이 없었다. 어린아이들이 한 줄로 평평한 바닥을 걷거나 좀 더 시간이 지난 후 잔디나 두꺼운 양탄자에서 3~5센티미터 위에 설치된 고무 가로대를 걷는 연습을 하는 모습과 '깍' 하는 탄성 소리와 함께 가로대에서 떨어지면 줄 끝으로 달려가 다시 시도하는 모습을 보는 게 정말 즐거웠다. 우리도 물론 아이들이 무언가의 위로 올라가서 걷는 걸 좋아한다는 사실을 알고 있었다. 하지만 체육 교육에 이렇게 간단하면서 지치지 않는 놀이를 도입할 생각은 하지 못했다.

이곳에도 물론 물이 있었는데, 아이들은 걸음마를 떼기 전부터 수영을 했다. 처음에는 지나친 교육의 역효과를 염려했으나 해가 긴 낮 시간 내내 즐겁게 몸을 움직인 후 자연스럽게 잠이 드는 아이들의 행복한 어린 시절을 목격하자 그런 우려는 말끔히 해소되었다. 아이들은 자신들이 교육을 받고 있다는 사실을 깨닫지 못했으며, 신나는 실험과 성취를 통해 친밀하며 아름다우며 시간이 흐르면서 더 견고해지는 소속감의 기반을 만들고 있다는 사실도 전혀 알지 못했다.

실로 시민의 자질을 키우는 교육이었다.

10

·

종교와 결혼

남자로서, 외국인으로서, 그리고 무엇보다도 독실한 기독교인으로서 허랜드의 종교를 확실히 이해하기까지는 오랜 시간이 걸렸다.

모성애를 신성시하는 건 분명했다. 하지만 허랜드의 종교에는 뭔가 그 이상의 것이 담겨 있었다. 적어도 내가 처음에 이해한 것보다는 훨씬 복잡했다.

엘라도어에 대한 내 사랑이 내가 믿었던 사랑의 한계를 훌쩍 뛰어넘으면서, 희미하게나마 엘라도어의 사고방식과 정신 상태의 진가를 인정하게 되면서 나는 그들의 종교에 대해 조금씩 이해하기 시작했다.

내가 종교에 대해 묻자 엘라도어는 일단 설명을 하려고 노력했다. 하지만 내가 잘 알아듣지 못하자 그녀는 내게 미국의 종교에 대해 물었고, 곧 미국에 많은 종교가 있으며 이 종교들이 상당히 다양하지만 몇 가지 공통점이 있다는 점을 깨달았다. 냉철하며 체계적이고 빛나는 정신의 소유자인 엘라도어는 합리적일 뿐 아니라 이해도 빨랐다.

내가 미국의 종교에 대해 설명하자 그녀는 펜으로 각각의 종교를 일일이 덧붙여서 일종의 표를 만들었다. 엘라도어가 파악한 모든 종교의 공통점은 종교에는 단수 혹은 복수의 지배적인 신이 존재하며 신을 기쁘게 하거나 신의 노여움을 풀 수 있는 금기시되는 특별한 행동이 몇 가지 있다는 점이었다. 몇몇 특징은 특정 종교에만 나타나기도 하지만 신이야말로 모든 종교가 갖는 특징이며 신 때문에 해야 할 것과 하지 말아야 할 것이 존재했다. 잔인하며 관능적이고 오만하며 무자비한 초기 시대의 신들부터 보편적인 형제애의 귀결인 하느님 아버지의 개념에 이르기까지 인간이 형상화한 신의 모습을 시간의 순서에 따라 거슬러 올라가는 건 어렵지 않았다.

엘라도어는 내 설명을 듣고 아주 기뻐했다. 우리가 믿는 신의 특성인 전지전능, 무소부재와 하느님의 아들이 가르친 사랑에 대한 상세한 설명을 듣고 깊은 인상을 받았다. 엘라도어는 동정녀 마리아 이야기에 그다지 놀라지 않았다. 하지만 희생이나 악마, 지옥살이 이론을 듣자 굉장히 당혹했다.

내가 무심결에 세례를 받지 않은 신생아들은 지옥에 간다고 믿는 종파도 있다는 설명을 하자 엘라도어는 앉은 채 미동도 하지 않았다.

"그 사람들도 신의 사랑과 지혜, 권능을 믿나요?"

"물론이지요."

엘라도어의 눈동자가 커졌고 얼굴은 백지장처럼 창백해졌다.

"그런데도 신이 그 작은 신생아를 영원히 꺼지지 않는 불 속에 던진다고 믿는 건가요?" 그녀는 몸서리를 치더니 돌연 내 곁을 떠나 재빨리 근처의 사원으로 달려갔다.

허랜드에는 아무리 작은 마을일지라도 사원이 있었으며 지혜롭고 고귀한 여인들이 그 편안한 휴식처를 항상 지키고 있었다. 여자들은 일을 하다가도 사원을 찾는 사람에게 언제나 위안과 지혜, 도움을 나눠주었다.

얼마 후 엘라도어는 슬픔이 금방 가라앉았다고 내게 말했다. 자신의 감정을 다스리지 못한 걸 부끄럽게 여기는 듯했다.

그녀는 내게 돌아와서는 변명하듯 말했다. "우리는 끔찍한 생각에 익숙지 않아요. 그런 생각들이 아예 존재하지 않으니까요. 그런 생각이 든다는 건 눈에 고춧가루가 들어간 것과 비슷해요. 제가 이성을 잃고 비명을 지르다시피 하면서 사원으로 달려간 건 그 때문이에요. 거기서 곧바로 그 끔찍한 생각을 지울 수 있었지요."

"어떻게 말인가요?" 나는 매우 궁금해하며 물었다.

"그분이 말씀하셨어요. '축복받은 아이여, 잘못된 생각을 가졌구나. 그런 신이 존재한다고, 그런 일이 일어날 거라고 생각할 필요가 없어. 그런 신은 존재하지 않고, 그런 일도 일어나지 않아. 그런 흉측하고 거짓된 생각은 아무도 믿지 않지. 너도 잘 알겠지만 오직 무지한 사람들만이 그런 믿음을 가진단다.'"

엘라도어가 말을 이어갔다. "아무튼 제가 처음 그 말을 했을 때 그분 역시 잠시 얼굴이 하얗게 질렸어요."

이 일은 내게 교훈이 되었다. 허랜드에 사는 모든 여자들의 표정이 평화롭고 다정한 것도 무리가 아니었다. 그들의 마음에는 끔찍한 생각이 전혀 존재하지 않았다.

"허랜드의 초기 사람들은 그런 생각을 했겠지요." 내가 말했다.

"그럼요. 하지만 종교가 어느 정도 발전하면서 우리는 이내 그런 생각에서 빠져나올 수 있었어요."

이번 일로, 그리고 다른 많은 일을 통해 나는 점차 내가 말하고 싶은 걸 깨닫게 되었다.

"과거를 존중하지 않는 건가요? 당신의 어머니들의 생각과 믿음에 대한 존중 말이에요."

엘라도어가 말했다. "그럼요. 왜 그런 존중이 필요하지요? 그들은 지난 세대예요. 그리고 우리는 어머니들보다 더 많은 걸 알고 있어요. 우리가 앞선 세대를 뛰어넘지 못한다면 우리는 어머니들에게도, 우리를 뛰어넘어야 하는 아이들에게도 부끄러운 사람이 될 거예요."

이 말은 내게 큰 생각거리를 안겨주었다. 남들이 얘기하는 걸 들었기 때문인지 몰라도 나는 늘 여자들이 천성적으로 보수적인 생명체라고 생각해왔다. 그런데 이곳 여자들은 진취적인 기상을 지닌 남자의 손길 없이도 자신들의 과거를 뒤로한 채 과감하게 미래를 위한 사회를 건설하고 있었다.

엘라도어가 생각에 잠긴 나를 지켜보았다. 그녀는 내 마음속 생각의 상당 부분을 알고 있는 듯했다.

"우리가 새롭게 시작했기 때문일 거예요. 시민 대부분이 한꺼번에 몰살당한 후 절망의 시간이 흘렀고, 기적처럼 아이들이 탄생했어요. 우리 모두 숨을 죽인 채 그 아이들의 출산을 희망했지요. 그런데 이 아이들도 해낸 거예요. 그 후 긍지와 환희의 시간이 이어졌고, 어느새 우리나라의 인구는 지나치게 늘어났어요. 결국 우리는 아이를 한 명씩만 낳기로 결정했지요. 우리는 이 아이들을 훌륭하게 키우기 위해 진심을 다해 노력하고 있어요."

"그런데 이곳의 종교가 가진 그런 현격한 차이를 어떻게 설명할 수 있나요?" 내가 물었다.

엘라도어는 다른 종교를 잘 모르기 때문에 이곳 종교의 다른 점을 지혜롭게 설명하기 힘들지만, 그들의 종교는 상당히 단순하다고 말했다. 위대한 어머니의 정신은 그들의 모성애와 다르지 않으며 단지 인간의 한계 이상으로 확대된 것일 뿐이었다. 허랜드 시민들은 자신들을 한결같이 지켜주고 돌봐주는 사랑을 느꼈다. 그 사랑은 아마 긴 세월 동안 허랜드 민족이 축적해온 모성애였을 것이나 지금은 신으로 여겨지고 있다.

"이곳에는 어떤 우상 숭배 이론이 있나요?" 내가 물었다.

"우상 숭배라고요? 그게 뭐죠?"

이 부분은 특히 설명하기가 힘들었다. 여자들이 그토록 강하게 느끼는 성스러운 사랑의 신은 "어머니가 아이들을 사랑하듯"이라는 엘라도어의 말처럼 허랜드 사람들에게 아무것도 원하지 않는 듯했다.

"하지만 어머니들은 자녀들로부터 존경과 순종을 기대할 거예요. 자녀들도 어머니를 위해 해야 할 일이 있지 않나요?"

엘라노어는 자신의 부드러운 갈색 머리를 흔들면서 미소를 띤 채 말했다. "아, 그렇지 않아요. 어머니들로부터 받은 일을 하지만 어머니들을 위해 일하지는 않아요. 우리는 어머니들을 위해 일할 필요가 없고 어머니들도 그걸 원하지 않아요. 하지만 어머니들을 봐서라도 우리는 훌륭한 삶을 살아야 해요. 우리가 신에 대해 느끼는 것도 이와 비슷해요."

나는 다시 명상에 잠겼다. 우리 신화 속 전쟁의 신과 질투의 신, 복수의 신을 떠올렸다. 우리가 사는 세계와 악몽, 지옥도 생각해보았다.

"이곳에는 영원한 형벌 이론 같은 건 없겠군요?"

엘라도어가 웃음을 터뜨렸다. 하지만 별처럼 빛나는 그녀의 눈동자에는 눈물이 어려 있었다. 나를 안쓰러워하는 듯했다.

엘라도어는 당연하다는 듯 물었다. "어떻게 그런 게 있겠어요? 아시다시피 우리는 살아 있을 때에도 처벌 같은 건 하지 않아요. 사후에 받는 형벌 같은 건 상상한 적도 없어요."

"아예 처벌이 없나요? 아이들도, 범죄자들도 처벌을 받지 않는다는 말인가요?" 내가 말했다.

"미국에서는 다리가 부러졌거나 열이 있다고 해서 사람을 벌하나요? 우리에게는 범죄 예방책과 치료 프로그램이 있어요. 가끔 환자를 병원으로 보내야 하는 경우가 있긴 하지만 치료의 일환일 뿐 처벌은 아니죠." 그녀가 설명했다.

내 의견에 대해 엘라도어는 좀 더 면밀히 생각한 후 덧붙였다. "우리는 인간의 모성애 안에 아이들을 끌어올리는 부드럽고 무한하고 위대한 힘, 인내와 지혜처럼 섬세하고 절묘한 힘이 있다는 사실을 알아요. 우리는 우리가 생각하는 신 역시 이런 힘이 있다고 믿어요. 어머니들은 자식에게 화를 내지 않아요. 하물며 신이 화를 낼 리 없지요."

"여러분에게 신은 사람의 모습을 띠고 있나요?"

엘라도어는 내 질문에 잠시 생각에 잠겼다. "마음속으로 신에게 좀 더 다가가려는 노력을 하다보니 자연스럽게 신을 의인화하지요. 하지만 신의 모습을 가진 '위대한 여자'가 어딘가에 존재할 거라고 생각하지 않아요. 우리가 부르는 신이란 모든 곳에 존재하는 힘, 우리 안에 존재하고 우리가 더 갖기를 원하는 '내재하는 정신'이지요. 여러분이 믿는 신은 '위대한 남자'인가요?" 엘라도어가 순진무구한 표정으로 물었다.

"그럼요. 우리 대부분에게는 그럴 거예요. 당신들처럼 우리도 신을 '내재하는 정신'이라고 부르죠. 그렇기 하지만 우리는 신을 그분, 사람, 수염 난 남자라고 생각해요."

"수염이라고요? 아, 알겠어요. 여러분에게 수염이 있으니! 그렇다면 신에게 수염이 있기 때문에 여러분도 수염을 기르는 건가요?"

"반대예요. 우리는 면도를 해요. 깔끔하고 편하니까요."

"미국 사람들은 신이 옷을 입는다고 생각하나요?"

일전에 본 신을 묘사한 그림이 떠올랐다. 전능한 신을 머리와 수염을 기르고 늘어진 옷을 입은 노인으로 묘사한, 어느 독실한 신자의 경솔한 그림이었다. 엘라도어의 솔직하고 순수한 질문을 듣고 보니 그림 속 신의 모습이 상당히 불만족스럽다는 생각이 들었다.

나는 기독교 세계의 신은 고대 히브리족의 신을 의미하며, 고대인들이 자신들이 생각하는 신의 개념에 가부장적인 지도자의 특성인 늙은 남자의 모습을 입혔고, 우리는 그 가부장적인 신의 개념을 이어받았을 뿐이라고 설명했다.

내가 우리의 종교적 이상의 기원과 발전에 대해 설명하자 엘라도어가 진지하게 말했다. "그렇군요. 히브리인들은 남자 가장을 중심으로 소규모 무리를 이루고 살았군요. 남자 가장들은 무리를 거느리고 다스렸겠죠?"

"두말할 여지가 없죠." 내가 동의했다.

"그런 면에서 보면 우리는 '가장' 없이 함께 살고 있어요. 우리가 선택한 지도자가 있을 뿐이죠. 이게 바로 차이점이에요."

내가 장담했다. "차이는 생각보다 훨씬 크답니다. 그 차이는 여러분이 공유하는 모성애에 있어요. 여러분의 자녀들은 모든 이들의 사랑을 받으며 성장해요. 아이들이 사는 세계는 세상의 모든 어머니들의 사랑과 지혜로 이루어진 풍요롭고 행복한 세상이에요. 여러분이 신을 어느 곳에나 존재하는 사랑으로 여기는 건 당연해요. 여러분이 생각하는 신의 개념이 우리가 생각하는 신의 개념보다 훨씬 더 올바른 것 같군요."

엘라도어가 조심스럽게 이야기했다. "제가 이해할 수 없는 건 그런 고대 시대의 아이디어를 여전히 답습하고 있다는 사실이에요. 그 가부장적인 생각은 수천 년 전에 형성된 것 아닌가요?"

"맞아요. 4천 년에서 6천 년 정도 됐어요."

"그 세월 동안 다른 분야는 놀랄 만한 발전을 이루었겠지요?"

"맞아요. 하지만 종교는 달라요. 우리 종교는 지금은 세상을 떠난 위대한 스승이 창시한 후 대대손손 내려온 것이에요. 그분은 자신이 깨달은 세상의 모든 진리를 이 세상에 전파했어요. 우리가 할 일은 그 말씀을 믿고 순종하는 거예요."

"위대한 히브리의 스승이란 분이 누구인가요?"

"아, 그건 다른 이야기예요. 히브리의 종교는 아주 오래된 고대 전통의 축적물로, 어떤 부분은 그 민족 구성원의 역사보다도 오래되었어요. 그리고 시간이 흐르면서 내용이 더 풍성해졌지요. 우리는 성서를 영감을 받은 '하느님의 말씀'으로 여깁니다."

"그걸 어떻게 알죠?"

"성서에 그렇게 쓰여 있으니까요."

"많은 말 중에 그렇게 쓰여 있다는 건가요? 누가 쓴 거죠?"

나는 하느님의 말씀이라고 쓰인 부분을 떠올려보려고 했으나 생각나지 않았다.

그녀가 말을 이었다. "그것도 그렇지만 제가 이해할 수 없는 부분은 미국 사람들이 그런 옛날 생각을 지금까지 받아들이고 있다는 사실이에요. 다른 것들은 모두 바뀌지 않았나요?"

내가 동의했다. "대부분은 그렇지요. 하지만 우리는 종교를 '계시 종교'라고 부르는데, 계시 종교는 탄생했을 당시 완결되었다고 받아들여지지요. 그건 그렇고 그 작은 사원에 대해서 좀 더 얘기해줘요. 당신이 달려간 사원에 있는 어머니들에 대해서도."

엘라도어는 내게 이곳의 종교에 대해 상세하게 설명해주었는데, 그 설명을 여기에 옮겨보겠다.

이곳 사람들은 사랑의 신이라는 중심 이론을 발전시켰다. 신은 여자들에게 어머니와 같아서 시민의 안녕을 원하며 특히 그들의 성장을 원했다. 사람들은 어머니를 대하듯 신을 사랑했으며 신의 고귀한 목표를 기꺼이 이행하려고 노력했다. 실용적이며 명민하고 적극적이었던 여자들은 그들의 종교가 요구하는 행동수칙을 찾아냈으며 이 행동수칙이 윤리체계로 이어졌다. 사랑의 원칙은 보편적으로 공인되었고 실행에 옮겨졌다.

이른바 우리가 '훌륭한 예의범절'이라고 일컫는 인내심과 온화함, 정중함 모두가 이들이 정립한 윤리의 일부였다. 종교적 감정을 삶의 모든 분야에 적용한다는 점에서 그들은 우리보다 훨씬 앞서 있었다. 내가 앞에서 언급한 종교 행진을 제외하면 이들에게는 '예배'라고 부를 만한 의식 같은 게 없었다. 행진은 종교적일 뿐 아니라 교육적이고 사회적이기도 했다. 그들이 하는 행동과 신 사이에는 분명한 연관이 있었다. 여자들의 청결함과 건강, 질서 정연함, 모두가 누리는 풍요와 평화와 아름다움, 아이들의 행복, 그리고 무엇보다도 그들이 이루어내는 끊임없는 발전. 이 모든 게 그들의 종교였다.

이곳 여자들은 신의 개념을 확립한 후 내재하는 신이 요구하는 행위

이론을 발전시켰다. 그들은 신이 실재할 뿐더러 마치 그들과 함께 있는 것처럼 살아갔다.

허랜드의 도처에 있는 작은 사원에 머무르는 여자들 중 일부는 다른 이들보다 숙련되었으며 기질적으로 종교에 몰입하는 경향이 있었다. 이들은 직업에 상관없이 일정 시간 동안 사원에 머물면서 자신들이 가진 사랑과 지혜, 단련된 생각을 베풂으로써 사원을 찾은 사람들이 고난을 극복할 수 있도록 도왔다. 사람들이 겪는 고난은 고통스러운 슬픔이거나 드물지만 말다툼인 경우도 있었으며 가장 흔한 건 정신적인 혼란이었다. 허랜드에서조차 인간의 영혼에 어둠의 시간이 찾아오기도 했던 것이다. 어쨌든 허랜드의 방방곡곡에서 가장 훌륭하고 지혜로운 여자들이 어려움에 처한 사람들에게 도움을 주었다.

극심한 어려움에 처한 사람은 훨씬 경험이 풍부한 이에게 안내되었다.

종교는 탐색의 정신을 지닌 사람들에게 삶의 이성적 기반, 선한 삶을 향해 지속적으로 노력하는 사랑의 신의 개념을 제시했다. 또한 인간의 영혼에 내면의 힘과 연결되어 있다는 느낌을 주었고 늘 열망하는 목적의식을 부여했다. 인간의 마음에 사랑받고 있으며 이해받고 있다는 축복받은 느낌을 주었다. 우리가 어떻게 그리고 왜 살아야 하는지에 대한 명확하고 단순하며 합리적인 방향을 제시했다. 종교 의식으로는 먼저 영광스러운 단체 행진이 있는데, 이 행진은 모든 예술이 결합된 종합예술로서, 활기 넘치는 거대한 군중이 노래를 부르거나 음악을 연주하고 춤을 추거나 행진을 하며 아름다운 숲과 탁 트인 언덕을 이동하는 것이었다. 두 번째로는 지혜의 중심지인 수많은 사원이 있었다. 이곳에서 가장 어리석은 이들이 가장 지혜로운 자들에게 도움을 청했다.

내가 열띤 목소리로 외쳤다. "정말 멋지군요! 이렇게 실용적이면서 사람들에게 위로를 주는 진보적인 종교를 본 적이 없어요. 여러분은 서로를 진정으로 사랑해요. 다른 사람의 짐을 나눠 짊어지지요. 어린아이는 천국의 현현(顯現)이라는 사실을 잘 알고 있구요. 내가 아는 어떤 사람보다도 신실한 기독교인들 같아요. 그런데 죽음에 대해 어떻게 생각해요? 삶이 영원하다고 생각하나요? 이곳의 종교는 영원에 대해 뭐라고 가르치나요?"

엘라도어가 말했다. "아무것도 가르치지 않아요. 영원이 무엇인가요?"

영원이란 정말 무엇일까? 나는 평생 처음으로 영원이라는 단어를 정확히 이해하기 위해 애썼다.

"영원은 결코 멈추지 않는 거예요."

"절대 멈추지 않는다구요?" 엘라도어의 표정은 어리둥절해 보였다.

"그래요. 삶이 영원히 계속되는 거죠."

"오, 물론 그건 우리도 알아요. 우리의 삶은 계속 이어지니까요."

"하지만 영생은 죽지 않고 계속 사는 걸 의미해요."

"같은 사람이 계속 산다구요?"

"그래요. 같은 사람이 끝없이 불멸하는 거지요." 나는 우리 종교에서 그녀에게 뭔가 가르쳐줄 게 있다고 생각하니 기뻤다. 그건 허랜드의 종교에는 없는 개념이었다.

엘라도어가 물었다. "여기에서 말인가요? 죽지 않고 이곳에서 영원히 산다구요?" 나는 실용적인 사고방식의 소유자인 그녀가 사람들이 차곡차곡 쌓인 모습을 상상한다는 사실을 눈치채고는 재빨리 그녀를 안심시켰다.

"아, 그건 아니에요. 이곳이 아니라 사후 세계에서요. 이곳에서는 당연히 죽어요. 하지만 그 후 우리는 영생의 세계로 들어가고 그곳에서 영혼은 영원히 살지요."

"그걸 어떻게 알지요?" 엘라도어가 물었다.

"그걸 증명할 길은 없어요. 그렇다고 믿을 뿐이지요. 이 생각에 대해 어떻게 생각해요?"

엘라도어는 다시금 나를 향해 사랑스럽고 부드러우며 장난스러우면서도 자애로운 미소를 지었다. 그녀의 얼굴에 볼우물이 파였다. "아주 솔직하게 이야기해도 될까요?"

"당신은 언제나 그랬지요." 기쁨과 서운함이 교차했다. 이곳 여자들의 맑은 샘물같이 솔직한 말은 내게 끝없는 놀라움을 선사했다.

"굉장히 어리석은 생각처럼 들리는군요. 그 말이 사실이라면 상당히 불쾌할 것 같아요."

나는 언제나 사람의 불멸성을 확고한 교리로 받아들여왔다. 사랑하는 사람의 영혼을 다시 소환하는 심령술사에게 의문을 가질 필요가 없는 듯했다. 나는 불멸을 사실로 받아들였을 뿐 이 문제에 대해 용기를 내서 진지하게 질문을 던진 적이 없었다. 그런데 내가 사랑하는 이 여인, 나를 훌쩍 뛰어넘는 사고의 깊이와 범위를 보여주는 이 생명체, 이 대단한 나라에 사는 이 대단한 여자가 불멸은 어리석은 아이디어라고 말하고 있는 것이다. 그것도 진심으로.

"왜 불멸을 원하지요?" 그녀가 물었다.

내가 항변했다. "어떻게 원하지 않을 수 있겠어요! 촛불처럼 꺼져버리고 싶어요? 계속 살면서 성장하고, 영원히 행복하고 싶지 않아요?"

엘라도어가 말했다. "물론 그래요. 내 아이가, 그리고 내 아이의 아이가 계속 살아가기를 원해요. 하지만 나 자신이 왜 영원히 살기를 바라겠어요?"

내가 주장했다. "불멸은 천국이니까요! 평화와 아름다움, 위안과 사랑이 있어요. 이 모든 걸 신과 함께 누리는 거예요." 나는 지금껏 종교라는 주제에 대해 이렇게 열변을 토한 적이 없었다. 엘라도어가 지옥살이에 몸서리치고 구원의 정의에 의구심을 드러낼 수는 있지만 불멸은 틀림없는 고귀한 믿음이었다.

엘라도어가 내게 손을 내밀며 말했다. "이런! 밴, 그렇게 강렬한 믿음을 가지고 있다니 훌륭해요. 신과 함께 평화와 아름다움, 위안과 사랑을 누리는 것이야말로 우리 모두가 원하는 것이죠! 발전 역시 마찬가지예요. 끊임없이 성장해야죠. 우리에게 염원하라고, 얻기 위해 노력하라고 종교는 가르치니까요. 그리고 우리는 그렇게 하고 있어요!"

내가 말했다. "하지만 그건 바로 여기, 이 땅에서의 삶을 위한 것이잖아요."

"미국에서 사람들이 사랑과 봉사를 기반으로 한 그 아름다운 종교를 믿는 것도 지구에서의 삶을 위한 게 아닌가요?"

우리 모두 허랜드의 여자들 앞에서 사랑하는 우리 조국에 존재하는 병폐에 대해 입 밖에 내려 하지 않았다. 병폐는 본질적인 요소이고 불가피한 존재라면서 특히 우리끼리 있을 때에는 너무나도 완벽한 그들의 문명을 비난했지만 막상 그들 앞에서 미국의 실패나 파괴적 행태에 대해 언급할 상황이 되면 입이 떨어지지 않았다.

게다가 우리는 너무 많은 토론은 피하고 다가올 결혼에 대해 얘기하려고 했다.

그 점에 관한 한 제프가 가장 단호했다.

"물론 이곳에는 결혼식 같은 게 없겠지만 사원에서 퀘이커식 결혼식 같은 걸 할 수 있을 거야. 적어도 여자들에게 그 정도는 해줘야지."

그랬다. 우리가 연인들에게 해줄 수 있는 건 거의 없었다. 이곳에서 우리는 동전 한 푼 없는 손님이자 이방인이었으며 힘과 용기를 드러낼 기회 역시 전혀 없었다. 그들을 방어하거나 보호할 일이 전혀 없기 때문이었다.

"그들에게 적어도 우리 성을 줄 수는 있을 거야." 제프가 주장했다.

여자들은 상냥하게도 우리가 기뻐한다면, 우리가 원하는 무엇이든 기꺼이 하겠노라고 말했다. 그런데 솔직한 영혼의 소유자인 알리마가 이름을 얻으면 뭐가 좋은지 물었다.

알리마의 신경을 건드리는 데 일가견이 있는 테리가 이름은 소유를 뜻한다고 말했다. "당신은 니컬슨 부인이 되는 거요. 테리 O. 니컬슨이 되는 거지. 그 이름으로 모두에게 당신이 내 아내라는 걸 드러내는 거요."

"'아내'가 정확히 뭔가요?" 알리마가 위험한 눈빛을 빛내며 물었다.

"아내는 남자의 소유물이오." 테리가 설명을 시작했다.

하지만 제프가 얼른 테리의 대답에 덧붙였다. "그리고 남편은 아내의 소유예요. 우린 일부일처제이기 때문이지요. 결혼은 '죽음이 갈라놓을 때까지' 두 사람이 함께하도록 맺어주는 사회적이고 종교적인 의식이에요." 제프는 형언할 수 없는 헌신의 눈빛으로 셀리스를 바라보며 말을 맺었다.

내가 여자들에게 말했다. "이곳에서는 우리가 여러분에게 줄 수 있는 게 성밖에 없다는 사실 때문에 우리가 바보처럼 느껴져요."

"미국 여자들은 결혼 전에는 성이 없나요?" 셀리스가 갑자기 물었다.

제프가 설명했다. "물론 있어요. 결혼하기 전에도 성이 있어요. 아버지의 성이지요."

"결혼하면 그 성은 어떻게 되는 거죠?" 알리마가 물었다.

"남편의 성으로 바뀌지요, 내 사랑." 테리가 대답했다.

"바뀐다고요? 그럼 남편들은 아내의 결혼 전 성을 갖게 되나요?"

테리가 웃었다. "그렇지 않소. 남자는 자신의 성을 계속 유지하면서 아내에게도 주는 거요."

"그렇다면 아내만 자신의 성을 잃고 새로운 성을 갖는 거군요. 정말 기분 나쁠 것 같아요! 우리는 그렇게 하지 않을 거예요." 알리마가 단호하게 말했다.

테리가 그의 손만큼이나 강인하고 그을린 알리마의 손을 향해 자신의 손을 뻗으며 유쾌하게 말했다. "우리가 빨리 결혼만 한다면 당신이 무슨 선택을 하든 난 상관없소."

셀리스가 말했다. "물론 여러분이 우리에게 뭔가를 주고 싶어한다는 건 알지만 그렇지 못해서 오히려 기뻐요. 우리는 여러분의 지금 그대로의 모습을 사랑할 뿐 여러분에게서 뭔가를 받기를 원하지 않거든요. 여러분도 그저 남자로서 사랑받는다는 사실을 아는 걸로 충분하지 않나요?"

충분하든 말든 우리는 그렇게 결혼했다. 세 쌍의 대단한 결혼식이 열린 허랜드의 가장 큰 사원에는 이곳 사람들 대부분이 모인 듯했다. 결혼식은 엄숙하고 아름다웠다. 누군가가 허랜드 민족을 위한 새로운 희망과 다른 세상과의 새로운 인연, 형제애와 자매애, 경외심을 담아 부성애에 관한 고귀하고 아름다운 노래를 만들었다.

테리는 여자들이 부성애에 대한 얘기를 꺼낼 때마다 불만을 터뜨렸다. "사람들은 우리가 다산을 관장하는 대사제라도 되는 줄 안다니까! 이 여자들 머릿속에는 아이들밖에 없는 것 같아! 우리가 좀 가르쳐야겠어."

테리는 자신이 가르쳐야 할 것에 대단한 확신을 가진 반면 알리마는 전혀 받아들일 생각이 없어 보였다. 최악의 상황을 우려한 제프와 내가 지금까지 한 것보다 더 잘해야 한다는 경고를 날리자 건장하고 잘생긴 테리가 몸과 가슴을 쭉 펴면서 웃었다.

"셋이 각각 다른 여자들과 결혼하는 거잖아. 나도 자네들 결혼생활에 감 놔라 배 놔라 할 생각 없으니 자네들도 참견 말라고."

이윽고 위대한 날이 왔고 헤아릴 수 없을 만큼 많은 군중이 모였다. 들러리는커녕 우리를 도와줄 남자 하나 없다보니 우리 셋은 앞으로 걸어가면서 이상하리만큼 초라하게 느껴졌다.

소멜과 자바, 모딘도 참석했다. 우리는 친척처럼 느껴지는 그들이 와줘서 고마웠다.

멋진 행렬과 우리를 둥글게 에워싼 춤, 앞서 얘기한 새로운 노래 등 거대한 사원 전체가 깊은 경외감과 멋진 희망, 새로운 기적에 대한 놀라운 기대로 고동쳤다.

상징적인 행진을 지켜보는 동안 소멜이 내게 부드럽게 말했다. "우리나라에서 처녀생식이 시작된 이후 이런 일은 없었어요! 새 시대의 여명이 밝은 거예요. 여러분이 우리에게 얼마나 큰 의미가 있는지 여러분은 모를 거예요. 여러분은 우리에게는 낯설지만 남자와 여자가 함께 생명을 창조하고 양육하는 자연스럽고도 놀라운 기적을 이뤄낼 수 있는 부성애를 보여줄 존재일 뿐 아니라 형제애의 상징이기도 해요. 우리가 알지 못하는 낯선 땅, 낯선 민족과 이 허랜드를 잇는 가교가 된 셈이지요. 우리는 그들을 알고, 사랑하고, 돕고, 또 그들에게 배우고 싶어요. 아!

여러분은 짐작도 못 할 거예요."

'새로운 생명을 위한 찬가'의 클라이맥스에 이르자 수천 명의 목소리가 커졌다. 과일과 꽃으로 장식된 위대한 모성애의 제단 옆에 역시 아름답게 꾸며진 새로운 제단이 서 있었다. 선택받은 세 여자가 이 땅의 높으신 어머니와 그녀를 둘러싼 대사원의 사제들, 어마어마하게 모인 고요한 얼굴의 어머니들과 성스러운 눈빛의 처녀들 앞으로 걸어 나갔다. 이 땅에 오직 세 명뿐인 우리 남자들은 세 여자의 손을 잡고 결혼 서약을 했다.

11

·

시련

사람들은 '결혼은 도박'이라고들 한다. 이 말처럼 널리 쓰이지는 않지만 '천생연분'이라는 말도 있다.

비슷한 사람들끼리 결혼하는 게 좋다는 말이나 국제결혼 한 부부를 향한 의심의 눈초리는 충분한 근거가 있으며 이는 비단 결혼 당사자뿐 아니라 사회 발전에도 적용되는 생각이리라.

하지만 민족과 피부색, 계급, 신념이 다 다른 남녀 사이의 난관이라 해봐야 세 명의 현대 미국 남성과 허랜드의 세 여성 사이에 놓인 곤경을 따라가기는 힘들 것이다.

미리 솔직하게 말했어야 한다고 할지도 모르겠다. 우리는 솔직했다. 우리는, 적어도 엘라도어와 나는 위대한 모험의 조건에 대해 논의했으며 우리 앞에 장애물은 없다고 생각했다. 그렇지만 사람들 사이의 말이란 게 한 사람만 일방적으로 쌍방이 이해했다고 여기는 경우나 서로 같은 말을 반복하지만 알고보니 그 의미가 다른 경우가 적지 않다.

평범한 남녀라면 교육의 차이가 상당히 중요한 요소다. 하지만 그들 사이의 난관이 남자들에게 별 걸림돌이 되지 않는 이유는 남자들은 마음 내키는 대로 행동하기 때문이다. 여자는 실제 결혼생활을 다르게 상상했을지도 모른다. 하지만 여자가 상상했던 것이나 몰랐던 것, 원했던 것들은 남자에게 그다지 중요하지 않았다.

수년 동안 교육과 성장의 세월을 보낸 후 글을 쓰는 지금에서야 나는 당시의 상황을 명확하게 이해하고 차분하게 얘기할 수 있는데, 그 당시 우리 모두는, 특히 테리의 상황은 꽤 힘들었다. 불쌍한 테리! 지구상의 모든 민족의 결혼을 살펴보면, 여자의 피부색이 검든 붉든 노랗든 갈색이든 흰색이든, 여자가 무지하든 교양이 있든 순종적이든 반항적이든 상관없이 그들 뒤에는 역사의 세월 속에서 확립된 결혼 전통이 버티고 있었다. 이 전통은 여자를 남자에게 결부시킨다. 남자는 자신의 방식대로 살아가는 반면에 여자는 남자와 남자의 방식에 적응해가는 것이다. 시민권의 경우조차도 이상하고 간악한 말장난을 동원해 여자들에게 그들의 출생지 및 거주지와 상관없이 남편의 국적을 자동으로 부여하는 것이다.

세 명의 외계인이 된 우리는 여자들의 나라에 머물렀다. 허랜드는 땅이 좁았으며 사람들의 외모는 우리와 크게 다르지 않았다. 그때까지 우리는 허랜드인들과 우리의 사고방식에 얼마나 큰 차이가 있는지 인식하지 못하고 있었다.

일단 그들은 외부의 침입 없이 2천 년의 역사를 이어온 '순수 혈통'이었다. 우리에게는 긴 세월 동안 이어져 내려온 생각이나 감정과 종종 양립 불가능한 차이점이 공존하는 반면, 허랜드 사람들은 인생의 기본 원칙 대부분에 대해 매끄럽고 안정적인 합의에 이르렀을 뿐 아니라 강산이 예순 번이나 변한 그 세월 동안 모든 원칙을 삶에 잘 적용해왔다.

우리가 이해하지 못하고 미처 감안하지도 못한 부분이 바로 이 점이었다. 우리가 결혼 전에 여러 사항을 논의할 때 그녀들은 "우리는 그 점은 이러이러하다고 생각한다" 또는 "우리는 이러이러한 게 진실이라고 생각한다"라고 말하곤 했다. 그러나 사랑의 힘에 대한 굳은 신념과 여자들의 믿음과 원칙에 대한 경솔한 이해를 바탕으로 우리는 그들에게 다른 확신을 심어줄 수 있을 거라는 어리석은 생각을 했던 것이다. 결혼 전에 우리가 상상했던 결혼생활은 순진무구한 어린 소녀의 상상과 하등 다를 바 없었다. 그러나 실상은 우리의 상상과 달랐다.

여자들이 우리를 사랑하지 않은 건 아니었다. 오히려 우리에게 깊고 따스한 사랑을 주었다. 하지만 다시 한번 말하지만 여자들이 말하는 '사랑'과 우리가 말하는 '사랑'은 판이하게 달랐다.

마치 기쁨과 슬픔을 함께 나누는 부부가 아닌 양 '우리'와 '그들'이라고 편 가르듯 부르는 게 차갑게 들릴지도 모르겠다. 어쨌든 외계인이라는 처지 때문인지 우리는 늘 붙어 다녔다. 이 모든 낯선 경험으로 인해 우리의 관계는 미국에서 자유롭고 안락한 생활을 영위할 때와는 비교도 할 수 없을 만큼 가깝고 친밀해졌다. 그리고 2천 년보다 훨씬 긴 세월 동안 남자의 전통을 이어온 남자로서 우리는 적은 숫자임에도 여자의 전통을 지닌 훨씬 큰 집단을 상대로 단단하게 뭉쳤다.

고통스러울 만큼 솔직하게 모든 걸 털어놓지 않더라도 우리와 그들의 차이를 분명하게 드러낼 수 있을 것 같다. '가정' 문제, 즉 타고난 기질과 오랜 교육 덕분에 우리가 선천적으로 여자들 일이라고 여기는 가사노동의 의무와 즐거움에 대한 양쪽의 시각은 너무나 달랐다.

이 점과 관련해 우리가 얼마나 실망했는지 보여주기 위해 여기서 수준이 높은 예와 그렇지 않은 예 두 가지를 들겠다.

먼저 수준 낮은 예를 들자면, 암수가 함께 사는 곳에서 온 수개미가 고도로 발달한 개미탑에서 암개미와 가정을 꾸리려 한다고 상상해보자. 이 암개미는 깊은 애정을 가지고 수개미를 대함에도 불구하고 양육이나 살림 운영에 대한 생각이 수개미의 그것과 매우 다르다. 물론 암개미가 암수가 함께 존재하는 개미탑에 온 경우라면 수개미는 자신의 방식대로 모든 걸 해나갈 것이다. 하지만 그 반대의 경우라면?

이제 좀 더 수준 높은 예를 들자면, 헌신적이고 열정 가득한 남자가 후광이 비치고 하프를 들고 있으며 진짜 날개가 달린 천사와 가정을 꾸리려 한다고 상상해보자. 이 천사는 온 우주에서 성스러운 임무를 수행해왔다. 이 천사는 남자가 보답할 수 없는 정도로, 심지어 그가 인식하지 못할 만큼 큰 사랑을 줄지 모르지만 봉사와 의무에 대한 생각은 남자의 그것과는 판이하게 다를 것이다. 물론 천사가 남자들의 나라에 왔다면 남자는 자기 방식대로 모든 걸 처리할 것이다. 하지만 남자가 천사들이 사는 곳으로 들어갔다면?

이곳 여자들을 개미에 비유하기를 즐겼던 테리는 그 당시 내내 격분한 상태로 시간을 보냈는데 나는 남자로서 테리의 감정에 어느 정도 공감이 갔다. 테리의 특별한 문젯거리는 나중에 좀 더 설명하도록 하겠다. 어쨌든 테리에게는 힘든 나날이었다.

오른뺨을 맞으면 왼뺨도 내줄 만큼 착한 성격의 소유자인 제프는 과거라면 아마 성직자가 되었을 것이다. 내가 앞에서 언급한 천사 이론을 완벽히 소화한 제프는 그 이론을 우리에게 적용하려고 애썼는데 그 천사 이론의 효과는 다양했다. 제프는 셀리스를 얼마나 숭배했는지 셀리스뿐 아니라 그녀가 대표하는 것까지 숭배했다. 그는 이 나라와 이 민족이 초자연적으로 우월하다고 거의 뼛속 깊이 믿었으며, '남자답게'가 아니라 오히려 '남자가 아닌 것처럼' 원치 않는 일들을 감내했다.

내 말을 오해하지 마시라. 제프는 나약하지도 그렇다고 응석받이도 아니었다. 그는 강인하고 용감하고 유능했으며 싸움이 필요할 때는 훌륭한 전사가 되기도 했다. 하지만 그에게는 늘 천사 같은 구석이 있었다. 제프와는 딴판인 테리가 이런 그를 좋아하는 건 불가사의한 일이었다. 하지만 그렇게 다른데도, 아니 어쩌면 다르기 때문에 불가사의한 일이 종종 일어나기도 한다.

나는 그 둘의 중간쯤 되는 사람이었다. 나는 테리와 같은 바람둥이도 아니었고 제프처럼 용감하거나 청렴하지도 않았다. 다만, 한계가 있긴 하지만, 행동을 할 때 두 친구에 비해 좀 더 머리를 쓰는 편이었다. 그 당시가 머리를 써야 하는 상황이었다고 말하는 편이 낫겠다.

우리와 아내들 사이의 가장 큰 이슈는, 짐작이 가겠지만, 부부라는 관계의 본질이었다.

"아내라고! 아내란 말은 입에 올리지도 마! 이 여자들은 그 말이 무슨 뜻인지도 모르니까." 테리가 고함을 질렀다.

테리 말은 사실이었다. 여자들은 아내의 의미를 몰랐다. 모르는 게 당연했다. 일부다처제와 노예제가 유지되던 선사시대의 기록에는 지금 우리가 알고 있는 아내의 개념이 전혀 없었으며 그 이후 아내라는 개념이 형성될 기회 역시 없었으니 말이다.

"여자들은 남자 하면 떠오르는 게 '부성애'밖에 없는 거야! 부성애! 남자가 자나 깨나 아버지가 되기만을 바라는 사람인 양 말이야!" 테리가 경멸조로 말했다.

이 말 역시 정확했다. 여자들은 긴 역사 동안 넓고 깊고 풍부한 모성애의 경험을 지닌 터라 남자라는 생명체의 가치 역시 부성애로만 인식했다.

이외에도 세 여자의 사랑은 제프가 진지하게 말했듯이 '보통 여자들의 사랑을 넘어서는' 사랑이었다. 정말 그랬다. 처음에 그 가늠할 수 없는 놀라움을 경험했을 때는 물론 그 사랑을 오랫동안 행복하게 경험한 지금조차도 나는 여자들이 우리에게 선사한 그 사랑의 힘과 아름다움을 형언할 길이 없다.

다른 두 여자보다 훨씬 다혈질이며 화낼 이유가 많았던 알리마조차 자신이 사랑하는 남자를 위해 부드러운 태도로 인내하고 지혜롭게 행동했다. 테리가 그런 일을 저지르기 전까지는.

테리가 '무늬만 아내'라고 부르는 이 세 여자는 결혼하자마자 자신들의 직업인 수목관리인으로 돌아갔다. 특별한 교육을 받지 못했던 우리는 오래전부터 그녀들의 보조로 일하고 있었다. 시간을 보내기 위해 뭔가 해야만 했고, 평생 놀 수는 없으니 일을 해야 했다.

이로 인해 우리는 여자들과 많은 시간 야외에 머물렀다. 사실 너무하다 싶을 정도로 함께 있는 시간이 길었다.

우리는 그제야 확실하게 깨달았는데, 이 사람들은 개인의 사생활에 대해서는 극도로 예민했지만 우리가 그토록 원하는 '남녀 둘만의 시간'에 대해서는 아무런 생각이 없었다. 허랜드인 모두에게는 '방 두 개와 욕실 한 개'의 법칙이 있었다. 아주 어린 시절부터 사람들에게는 욕실이 딸린 분리된 침실이 있었으며 성인이 되면 방문하는 친구가 묵을 수 있는 바깥쪽 방 한 개가 더 배정되었다.

우리 역시 오래전에 각자 두 개의 방을 배정받았는데, 성별과 인종이 다르다는 이유 때문에 우리의 방들은 아내들의 거처와는 다른 주택에 마련되었다. 우리가 호젓한 환경에서 생각을 자유롭게 할 수 있으면 마음이 편할 거라고 생각한 듯했다.

끼니는 식당에 가서 먹거나 시켜 먹거나 주문한 음식을 숲에 가지고 가서 먹었고, 음식은 늘 맛있었다. 우리는 연애 시절부터 이런 방식에 익숙해졌고, 그렇게 식사를 즐겼다.

결혼 후 우리 남자들에게는 부부끼리 따로 살고 싶은 욕망이 불쑥불쑥 치밀어 올랐지만 이 감정은 아내들에게 어떤 호응도 얻지 못했다.

엘라도어가 상냥하고 참을성 있는 태도로 내게 설명했다. "우리끼리 있잖아요. 이렇게 큰 숲에 우리만 있는 거잖아요. 우리 단둘이 작은 여름 별장 어디라도 가서 식사를 할 수 있어요. 우리끼리 다른 식탁에 앉거나 방에 가서 단둘이 식사를 할 수도 있구요. 다른 사람들과 어떻게 이보다 더 따로 떨어져 있을 수 있겠어요?"

모두 맞는 말이었다. 우리는 일할 때 그리고 저녁 대화 시간에 아내들의 아파트나 우리 거처에서 즐거운 둘만의 시간을 가졌다. 말하자면 연애 시절의 즐거움을 여전히 누리고 있었다. 하지만 소유욕이라고 부르는 감정은 전혀 채워지지 않았다.

테리가 으르렁댔다. "결혼을 안 하는 편이 나았어. 여자들은 우리를, 특히 제프를 기쁘게 해주려고 결혼식을 올린 것뿐이거든. 결혼에 대해 아무 생각도 없으면서 말이지."

나는 엘라도어의 시각을 이해하려고 애썼고, 당연히 그녀에게 내 생각을 전하기 위해 노력했다. 우리는 부부라는 관계에는 테리가 '고작 애 낳고 키우는 일'이라고 말하는 육아 말고도 남자들이 자랑스럽게 '더 고귀하다'라고 말하는 다른 목적이 있음을 아내들에게 알려주고 싶었다. 나는 온갖 고상한 단어를 동원해서 이 목적을 엘라도어에게 설명하려고 노력했다.

"우리가 그렇듯 서로에 대한 사랑으로 새 생명을 얻기를 염원하는 것보다 고귀한 게 있나요? 어떻게 하면 더 고귀한 걸까요?"

내가 설명했다. "그 목적은 사랑을 발전시켜요. 부부 사이의 아름답고 영원한 사랑의 힘은 이 고귀한 사랑의 발전을 통해 완성되는 거지요."

엘라도어가 상냥하게 물었다. "정말 그런가요? 사랑이 커진다는 사실을 어떻게 알죠? 서로를 너무 사랑하다보니 갈라놓으면 의기소침해지고 짝을 한없이 그리워하는 새들이 있긴 해요. 한쪽이 죽으면 다시는 짝짓기를 안 한다죠. 이 새들은 짝짓기 철이 아닐 때는 절대 교미를 하지 않아요. 그런데 미국인들은 부부관계의 횟수가 늘어날수록 애정이 더 고귀해지고 더 오랫동안 지속된다고 생각하나요?"

논리적인 사고가 곤란할 때도 종종 있게 마련이다.

물론 나 역시 평생 동안 같은 짝과 교미하고 서로만 사랑하며 정해진 기간 외에는 짝짓기를 하지 않는 새나 짐승을 알고 있다. 하지만 그게 어쨌단 말인가?

내가 항변했다. "그 새들은 덜 발달된 생명체라서 그런 거예요. 서로를 신뢰하거나 사랑하거나 행복을 느낄 줄 모르죠. 오, 내 사랑! 그 동물들이 서로를 자석처럼 끌어당기는 그런 사랑을 어찌 알겠어요? 당신을 만지고, 당신 곁에 있고, 더욱 가까이 가서 당신에게 넋을 잃는 그 기분을. 당신도 느끼지 않나요?"

나는 좀 더 가까이 다가가서 그녀의 손을 움켜쥐었다.

나를 향한 그녀의 눈빛은 부드럽게 빛나면서도 떨림 없이 강렬했다. 그녀의 눈 속에는 너무나 강력하고 거대하며 변함없는 뭔가가 있어서 내 무의식 속에서처럼 감정에 이끌리는 대로 그녀를 쓰러뜨릴 수가 없었다.

나는 마치 여신을 사랑하는 남자가 된 기분이었다. 물론 비너스는 빼고! 그녀는 나의 태도를 불쾌하게 여기거나 내 행동에 퇴짜를 놓지 않았으며 물론 두려워하지도 않았다. 용기 없이 뒤로 물러서거나 강하게 저항해서 상대방을 자극하는 행동도 하지 않았다.

엘라도어가 말했다. "여보, 당신과 당신의 친구들은 참을성을 가지고 우리를 대해야 해요. 우리는 미국 여성들과는 달라요 우리는 어머니이고 사람이지만 그런 쪽은 잘 모른답니다."

우리, 우리, 우리. 엘라도어로 하여금 자신만을 생각하게 하는 건 너무 힘들었다. 그런데 우리가 미국 여자들이 너무 개인적이라고 항상 비난했던 게 불쑥 떠올랐다.

나는 결혼한 부부들이 느끼는 달콤하고 강렬한 기쁨과 그 기쁨이 창의적 작업에 큰 자극이 된다는 사실을 엘라도어에게 설명하기 위해 최선을 다했다.

엘라도어는 내 뜨겁고 떨리는 손이 자신의 차갑고 단단한 손을 잡고 있다는 사실도 잊은 듯 침착하게 물었다. "그러니까 당신 말은 사람들이 결혼을 하면 임신과는 상관없이, 언제든지 부부관계를 갖는다는 말인가요?"

나는 다소 신랄하게 말했다. "그래요. 우리는 부모일 뿐 아니라 남자와 여자이고 서로를 사랑하니까요."

“얼마나 오랫동안 하나요?” 엘라도어가 갑작스레 물었다.

나는 약간 어이가 없어 그녀의 말을 반복했다. “얼마나 오랫동안 하냐구요? 물론 평생 동안이죠.”

엘라도어는 내 생각을 받아들이면서도 여전히 마치 화성에 사는 생명체에 대해 말하듯 했다. “뭔가 굉장히 아름다운 생각이에요. 다른 동물들은 오직 한 가지 목적을 위해 그 절정의 표현을 하는 데 반해 여러분에게는 더욱 고귀하고 순수한 목적이 있는 거잖아요. 당신이 내게 한 이야기로 미뤄보건대 부부관계가 고상한 인격을 형성하는 효과가 있군요. 사람들은 임신과 출산만이 아니라 이런 아름다운 교류를 위해 결혼하는 거예요. 그 결과 여러분의 세상은 열정적이고 행복하고 서로 헌신하며 항상 최고의 감정을 느끼면서 살아가는 연인들로 가득 차 있겠군요. 우리는 그 절정의 감정은 정해진 기간 동안만 느낄 수 있고 오직 한 가지 목적을 갖는다고 생각해왔어요. 당신은 행복한 부부 관계가 창의적인 활동을 자극하는 효과가 있다고도 말했지요. 모든 결혼한 부부가 경험하는 그 강렬한 행복감으로 꽃피운 결과물이 어마어마할 것 같군요. 정말 멋진 생각이에요!”

엘라도어는 침묵 속에서 생각에 잠겼다.

나 역시 입을 다물었다.

그녀는 한 손을 빼더니 어머니처럼 상냥하게 내 머리를 쓰다듬었다. 내 뜨거워진 머리를 그녀의 어깨에 기대자 희미하게나마 평화가 느껴졌다. 기분 좋은 편안함이었다.

엘라도어가 말했다. "언젠가 저를 꼭 미국에 데려가줘요. 당신을 너무나 사랑하기 때문이기도 하지만 미국과 미국인들, 당신 어머니를 꼭 보고 싶어요." 그녀는 경외감이 넘친 나머지 잠시 쉬었다가 말을 이었다. "아, 당신 어머니를 정말 사랑하게 될 것 같아요!"

내 연애 경험은 테리와는 비교조차 되지 않을 정도로 적었다. 게다가 지금 이 상황이 과거의 내 경험과 판이하다보니 당황스러웠고 온갖 복잡한 감정에 휩싸였다. 우리 사이에 공감대가 커지는 느낌, 부부관계를 통해서만 얻을 수 있을 거라고 생각했던 기분 좋고 편안하고 안정된 느낌과 함께 내가 원하는 걸 얻지 못했다는 사실을 깨닫자 당혹감과 억울함이 느껴졌던 것이다.

모두가 그들의 빌어먹을 심리학 때문이었다! 심오하고 고도로 발달된 교육 시스템을 거친 허랜드인들은 심리학을 내면화하고 있었으며 직업 교사가 아님에도 가르침에 능수능란했다. 이들에게 가르침은 제2의 천성이었다.

그리고 끼니 중간에 간식을 달라고 떼쓰는 아이의 관심을 집짓기 놀이로 교묘하게 돌리듯, 벗어날 수 없을 것 같았던 욕망이 어느 순간에 나도 모르게 사라졌음을 깨달았다.

부드럽고 자애로우면서 예리하고 과학적인 눈빛으로 모든 조건과 상황을 주목하는 여자들은 특정한 상황이 발생하기 전에 미리 예방책을 강구하고 언쟁을 피하는 법을 잘 알고 있었다.

나는 그 결과에 매우 놀랐다. 내가 솔직히 생리적인 욕구라고 생각했던 것이 사실은 심리적 욕구였다는 사실을 깨달았다. 내가 본질적이라고 생각했던 게 바뀌자 내 감정도 변했다는 사실을 깨달았다. 무엇보다도 가장 중요한 요소는 이 여자들이 도발적이지 않다는 점이었다. 그건 아주 큰 차이점이었다.

우리가 허랜드에 처음 왔을 때 테리는 이곳 여자들이 여성스럽지도 않고 매력도 부족하다고 불평을 해댔는데 오히려 이 점이 큰 편안함으로 다가왔다. 이곳 여자들이 가진 생기 넘치는 아름다움은 자극이 아닌 심미적 기쁨이었고 여자들이 입는 옷과 장신구에 '나 잡아보라'는 요소는 전혀 없었다.

남녀가 함께 아이를 낳고 키운다는 사실에 낯설면서도 새로운 희망과 기쁨을 느끼고, 한동안 여성스러운 감정을 드러냈던 내 아내 엘라도어조차 시간이 흐르자 처음에 그랬듯 좋은 동료로 되돌아갔다. 그들은 여자인 동시에 그 이상이었기에 그들이 여성스러움을 드러내려 하지 않으면 어디서도 여성스러운 구석을 찾을 수 없었다.

이 상황이 내게 쉬웠다는 말이 아니다. 정말 힘들었다. 하지만 그녀의 연민에 호소할 때조차 움직일 수 없는 벽에 맞닥뜨린 기분이었다. 엘라도어는 내 고통을 진심으로 안타깝게 생각했으며 앞서 언급한 대로 어려운 상황을 예방하기 위해 선견지명을 발휘하는 한편 유용하며 사려 깊은 다양한 제안을 하기도 했다. 하지만 나를 향한 연민이 그녀의 신념을 바꾸지는 못했다.

"그게 정말 올바르고 필요하다고 생각된다면 당신을 위해 그렇게 하려고 노력하겠어요. 하지만 전 전혀 그렇게 하고 싶지 않아요. 당신 역시 제게 순종만을 원하는 건 아니잖아요? 그게 당신이 말하는 고귀하고 낭만적인 사랑은 분명히 아니잖아요? 물론 당신의 전문화된 능력을 아직은 미숙한 우리에게 맞춰야만 한다는 게 안타깝긴 하지만요."

망할! 나는 이 나라와 결혼한 게 아니라고 엘라도어에게 말했다. 하지만 그녀는 자신의 한계를 이해해달라는 듯 미소를 지으며 자신은 '우리' 안에서 생각할 수밖에 없다고 설명했다.

빌어먹을! 내 모든 에너지는 오직 하나의 욕망에 쏠려 있었는데 엘라도어는 나도 모르는 사이에 그 에너지를 이러저러하게 소진시켰다. 내가 그 주제로 시작한 대화 역시 계속되다보면 어느새 다른 주제로 바뀌어 있었다.

물론 엘라도어가 내게 혐오감을 느끼거나, 나를 무시하거나, 불만을 가진 채 내버려뒀다고 생각해서는 안 된다. 전혀 그렇지 않았다. 나는 단 한 번도 상상한 적 없는 크고 달콤한 여성성 안에서 행복을 만끽하고 있었다. 결혼 전에는 그녀를 향한 열정에 눈이 먼 나머지 이런 행복을 알지 못했던 것 같다. 나는 그곳에 있는 존재가 아닌 내가 만들어낸 존재를 미치도록 사랑하고 있었던 것이다. 이제야 내가 탐험할 무한하고 아름다운 미지의 세계를 찾아냈으며 그 안에 달콤한 지혜와 이해심이 있음을 알게 되었다. 이건 마치 오로지 식욕만 있는 사람이 새로운 곳에서 새로운 사람들을 만났을 때 주인이 식사를 막는 대신 음악과 그림, 게임, 운동, 물놀이나 독창적인 기계 쪽으로 그의 관심을 돌리는 것과 비슷했다.

그리고 다양한 분야에서 만족감을 느낀 이 사람은 욕구가 채워지지 않았다는 사실도 잊은 채 식사 시간까지 잘 지내게 되는 것이다.

그 당시 겪은 시련을 웃어넘길 수 있을 만큼 긴 세월이 흐른 후에야 나는 비로소 엘라도어가 사용한 이 영리하고 독창적인 전략 중 한 가지를 깨달을 수 있었다. 그 전략은 이랬다. 미국에서 여자들은 최대한 남자와 다르게, 가능한 한 여성스럽게 키워진다. 우리 남자들은 남자만의 세계를 만든 후 그 안에 머물다가 마초적인 남성성이 지겨워질 때쯤 기꺼이 여성성을 향해 몸을 돌린다. 남자들은 여자들을 그렇게 만듦으로써 자신들이 원하는 걸 언제든지 얻을 수 있게끔 한 것이다. 하지만 허랜드의 분위기는 유혹적인 것과는 거리가 멀었다. 진정한 인간관계 속에서 살아가는 수많은 인간 여자들의 행동은 거리낌 없었으나 유혹의 몸짓은 아니었다. 그럼에도 인습에 찌든 본능과 남성적 전통에서 벗어나지 못한 나는 엘라도어에게 여성적인 반응을 기대하곤 했다. 그러자 엘라도어는 나와 거리를 둠으로써 나로 하여금 그녀를 더욱 원하게 하기보다는, 말하자면 모든 여성적인 것을 완전히 배제한 채 지나칠 정도로 긴 시간을 나와 함께 보냈던 것이다. 사실 정말 우스운 노릇이었다.

나는 마음 속 '이상'을 뜨겁게 갈망하는 데 반해 엘라도어는 일부러 내 의식 속에 '사실'을 각인시켰다. 내가 차분한 상태로 즐겼던 그 '사실'이 실제로는 내 '욕구'를 방해하고 있었던 것이다. 나는 이제야 암로스 라이트 경* 같은 남자들이 왜 직업적 능력을 개발하는 여자들에게 분개했는지 확실히 이해하게 되었다. 직업적 능력을 개발하는 모습은 여성스러움을 가리고 배제하여 성적 이상을 형성하는 데 방해가 되었던 것이다.

물론 나는 엘라도어를 내 친구로서, 나의 직업적 동료로서 무척 좋아했기에 그녀와 함께하는 시간은 언제나 즐거웠다. 단, 여성스러운 구석이라고는 한 군데도 없는 엘라도어와 열여섯 시간을 꼬박 함께 보낸 후 내 방으로 돌아가면 그녀에 대한 꿈을 꾸지 않고 잠들 수 있었다.

마녀 같으니라고! 인간의 영혼을 쥐락펴락하려고 노력하는 사람이 있다면 바로 그녀였다. 그녀는 대단한 슈퍼우먼이었으며 나는 당시에는 그 놀랄 만한 능력의 절반도 이해하지 못하다가 뒤늦게 조금씩 이해하기 시작했다. 우리가 배워온 여자에 대한 사고방식의 기저에는 훨씬 오래되고 깊으면서 자연스러운 감정, 즉 어머니의 성을 우러르는 편안한 공경심이 존재했다.

엘라도어와 나는 함께 지내면서 우정과 행복을 키워나갔으며 제프와 셀리스 역시 그랬다.

테리와 알리마의 경우는 안타깝고 부끄럽다. 물론 알리마에게도 어느 정도는 책임이 있다. 엘라도어와 비교하면 알리마는 사람의 심리를 이해하는 능력이 부족했다. 그뿐 아니라 다른 허랜드인들에 비해 본래 좀 더 여성스러웠는데 무의식에 깔려 있던 그 여성성이 테리에 의해 표

* 장티푸스 예방 접종 시스템을 개발한 영국의 세균학자이자 면역학자(1861~1947). 그는 여성의 참정권에 반대했으며, 여성의 두뇌는 남성의 두뇌보다 열등하다며 여성의 직업 능력 개발도 적극 반대했다.

출된 듯했다. 하지만 그 무슨 말로도 테리에게 면죄부를 줄 수는 없다. 나는 같은 남자여서 그런지 테리의 성격을 온전히 이해하지 못했다.

테리가 처한 상황은 물론 우리와 비슷했다. 다만 알리마가 좀 더 유혹적인 데 반해 심리학자로서의 자질은 여러모로 부족했다. 테리는 나와 제프보다 바라는 게 100배는 많은 데 반해 분별력은 그만큼 떨어졌다.

결혼 후 얼마 되지 않아 테리와 알리마의 사이가 틀어지기 시작했다. 테리가 정복의 강렬한 기쁨을 맛볼 꿈에 부풀어 임신과 출산에 대한 큰 기대를 가진 알리마에게 무례한 짓을 한 게 분명했다. 사실, 난 이 내용을 테리의 입을 통해 알게 되었다.

우리 셋의 결혼을 앞둔 어느 날 테리는 제프에게 이렇게 쏘아붙인 적이 있었다. "그런 말 할 필요 없어. 정복당하는 걸 싫어하는 여자는 없다니까. 이곳 여자들에 대한 네 아부성 발언들은 단 한마디도 들을 가치가 없어." 그리고 이렇게 흥얼거리곤 했다.

> 즐거움을 찾으면 즐거움을 누렸지.
> 젊은 시절 여기저기 떠돌면서 여자를 후렸지.

이런 노래도 불렀다.

> 황인과 흑인에게 배운 것들은
> 백인을 유혹할 때도 쓸모가 있었지.

노래를 들은 제프는 황급히 몸을 돌려 자리를 떴다. 나 역시 몹시 불편했다.

딱한 테리! 그가 배운 건 허랜드에서 조금도 도움이 되지 않았다. 여자는 가지면 된다는 그 생각, 테리는 그게 자신이 갈 길이라고 생각했다. 그는 진짜로 여자가 그걸 좋아한다고 믿었다. 하지만 허랜드의 여자들은 그렇지 않았다! 알리마 역시도!

그러고보니 결혼한 지 일주일도 채 지나지 않은 어느 날 입술을 앙다문 알리마가 엘라도어 옆에 딱 붙은 채 성큼성큼 일하러 걸어가던 모습이 생각난다. 그녀는 테리와 단둘이 있고 싶지 않은 게 분명했다.

하지만 알리마가 테리를 멀리할수록 테리가 그녀를 더욱 갈망하는 건 당연했다.

알리마와 따로 지내야 한다는 사실에 테리의 불만이 폭발했다. 그는 알리마를 자신의 방에 머물게 하거나 그녀의 방에 계속 있으려 했다. 하지만 알리마는 단호하게 선을 그었다.

어느 날 밤 그녀를 만나고 돌아오던 테리가 나직이 욕을 내뱉으며 달빛 비치는 길을 왔다 갔다 하고 있었다. 그날 밤 나 역시 산책을 하고 있었지만 그와는 다른 생각을 하고 있었다. 테리가 격노한 걸 들으면 누구라도 테리가 알리마를 전혀 사랑하지 않으며, 그녀를 손에 넣고 정복해야 할 사냥감으로 여긴다고밖에 생각할 수 없었다.

내가 언급한 이 모든 차이점 때문에 두 사람은 곧 처음에 가졌던 공통 기반을 상실했고, 냉정한 상태로 만날 수 없는 지경에 이르렀다. 이 역시 순전히 내 짐작이지만 테리 때문에 알리마는 판단력과 분별력을 잃었으며, 그의 행동에 대한 그녀의 수치심과 반발심은 테리에 대한 강한 미움으로 귀결된 것 같다.

테리와 알리마는 심각하게 싸웠다. 처음에는 한두 번 화해했지만 그 후 둘의 관계는 완전히 틀어진 것 같았다. 알리마는 한순간도 테리와 단둘이 있으려 하지 않았다. 그리고 불안했는지 모딘을 불러 자신의 옆방에 머무르도록 했으며 일할 때조차 체구가 건장한 사람과 동행했다.

내가 설명하려 했지만, 테리 역시 나름대로 생각이 있었다. 테리는 자신이 그럴 행동을 할 권리가 있다고 생각한 것 같았다. 심지어 그런 행동이 알리마에게도 좋을 것이라고 확신한 듯했다. 아무튼 어느 날 밤 테리는 알리마의 침실에 몸을 숨겼다.

허랜드의 여자들은 남자를 두려워하지 않는다. 왜 그렇겠는가? 그녀들은 어떤 의미에서도 소심하거나 나약하지 않았으며 모두가 강하게 단련된 탄탄한 몸의 소유자들이었다. 알리마라면 한 마리 쥐처럼 오셀로의 베개에 짓눌려 죽는 일은 없었을 것이다.

테리는 여자라면 정복당하길 원한다는 자신의 평상시 신념을 실행에 옮겼다. 강렬한 남성성에 대한 자신감과 욕정에 사로잡힌 테리는 야수 같은 힘을 동원해 이 여자를 정복하려 했다.

그는 목적을 이루지 못했다. 나중에 엘라도어로부터 명확한 설명을 듣긴 했지만 우리가 당시 들은 소리는 엄청나게 몸부림치는 소리와 모딘을 부르는 알리마의 목소리였다. 근처에 있던 모딘이 곧바로 달려왔고, 강인하고 엄숙한 표정의 여자 한두 명도 뒤따라왔다.

테리는 미친 사람처럼 달려들었다. 테리는 기꺼이 그들을 죽이려 했지만—내게 그렇게 말했다—그럴 수 없었다. 테리가 의자를 머리 위로 들어 올리자 한 사람이 허공으로 뛰어오르며 의자를 낚아챘고, 다른 두 사람은 몸을 날려 그를 덮친 다음 바닥에 쓰러뜨렸다. 그의 손발을 묶고 헛된 분노를 쏟아내는 딱한 테리를 마취시키기까지 불과 몇 분이면 충분했다.

싸늘한 분노에 휩싸인 알리마는 테리를 문자 그대로 죽이고 싶어했다.

그 지역의 높으신 어머니 앞에서 재판이 열렸다. 정복당하는 것을 거부했던 알리마가 그간의 상황을 진술했다.

우리나라 법정이라면 물론 테리의 권리가 보장되었을 것이다. 하지만 이곳은 우리나라가 아닌 허랜드였다. 그들은 테리가 저지른 극악무도한 범죄의 심각성을 미래의 아이에게 얼마나 나쁜 영향을 미쳤을지로 평가하는 듯했다. 테리는 이런 식의 접근에 대꾸하는 것조차 경멸했다.

자제력을 잃은 테리는 분명한 어조로 허랜드 여자들은 남자의 필요와 욕망, 남자의 시각을 이해할 능력이 없다고 맹비난했다. 그들은 남자도 여자도 아닌 중성이고, 피도, 성욕도 없는 생명체이며, 자신을 벌레 죽이듯 죽일 수도 있는 그들을 여전히 경멸한다고도 말했다.

근엄하고 엄숙한 모든 어머니들은 자신들을 경멸하는 테리의 말에 전혀 개의치 않는 것 같았다.

긴 재판이 이어지는 동안 우리 버릇에 대한 많은 흥미로운 점들이 언급되었다. 얼마 후 테리에 대한 판결이 내려졌다. 그는 퉁명스럽고 반항적인 자세로 선고를 기다렸다. 그에게 내려진 선고는 이러했다. '조국으로 돌아가라!'

12

추방

우리는 모두 언젠가는 고국에 돌아갈 생각이었다. 사실 이렇게 오랫동안 그곳에 머물 생각은 전혀 없었다. 하지만 나쁜 행실 때문에 이런 식으로 쫓겨나는 게 즐거울 리 없었다.

테리는 미국으로 가게 되어 기분이 좋다고 말했다. 그는 재판 과정과 자신에게 내려진 형벌은 물론 '이 한심한 반쪽 나라'의 모든 특징을 멸시한다고도 말했다. 하지만 우리가 그 어떤 '온전한' 나라에서도 이곳에서와 같은 너그러운 대우를 받아본 적이 없다는 사실을 테리도, 우리도 잘 알고 있었다.

"사람들이 우리가 남겨놓은 지도를 보고 뒤따라왔다면 이야기가 완전히 달라졌을 텐데!" 테리가 말했다. 훗날 우리는 구조대가 오지 않은 이유를 알게 되었다. 우리가 꼼꼼하게 만들어둔 지도가 모두 불타버렸던 것이다. 우리가 허랜드에서 죽었다 해도 고국에 있는 그 누구도 우리의 행방을 알 수 없었을 것이다.

용서받지 못할 죄를 저지르고 유죄 판결을 받은 위험한 자로 알려진 테리는 늘 감시 대상이었다.

그는 자신에게 싸늘한 증오심을 드러내는 여자들을 비웃었다. 그는 여자들을 이렇게 불렀다. "노처녀들이야. 애들이건 뭐건 성에 대해서는 아무것도 모르는 노처녀들이라고."

테리가 말하는 성은 당연히 남성을 의미했으며 그의 말에는 남성의 특별한 가치, 남성이 '생명력'이라는 깊은 확신, 오직 남성의 관점에서 다른 성을 해석하는 시각이 깔려 있었다.

나는 엘라도어와 함께 산 이후 이런 문제들을 아예 다르게 바라보는 법을 배웠다. 완벽하게 허랜드 사람이 된 제프는 새로운 통제에 짜증이 폭발한 테리를 곱지 않은 눈길로 바라보았다.

의젓하고 강인한 모딘은 마치 타락한 자식을 지키는 어머니처럼 슬픔 속에서도 인내심을 갖고 테리에게서 눈을 떼지 않았다. 만약의 상황을 예방하기 위해 다른 여자들 역시 주변을 지켰다. 테리에게는 무기가 없었으며 온 힘을 끌어모아도 이 단호하고 침착한 여자들을 상대할 수 없다는 사실을 본인 역시 잘 알고 있었다.

우리는 언제든 자유롭게 그를 만나러 갈 수 있었다. 하지만 우리가 출국 준비를 하는 동안 테리는 자신의 방에 머무르거나 높은 담으로 막힌 작은 정원 안에서 산책하는 것만 허용되었다.

세 명이 떠나기로 했다. 테리는 당연히 가야 했고, 우리 비행기가 두 명이 탔을 때 더 안전하며 그다음 해안까지의 뱃길이 상당히 길기에 나도 가기로 했다. 나 혼자는 떠나보낼 수 없었던 엘라도어도 동행하기로 했다.

만약 제프가 돌아가기로 했다면 셀리스 역시 갔을 것이다. 그들은 서로에게 깊이 빠진 연인이었다. 하지만 제프는 그럴 생각이 없었다.

"내가 왜 시끄럽고, 더럽고, 악덕과 범죄가 판치고, 병들고 타락한 사람들로 가득한 미국으로 돌아가고 싶겠어?" 제프가 내게 조용히 말했다. 우리는 여자들 앞에서는 이런 식으로 말한 적이 없었다. "난 무슨 일이 있어도 셀리스를 절대 그곳에 데려가지 않을 거야. 셀리스는 죽고 말걸! 우리 빈민촌하고 병원을 보면 공포와 수치심에 못 이겨 죽을 거라고. 넌 어떻게 엘라도어와 같이 그런 위험을 무릅쓸 수가 있어? 엘라도어가 결심을 굳히기 전에 이런 말을 해주는 게 나을 거야."

제프 말이 맞았다. 나는 엘라도어에게 우리가 부끄럽게 여기는 그 모든 것들을 좀 더 자세히 말해주었어야 했다. 하지만 미국과 허랜드 사이에 존재하는 깊은 간극을 설명하기란 굉장히 힘들었다. 그럼에도 시도를 하기는 했다.

나는 엘라도어에게 말했다. "여보, 내 말을 들어봐요. 당신이 정말 나와 함께 간다면 크게 충격받을 일이 많을 테니 마음의 준비를 단단히 해야 해요. 미국의 도시들, 문명화된 지역들은 이곳처럼 아름답지 않아요. 물론 대자연은 아름답지만."

기대에 부푼 엘라도어가 눈을 반짝이며 말했다. "나는 모든 걸 즐길 거예요. 미국이 우리나라와 같지 않으리라는 걸 잘 알아요. 이곳의 조용한 생활이 당신에게 얼마나 단조로웠을지, 미국 생활이 얼마나 신나는 일들로 가득할지도 알고 있어요. 제2의 성이 나타나면서 당신이 언급한 생물학적 변화 같은 게 있었을 거예요. 미국은 굉장히 역동적이고 끊임없이 변화하는, 그래서 새로운 성장 가능성이 있는 나라일 거예요."

나는 엘라도어에게 성에 관한 최신 생물학 이론을 말해준 적이 있었는데 그 후 그녀는 두 성이 존재하는 사회에 훨씬 많은 이점이 있고 남자가 존재하는 세계가 더 우월하다는 확신을 갖게 되었다.

"우리는 여자들끼리 할 수 있는 걸 했지요. 조용한 방법으로 이뤄낸 것들 중에 더 훌륭한 것도 있을 거예요. 하지만 그곳에는 모든 세상이 있어요. 다양한 나라의 모든 사람들이 함께하니까요. 길고 풍부한 역사와 놀랍고 새로운 지식들도 있구요. 아, 이 모든 걸 볼 수 있다니 정말 기대되는걸요."

내가 뭘 더 할 수 있었겠는가? 나는 엘라도어에게 우리에겐 풀지 못한 문제가 있다며 부정과 부패, 악과 범죄, 질병과 정신 이상, 감옥과 병원에 대해 구구절절 설명했다. 그러나 그녀에게 내 말은 남태평양제도에 사는 사람에게 북극의 기후를 설명하는 것만큼이나 인상적이지 않았다. 그녀는 미국의 상황이 나쁘다는 걸 머리로는 이해했지만 가슴으로 실감하지는 못했다.

우리는 허랜드의 삶을 정상적인 생활로 아주 수월하게 받아들였는데, 실제로 그랬기 때문이었다. 건강하고 평화로우며 행복하고 부지런한 사람을 향해 절규할 사람은 우리 중에 아무도 없었으니 당연한 일이었다. 반면에 우리에게 이미 익숙해져버린 비정상적인 삶을 불행하게도 엘라도어는 아직 보지 못했다.

그녀는 자신이 들은 내용 중에 아름다운 관계를 유지하는 부부와 오로지 어머니의 역할에만 충실한 사랑스러운 여자들을 가장 보고 싶어 했다. 명민하며 능동적인 그녀의 정신은 또 다른 세상의 삶을 볼 수 있기를 갈망했다.

엘라도어가 말했다. "나는 당신만큼이나 미국에 가고 싶어요. 당신은 지독한 향수병을 앓고 있겠지요."

나는 이런 낙원에서 사는 사람이라면 향수병에 시달릴 리 없다고 엘라도어를 안심시켰지만 그녀는 내 말을 이해하지 못했다.

"그래요, 알아요, 당신은 허랜드가 저 푸른 대양에서 보석처럼 빛나는 작은 열대 섬 같다고 말했지요. 난 그 바다가 보고 싶어서 견딜 수가 없어요. 이 작은 섬이 정원처럼 완벽하다 할지라도 당신은 언제나 커다란 당신의 조국으로 돌아가고 싶었지요? 비록 여러 면에서 나쁜 점이 있다 하더라도 말이죠."

엘라도어는 정말 적극적이었다. 하지만 정말 떠날 날이 다가올수록, 깨끗하고 평화로우며 아름다운 이 나라를 떠나 그녀를 우리 '문명국'으로 데려갈 날이 다가올수록 나는 두려워지기 시작했다. 그럴수록 그녀에게 더 많은 부분을 설명하려고 애썼다.

물론 우리가 갇혀 있던 초기에는, 엘라도어를 만나기 전에는 나 역시 향수병에 시달렸다. 그리고 처음에 미국에 대해 설명할 때 우리나라와 우리나라의 여러 방식을 어느 정도는 이상화한 게 사실이다. 또한 어떤 병폐는 우리 문명의 필요악으로 받아들이고 깊이 생각하지 않았다. 심지어 엘라도어에게 최악의 상황을 설명하려 했을 때 기억이 나지 않았던 것도 있었다. 엘라도어는 내 이야기를 들은 순간 충격을 받았지만 내게는 전혀 놀랍지 않은 사실이었던 것이다. 그런데 출국을 앞두고 엘라도어에게 미국의 여러 문제를 설명하면서 나는 우리나라의 심각한 결점과 이곳의 놀라운 성취를 더욱 신랄하게 인식하기 시작했다.

남자들이 없는 곳이다보니 우리 셋이 생활의 큰 부분이었던 남자들의 삶을 그리워하는 건 당연했다. 그리고 무의식중에 여자들도 그러리라고 생각했다. 나는 여자들에게 남자가 얼마나 대수롭지 않은 존재인지 깨닫기까지 정말 오랜 시간이 걸렸는데, 그나마 테리는 영영 깨닫지 못했다. **남자들**, **남자다움**, **남성성**과 같이 남자라는 단어의 파생어를 말할 때마다 우리는 마음속으로 이 세상과 그곳에서 벌어지는 온갖 다양한 활동들로 가득 채워진 거대한 그림을 연상한다. '남자로 성장한다'는 말과 '남자답게 행동한다'는 말이 뜻하는 바는 실로 광범위하다. 그 말의 이면에는 열과 줄을 맞춰 행진하거나 긴 행렬을 이어가는 남자들, 배를 조종해 새로운 바다로 향하는 남자들, 미지의 산맥을 탐험하는 남자들, 말을 길들이고, 소를 몰고, 쟁기질하고, 씨 뿌리고, 곡식을 거두고, 대장간과 용광로에서 노동을 하고, 광산을 파고, 길을 닦고, 다리를 놓고, 성당을 짓고, 거대한 회사를 운영하고, 온 대학에서 가르치고, 모든 교회에서 설교하는 남자들, 세상 곳곳은 다양한 일을 하는 남자들로 가득 차 있다. 남자는 '세상 그 자체'였다.

반면에 **여자**라는 말을 하면 성별을 의미하는 **여성**을 떠올린다.

하지만 2천 년이라는 유구한 세월 동안 여성 문명을 축적해온 이 여자들에게 **여자**라는 단어는 그들이 이룩한 사회 발전만큼 거대한 이미지를 상기시키는 반면, **남자**라는 단어는 성별로서의 **남성**을 의미할 뿐이었다.

물론 이곳 여자들에게 우리나라에서는 남자들이 모든 일을 다 한다고 말했지만 여자들의 머릿속에 든 생각은 바뀌지 않았다. 이 허랜드에서 여자가 '세상'이라는 믿기 어려운 사실을 처음 마주하고도 우리의 시각을 바꾸지 않은 것처럼 말이다.

우리는 허랜드에서 일 년 넘도록 살면서 한계는 있지만 그들의 역사를 배웠다. 그들은 빠른 속도로 순조로운 발전을 거듭한 끝에 안정되고 편안한 현재의 삶을 누리게 되었다. 역사보다 훨씬 광범위한 분야를 다루는 심리학도 조금 배우긴 했지만 쉽게 이해하기 어려웠다. 이제 우리는 여자를 성적인 대상이 아닌 사람, 모든 종류의 일을 하는 사람으로 바라보는 데 익숙해졌다.

테리의 폭발과 그 행동에 대한 여자들의 강한 반응은 우리가 그들의 여성성을 새롭게 조명하는 계기가 되었다. 나는 엘라도어와 소멜의 반응을 통해 허랜드인들이 테리의 행동에 대해 신성모독을 당했을 때만큼 끔찍한 혐오감과 공포를 느낀다는 사실을 분명하게 깨달았다.

서로의 육체를 탐닉하는 우리나라 부부들의 관례에 대해 전혀 모르는 허랜드 여자들은 이런 일에 어떻게 접근해야 하는지 알지 못했다. 그들에게 모성애는 생명을 관장한다는 숭고한 목표를 의미했으며 아버지 역시 같은 목표에 다른 방식으로 기여하는 사람이었기에 출산과 육아에는 무관심하고 우리가 '사랑의 기쁨'이라고 미화시켜 말하는 행위만을 추구하는 남자라는 생명체를 이곳 여자들은 이해하지 못했다.

내가 미국에서는 여자들 역시 우리처럼 생각한다고 말했더니 엘라도어가 내게 거리를 두고 떨어져 앉았다. 그녀는 내 말을 이해하기 위해 노력했지만 공감하지 못했다.

"그러니까 당신 말은 미국에서는 모성애와 상관없이, 그러니까 아이를 낳고 기르는 행위와 상관없이 남녀 간의 사랑을 표현한다는 말인가요?" 엘라도어가 조심스럽게 물었다.

"물론이에요. 그게 우리가 생각하는 둘만의 깊고 달콤한 사랑이거든요. 물론 우리도 아이를 원해요. 그리고 아이가 생기겠지요. 하지만 그건 지금 이 사랑과는 달라요."

"하지만… 그건 자연을 거스르는 행위예요! 우리가 아는 어떤 생명체도 그러지 않으니까요. 미국에서는 다른 동물들도 그런가요?"

"우리는 동물이 아니잖아요!" 나는 약간 날카로워진 어조로 대꾸했다. "적어도 우리는 동물들보다는 고등한 존재잖아요. 전에도 설명했다시피 이건 훨씬 고귀하고 아름다운 관계예요. 당신들의 시각은 우리가 보기에는, 이렇게 말해도 될지 모르겠지만, 실용적이라고 해야 하나? 아니면 따분하다고 해야 하나? 부부의 육체관계를 목적을 위한 수단으로만 여기고 있으니… 여보, 정말 모르겠어요? 느껴지지 않나요? 서로에 대한 사랑은 부부의 육체관계를 통해 가장 달콤하고 고귀한 방식으로 완성되는 거예요."

엘라도어는 감동을 받은 게 분명했다. 엘라도어를 단단히 껴안고 굶주린 듯 입을 맞추자 그녀가 내 품에서 전율했다. 하지만 내가 그녀의 아름다운 육체를 그토록 꽉 안고 있는데도 그녀의 눈 속에는 저 멀리 떠나 있는 듯, 내가 너무나 잘 아는 그 아득한 표정이 떠올랐다. 그녀는 나와는 멀리 떨어진 눈 덮인 산에서 나에 대해 생각하는 것 같았다.

엘라도어가 내게 말했다. "저도 분명히 느낄 수 있어요. 당신의 느낌에 저도 공감할 수 있어요. 물론 당신은 훨씬 더 강하게 느끼겠지만. 하지만 여보, 내가 느낀다고 해서, 당신이 느낀다고 해서 그 행위가 올바르다고 확신할 수는 없어요. 그런 확신이 들 때까지는 당신이 원하는 대로 할 수 없어요."

엘라도어가 이런 말을 할 때면 나는 에픽테토스*가 떠올랐다. "너를 감옥에 가둬버리겠다!" 그의 주인이 말했다. "제 육체 말이로군요." 에픽테토스가 차분하게 대답했다. "네 목을 베어버리겠다." 주인이 말했다. "제가 그러지 말라고 말한 적이 있었나요?" 에픽테토스는 정말 다루기 힘든 인물이었다.

내 품에 안겨 있을 때조차 깎아지른 낭떠러지처럼 손길이 닿지 않는

* 고대 그리스 시대 스토아 학파의 대표적인 철학자.

곳으로 자신의 모습을 감춰버리는 이 여인은 대체 무슨 마법을 부리는 것일까?

엘라도어가 사랑스럽게 말했다. "여보, 내게 인내심을 가져주세요. 힘든 일이란 건 알아요. 나도 테리가 왜 그런 범죄를 저지르게 됐는지 조금은 알 것 같군요."

"이봐요, 범죄라는 말은 너무 심한 말인 것 같아요. 어쨌든 알리마는 테리의 아내였잖아요." 순간 나는 딱한 테리를 향해 불쑥 치밀어 오르는 연민을 느끼면서 말했다. 테리와 같은 기질과 버릇을 지닌 남자라면 참기 힘든 상황이었음에 틀림없었다.

하지만 이해의 폭이 넓고 종교의 가르침을 받아 공감 능력 역시 뛰어난 엘라도어였음에도 그런 신성모독과 같은 테리의 만행은 용납할 수 없었다.

여자들과 외부 세계에 대해 이야기를 하거나 그들 앞에서 강의를 할 때 우리 셋은 바깥세상의 어두운 단면을 웬만하면 언급하지 않았던 터라 테리의 행동을 엘라도어에게 설명하는 게 무척 힘들었다. 우리는 그들을 속이고 싶었다기보다는 아름답고 편안한 그들의 세계를 마주하고 나니 우리 문명을 그럴싸하게 포장하고 싶었던 것이다. 틀리지 않다고, 적어도 필요악이라고 우리가 생각하는 것들이 여자들에게는 혐오감을 조장할 게 분명했기에 아예 언급하지 않은 것들도 있었다. 또 우리에게 너무나 익숙한 나머지 설명할 가치가 없다고 여기며 경솔하게 넘어간 부분도 많았다. 너무나 순수한 이곳 여자들이 우리가 언급한 것을 그냥 지나친 경우도 많았다.

내가 이렇게 솔직하게 터놓고 이야기하는 이유는 이 사건이 엘라도어가 우리 문명세계에 발을 들여놓은 후 얼마나 큰 충격을 받았을지 잘 보여주기 때문이다.

나는 엘라도어의 말대로 참고 또 참았다. 엘라도어를 너무나 사랑했기에 그녀가 정한 확고한 제약마저 내게는 행복의 요인이 되었다. 우리는 연인이었고 그 관계 안에서 충분한 기쁨을 누렸다.

그렇다고 해서 이 젊은 여인들이 그들이 말하는 '위대한 새로운 희망', 부부가 함께 부모가 되는 것을 완전히 포기했다고 생각해서는 안 된다. 결혼이 우리만의 관례였음에도 그들이 한발 물러서서 우리와 결혼하기로 결정한 건 오로지 그 목적을 이루기 위함이었다. 그들에게 임신과 출산, 육아는 신성한 과정이었으며, 신성한 과정으로 쭉 유지되기를 바랐다.

지금까지 그 목적을 이룬 사람은 셀리스뿐이었다. 셀리스는 형언할 수 없는 기쁨과 자랑스러움이 담긴 모습으로 곧 어머니가 될 것이라고 공표했다. 그녀의 파란 눈에는 행복한 눈물이 고여 있었고 가슴은 이 나라의 가장 지고지순한 감정인 민족적 모성애로 벅차올랐다. 허랜드인들은 셀리스의 임신을 '새로운 모성애'라고 칭했으며 온 나라에 그 소식을 알렸다. 이제 셀리스는 이 땅에서 모든 기쁨과 봉사, 영광을 누릴 수 있게 되었다. 2천 년 전 그 수가 점점 줄어들던 여자들이 경외감으로 숨을 죽인 채 처녀생식의 기적을 목격했던 것처럼 지금 허랜드의 온 국민은 깊은 외경심과 따스한 기대감을 품은 채 제프-셀리스 부부의 결합이 이뤄낸 새로운 기적을 환영했다.

허랜드의 모든 어머니들은 신성시되었다. 여자들은 오랜 세월 동안 강렬하고 아름다운 사랑과 염원, 아이를 갖고 싶다는 지고지순한 욕망을 품은 채 모성애의 길로 들어섰다. 어머니가 되는 과정과 연관된 모든 생각은 언제든 열려 있었으며, 단순하면서도 신성했다. 모든 여자들은 어머니가 되어 아이를 기르는 일을 그 어떤 의무보다도 훨씬 고귀하고 중요하게 여긴 나머지 다른 의무는 존재하지 않는다고 말할 정도였다. 서로를 향한 드넓은 사랑, 절묘하게 상호작용을 하는 우정과 봉사, 진보적인 사고와 창조를 향한 욕구, 깊은 종교적 감정 등 모든 감정과 활동은 위대한 중심이 되는 그 힘, 그들 사이로 흐르는 생명의 강과 연결되어 있었으며, 여자들은 마침내 신의 영혼을 품게 되었다.

나는 책과 대화를 통해, 특히 엘라도어로부터 이 모든 걸 배웠다. 엘라도어는 처음에는 잠깐이나마 자신의 친구를 부러워했지만 이내 그 생각을 지웠다.

엘라도어가 내게 말했다. "내게, 그러니까 우리에게 아직 아기가 생기지 않은 건 오히려 다행이에요. 나는 당신과 함께 당신의 나라로 갈 예정이고, 당신이 말한 대로—실제로 우리는 얘기를 나눴다—바다와 육지를 가로지르는 모험을 하게 될 텐데, 그러면 아기에게 안전하지 않을 수도 있잖아요. 그러니 아기에게 안전한 상황이 될 때까지는 아기를 갖지 않기로 해요."

아내를 너무나 사랑하는 남편에게는 정말 힘든 말이었다.

엘라도어가 말을 이었다. "만약 아이가 생긴다면 당신 혼자 떠나는 게 좋겠어요. 당신은 돌아올 수 있잖아요. 아이는 내가 돌볼게요."

그러자 자식도 질투할 수 있는 남자의 깊고 오래된 기질이 가슴속에서 꿈틀거렸다.

"나는 세상의 모든 아이들을 갖느니 엘라도어 당신을 가질 거예요. 당신 생각대로 할 테니 나와 함께 가줘요."

정말 바보 같은 말이었다. 물론 나는 엘라도어와 같이 갈 것이다! 그녀가 내 곁에 없다는 건 그녀의 모든 걸 원함에도 하나도 가질 수 없다는 뜻이기 때문이다. 엘라도어가 여동생처럼 행동한다면—물론 훨씬 더 가깝고 따뜻한 사이이긴 하지만—나는 육체를 뺀 그녀의 모든 걸 가질 수 있다. 게다가 엘라도어의 우정과 동지애, 여동생과 같은 애정, 그리고 명확한 선을 긋긴 했지만 여전히 깊고 진정한 사랑만으로도 충분히 행복하게 살아갈 수 있다는 사실을 깨닫기 시작했다.

이 여자가 내게 어떤 존재인지 설명하는 건 거의 불가능하다. 우리 남자들은 여자들의 좋은 점을 얘기하면서도 마음속으로는 여자들 대부분이 한계가 뚜렷한 존재라고 생각한다. 우리는 여자들의 실용적인 능력을 존중하지만 그 능력을 지나치게 사용함으로써 여자들의 명예를 떨어뜨린다. 우리는 여자들이 남자들에게 교묘하게 강요받은 선을 행할 때 그녀들을 존중하면서도 그 선을 얼마나 무시하는지 행동을 통해 보여준다. 여자들은 명색은 아내지만 실제로는 종처럼 남편이 내키는 대로 주는 돈을 받으며 평생을 남편에게 매여 살면서 출산과 양육의 의무를 지는 것은 물론이고 모든 면에서 남자들의 요구를 만족시켜야 한다. 이렇게 비정상적인 일들을 하는 어머니들이 가치 있다고 생각하는 것이다. 우리는 '그들이 마땅히 있어야 할 곳'인 가정에서 조지핀 도지 다스캠 베이컨*이 훌륭하게 묘사한 대로 '여주인'이 행해야 할 다양한 임무를 수행하는 여자야말로 진짜 여자라고 생각한다. 조지핀 도지 다스캠 베이컨 여사는 상당히 냉철한 작가로서 자신의 시각에서 여자를 이해했다. 하지만 온갖 잡일을 하는 우리나라 여자들은 실속은 만점이지만 허랜드의 여자들을 보면 생기는 감정을 자극하지는 않는다. 이곳의 여자들은 남자들이 경시할 수 있는 대상이 아니라 우러러보고 사랑해야 할 사람들이었다. 그들은 애완동물이나 종이 아니었다. 소심하거나 미숙하지도, 나약하지도 않았다.

나는 남성우월의식—천성적으로 여성 숭배론자였던 제프는 처음부터 이런 생각과는 거리가 멀었고, 테리는 결코 이 생각을 떨쳐버리지 못했다. 그의 마음속에는 '여자의 위치'에 대한 분명한 생각이 자리 잡고 있었다—을 극복하자 여자를 존중하며 사랑하는 행위가 상당히 좋은 느낌을 준다는 사실을 깨달았다. 선사시대 남자들이 지녔을 법한 희미한 의식이 마음속 깊은 곳에서 치밀어 오르는 듯한 기묘한 느낌, 이 여자들이 옳다는 느낌, 여자들을 존중하고 사랑하는 게 맞다는 느낌이 들

* 미국의 작가. 주로 여성을 주인공으로 한 작품을 썼다(1876~1961).

었다. 그건 마치 어머니가 있는 집으로 돌아온 것 같았다. 물론 지금 말하는 어머니란 침대 시트를 갈고, 도넛을 굽고, 온갖 뒤치다꺼리를 하면서 아이를 응석받이로 키우면서도 정작 아이에 대해서는 하나도 모르는 여자가 아니다. 내가 말하는 감정은 영영 길을 잃고 헤맬 뻔했던 아이가 집에 돌아와 몸을 씻고 휴식을 취하는 느낌이었다. 안전하면서도 자유롭고 항상 그곳에 머물러 있는 사랑, 난롯불이나 털이불처럼 뜨겁기보다는 오월의 태양처럼 따스한 사랑, 애태우거나 숨 막히게 하지 않는 사랑을 받는 느낌이었다.

나는 엘라도어를 처음 보듯 바라보며 말했다. "당신이 가지 않는다면 테리를 해안까지 데려다주고 나 혼자 되돌아오겠어요. 당신이 내게 밧줄을 내려주면 돼요. 하지만 하늘의 축복을 받은 기적 같은 여인인 당신이 나와 함께 간다면 나는 평생토록 다른 그 누구도 아닌 오직 당신과 함께 살겠어요. 같이 가겠어요?"

엘라도어는 나와 동행하기를 간절히 원했다. 우리는 계획을 세우기 시작했다. 엘라도어는 셀리스가 경험한 기적이 올지도 모른다며 좀 더 기다리고 싶어했지만 테리는 그러길 원치 않았다. 테리는 허랜드를 벗어나고 싶어서 미칠 지경이었다. 그는 끝도 없이 계속되는 어머니, 어머니, 어머니 타령에 진절머리가 난다고 말했다. 테리는 골상학자들이 말하는 '자손 생식 본능'이 덜 발달된 것 같았다.

"하나밖에 모르는 소름 끼치는 종족이야." 테리는 창문 너머로 여자들의 생기 넘치는 아름다움을 보면서도 그렇게 말했다. 심지어 알리마를 도와 테리를 붙잡아 꽁꽁 묶기까지 했던 모딘이 그런 적이 없기라도 한 것처럼 인내심을 가지고 다정하게, 지혜롭고 조용하며 강인한 모습으로 앉아 있는데 말이다. "성욕도 없고 남자인지 여자인지도 모르겠어. 미개한 중성인들이라니까!" 테리는 신랄한 어조로 말을 이어갔다. 마치 암로스 라이트가 살아 돌아온 것 같았다.

물론 테리도 힘들었다. 그는 과거 어떤 여자보다도 알리마를 미친 듯이 사랑했다. 폭풍우 같았던 연애, 말다툼과 화해의 과정은 사랑의 불길에 기름을 부었다. 그리고 테리와 같은 남자에게는 너무나 자연스러운 정복의 순간에, 테리가 알리마를 향해 주인인 자신에게 사랑을 바치라고 강요하던 그 순간에 오히려 건장하고 탄탄한 여자가 분노하여 친구들과 함께 자신을 정복해버렸으니 테리가 격노한 건 당연했다.

생각해보니 역사에서든 소설 속에서든 이와 비슷한 이야기는 들어본 적이 없다. 여자들은 잔학 행위에 굴복하기보다는 자결을 택했다. 정복자를 죽이고 탈출하거나 결국은 복종했다. 자신을 정복한 자와 잘 사는 경우도 드물지 않았다. '기만적인 섹스투스'*의 예를 들어보자면, 섹스투스는 한밤중의 등불 아래에서 양털을 손질하던 루크리스를 발견한다. 내 기억에 따르면 섹스투스는 자신에게 복종하지 않으면 그녀와 노예의 목을 벤 후 노예를 그녀 옆에 눕힐 것이라고 위협한다. 하지만 나

* 셰익스피어의 장편 서사시 『루크리스의 능욕』에 등장하는 인물로 루크리스라는 여성을 강간한다.

는 늘 섹스투스의 말이 설득력이 떨어진다고 생각해왔다. 만약 그녀의 남편인 루크레티우스가 그에게 무슨 까닭으로 자신의 아내 침실에 들어와서 그녀가 정조를 지키는지 지켜보고 있었느냐고 물으면 섹스투스는 뭐라고 대답할 수 있었겠는가? 어쨌든 결론적으로 루크리스는 무릎을 꿇었지만 알리마는 그렇지 않았다.

"알리마가 나를 발로 찼다구." 갇혀 있던 테리가 분통을 터뜨리며 입을 열었다. 그는 누구에게든 속내를 털어놔야 했다. "너무 아파서 몸을 웅크렸지. 그러자 내 위로 뛰어오르면서 저 늙은 괴물—모딘에게는 이 말이 들리지 않았다—을 부르는 거야. 그리고 눈 깜짝할 새에 둘이서 나를 옴짝달싹 못 하게 묶어버렸지 뭐야. 알리마는 아마 혼자서도 능히 할 수 있었을걸." 테리가 떨떠름한 감탄과 함께 말을 이었다. "아주 강철 체력이라니까. 어떤 남자든 그렇게 맞으면 나가떨어지지. 여자 행동에 일말의 품위도 없다니까."

나는 그 말을 듣고 웃지 않을 수 없었고, 테리도 씁쓸하게 웃었다. 테리가 합리적인 인물은 아니었지만 문득 자신이 저지른 짓이 품위 있는 대응을 기대하기는 힘들었다는 생각이 든 모양이었다.

테리는 손가락 마디가 하얘질 정도로 주먹을 움켜쥔 채 천천히 말했다. "알리마하고 다시 한번 단둘이 있을 수만 있다면 난 내 삶에서 일 년은 포기할 수 있어."

그는 그럴 수 없었다. 알리마는 이쪽을 완전히 떠나서 고산 지대에 있는 전나무 숲에서 머물고 있었던 것이다. 우리가 허랜드를 떠나기 전 테리는 그녀를 만나기를 간절히 원했지만 알리마는 오려고 하지 않았고, 테리는 그리로 갈 수 없었다. 여자들이 마치 살쾡이처럼 테리를 감시했기 때문이다. (여담이지만, 살쾡이가 정말 쥐 잡는 고양이보다 훌륭한 파수꾼일까?)

우리는 비행기를 손봐야 했다. 테리는 일단 시동을 걸면 호수까지 날아가는 건 문제없다고 했지만 연료가 충분한지도 확인해야 했다. 일주일 후면 출발할 수 있을 거라고 생각했지만 허랜드 전역에서 우리와 함께 떠나는 엘라도어를 위한 각종 행사가 열리는 통에 그럴 수 없었다. 엘라도어는 깊은 눈빛을 가진 지혜로운 여인들로 구성된 뛰어난 윤리학자들, 최고의 교사들과 인터뷰를 했다. 곳곳에서 동요와 긴장감, 흥분이 느껴졌다.

이곳 사람들은 우리에게 바깥세상에 대해 배운 후 허랜드가 멀고 외진 곳에 고립된 작은 나라이자 국제사회에서 잊힌 나라라는 느낌을 갖게 되었다. 우리는 국제사회를 '지구촌'이라고 불렀는데 사람들은 그 표현을 대단히 좋아했다.

사람들은 진화라는 주제에 깊은 흥미를 보였다. 사실 모든 자연과학 분야에 거부할 수 없는 매력을 느꼈다. 많은 여자들이 위험을 무릅쓰고라도 낯선 미지의 땅에 가서 배우고 싶어했다. 하지만 우리는 한 명만 데려갈 수 있었고, 그 사람은 말할 것도 없이 엘라도어여야 했다.

우리는 다시 돌아와서 거대한 숲을 관통하는 도로와 수로를 건설하는 등 문명화를 이루거나 위험한 야만인들을 전멸시키자는 원대한 계획을 짰다. 마지막 말은 남자들끼리 한 말이었다. 여자들은 생명체를 죽이는 행위를 혐오스러워했다.

한편 허랜드에서 가장 현명한 사람들이 참석하는 고위급 협의회가 열렸다. 언제나 우리로부터 각종 정보를 수집해온 학생과 사상가들이 그 정보들을 분석하고 추론한 결과를 협의회 앞에 공개했다.

그들은 우리가 그토록 숨기려 했던 사실들을 손쉽게 간파했으면서도 전혀 내색하지 않았기에 우리는 그들이 모든 걸 꿰뚫고 있다는 사실을 짐작조차 못 했다. 영어를 써가며 광학 분야를 설명했는데도 그들은 잘 이해했고, 안경 등에 대해 천진난만하게 묻더니 시력이 나쁜 미국인이 많다는 사실을 어렵지 않게 추측했다.

여자들은 여러 사람이 몇 차례 가볍게 질문을 던지고는 우리 답변을 마치 그림 퍼즐 맞추듯 분석하고 조립해서 미국에서 유행하는 질병과 관련된 도표를 만들었다. 그들은 두려워하거나 혐오감을 드러내지 않으면서도 가난과 병폐, 범죄와 관련된 정보—사실과 거리가 먼 것도 있었지만 꽤 정확한 부분도 있었다—를 수집했다. 심지어 보험 등에 대해 묻더니 우리 사회가 안고 있는 여러 위험을 항목별로 나누어 정리했다.

그들은 저지대에 거주하는 독화살 쏘는 원주민부터 우리가 들려준 적 있는 다양한 집단에 이르기까지 다른 여러 종족들에 대해서도 인지하고 있었다. 그들은 놀라움이나 역겨움 같은 감정을 드러내지 않고 부지불식간에 우리로부터 각종 정보를 빼낸 후 열과 성을 다해 연구했던 것이다.

연구 결과는 우리에게 고통을 안겨주었다. 그들은 일단 바깥세상으로 향하게 될 엘라도어에게 연구 결과를 자세히 설명했다. 셀리스에게는 함구했다. 온 나라가 위대한 과업을 기다리고 있는 지금 어떤 식으로든 셀리스가 충격을 받는 건 피해야 했다.

마침내 제프와 내가 호출되어 입장했다. 소멜과 자바, 엘라도어는 물론 우리가 아는 다른 많은 이들 역시 함께 있었다.

그들은 우리가 가지고 있던 책자 속 작은 지도를 꽤 훌륭하게 배치해서 커다란 지구본을 만들었다. 그들은 지구에 존재하는 여러 민족들에 대해 간략하게 설명했고, 각 민족들의 문명 속 위상도 명시했다. 그들은 내가 가져온, 이제는 배신자가 되어버린 작은 책자와 우리로부터 들은 내용을 토대로 도표를 만들고 수치와 추정치를 계산했다.

소멜이 설명했다. "외부 세계는 우리보다 역사가 훨씬 길며 그 긴 시간 동안 각종 사업들 간 상호작용과 발명과 발견의 교환이 활발하게 이루어졌어요. 우리는 당신들이 이룩한 그 놀라운 진보에 존경을 표합니다. 하지만 당신들의 세상에는 여전히 질병이 많더군요. 개중에는 전염병도 있고요."

우리는 즉시 그 사실을 시인했다.

"게다가 정도의 차이는 있지만 아직까지 무지와 편견, 절제되지 않는 감정이 존재해요."

이 역시 시인했다.

"또한 민주주의가 발전하고 부가 증가했는데도 사회 불안이 존재하고 때때로 전쟁도 일어나고 있어요."

우리는 그들이 하는 말이 모두 맞다고 인정했다. 그들이 언급한 내용은 모두 우리에게 아주 익숙한 것들이었고, 그들이 왜 그렇게 심각하게 다루는지 이유를 알 수 없었다.

"이 모든 걸 고려할 때," 그들은 그렇게 말하면서도 자신들이 고려하는 모든 것들의 100분의 1도 말하지 않았다. "우리나라의 위치를 노출하고 바깥세상과 자유롭게 왕래하는 건 바람직하지 않다는 결정을 내렸습니다. 엘라도어가 돌아온다면 그녀의 보고서를 보고 다시 결정하도록 하지요. 하지만 아직은 때가 아닙니다."

"그러므로 신사—그들은 이 단어에 '명예'가 담겨 있음을 알고 있었다—여러분에게 엘라도어가 돌아온 후 우리의 허락이 있기 전까지는 어떤 식으로도 이 나라의 위치를 발설하지 않겠다고 서약하기를 요청하는 바입니다."

제프는 더할 나위 없이 만족했다. 그는 언제나 그랬듯 여자들의 말이 온당하다고 생각했다. 나는 제프만큼 다른 나라에 빨리 동화된 사람을 본 적이 없었다.

나는 잠시 우리나라의 전염병이 이곳에 퍼질 경우 이들이 어떻게 될지 생각한 후 그들 말이 옳다고 결론지었다. 그리고 그들의 말에 동의했다.

테리가 문제였다. 그가 저항했다. "난 하지 않겠소. 난 돌아가자마자 탐험대를 꾸린 다음 이곳의 문을 열기 위해 올 거요."

그들이 침착하게 말했다. "그렇다면 당신은 평생 수감자로 남을 수밖에 없겠군요."

"마취를 시키는 게 더 도움이 될 것 같군요." 모딘이 말했다.

"더 안전하기도 하죠." 자바가 덧붙였다.

"테리도 서약을 할 거예요." 엘라도어가 말했다.

테리도 서약을 했다. 그 서약과 함께 마침내 우리는 허랜드를 떠났다.

옮긴이의 말

『허랜드』 이야기는 세 명의 미국 남성, 여자를 정복의 대상으로 여기는 테리, 여성 숭배론자인 제프, 그나마 합리적인 사고를 하는 사회학자 밴딕이 미지의 모계사회인 허랜드에 발을 들여놓으면서 시작된다. 가부장 사회의 전형적인 남성상을 상징하는 것으로 보이는 이 백인 남성들은 허랜드의 상당한 문명 수준에 놀라면서도 이곳이 "지루하고 고분고분하며 천편일률적"인 사회일 것이라 상상하고 여자들은 옹졸하며 질투에 사로잡혀 있으며 히스테리에 가득 차 있을 거라고 단정하지만, 허랜드 여자들은 신체는 건강하고 강인하며 합리적으로 생각하고 배려심이 넘치며 겸손하고 실용적인 정신의 소유자들이었다.

샬럿 퍼킨스 길먼은 1898년에 저서 『여성과 경제학』에서 남성에게 경제적으로 의존할 수밖에 없는 가부장적 사회구조야말로 여성이 억압되고 종속되는 원인이라고 진단했다. 이 책은 출간되자마자 베스트셀러에 오름과 동시에 논쟁의 중심에 섰으며, 그 후 1915년 길먼은 자신이 창간한 잡지《선구자》에 페미니스트 유토피아 3부작의 두 번째 권이 자 자신의 대표작인 『허랜드』를 연재했다. 이 작품은 여성들이 모성의 사회화를 이룸으로써 가사노동에서 벗어나 사회 공적인 영역에서 다양한 기여를 하며 살아가는 세계를 그리고 있다.

『허랜드』에서 길먼은 여성의 역할을 제한하지 않는다. 모성의 사회화를 통해 가사노동에서 벗어난 허랜드 여성들은 밭을 갈고, 씨를 뿌리고, 집을 짓고, 길을 닦고, 나무를 가꾼다. 그들은 탐구하고 창조함으로써 문학, 심리학, 수학, 생리학, 천문학 등 학문과 음악, 미술 등 예술 분야에 위대한 업적을 쌓고, 서양 문명에 버금가는 수준의 문명을 이뤄낸다. 허랜드에서 여성은 '인류'와 동의어이다. 여성성과 여성다움은 남성성, 남성다움의 반대어가 아닌 '세상 그 자체'인 것이다.

반면에 여성 숭배론자인 제프는 힘든 일은 모두 남성들 몫이며 여성은 남성에게 의지할 수밖에 없는 존재라고 여긴다는 점에서 여성차별주의자의 면모를 보인다. 허랜드의 여성들에 대해 "얌전하지 않잖아. 인내심도 없고 순종할 줄도 몰라. 여자들의 가장 큰 매력인 고분고분함이 하나도 없어"라고 말하는 테리는 전형적인 가부장 사회 남성들의 그릇된 성 관념을 드러낸다. 남자들만 한다는 세상일이 무엇이냐는 허랜드 여성들의 질문에 테리는 "우리나라에서는 남자들이 모든 일을 하거든요. 우리는 여자들에게 일을 시키지 않아요. 여자들은 남자들의 사랑과 숭배, 존경을 받으며 아이들을 보살피지요."라고 대답하기도 한다.

길먼은 독립적이고 진취적인 여성들의 세계인 허랜드와 20세기 초반 미국 사회를 대비시킴으로써 가부장적 사회의 폐해는 물론 우리 마음속에 똬리를 틀고 있는 왜곡된 성 관념을 통렬하게 비판한다. 우리는 냉철하고 논리적인 허랜드 여성과의 대화를 통해 드러나는 남성들의 바보스러움과 오만함에 웃음을 터뜨리겠지만 한편으로 여전히 남편을 바깥양반, 아내를 안주인이라 부르고 무의식중에 아들과 딸에게 전통적 성 역할을 기대하는 우리 자신의 모습에 흠칫 놀랄지도 모르겠다.

우울증을 앓는 여성에게 휴식 치료가 권고되고 별거와 이혼마저 여의치 않았던 20세기 초에 여성들이 사회 각 분야에서 창조적이고 가치 있는 역할을 수행해야만 인류가 진화하고 사회가 발전할 것이라는 길먼의 주장은 상당히 급진적이었다. 페미니즘 역사에서 가장 중요한 저서인 『제2의 성』에서 "여성은 태어나는 것이 아니라 만들어진다."고 말한 프랑스의 대표 지성인 시몬 드 보부아르는 여성의 주체성은 경제적 독립에 의해 담보되며 여성의 참된 자유는 사회주의의 실현을 통해 획득된다고 주장했다.

1949년 출간된 『제2의 성』은 교황청의 금서목록에 오르고 당시 남성 지식인들로부터 배척받는 수난을 겪었는데, 길먼은 『제2의 성』보다 30년 이상 앞서 출간된 『허랜드』에서 이미 "남자들이 좋아하는 '여성스러운 매력'은 여자들의 타고난 성품이 아닌 남성성이 반영된 결과물"이며 "'여성스러운 매력'은 여자들이 남자들을 기쁘게 해줄 의무 때문에 발달한 것"이라고 주장했을 뿐 아니라 사회 구성원들의 계급 간 갈등이나 빈부의 격차가 없는, 모두가 평등하고 모든 자산을 공유하는 사회를 창조해냈던 것이다.

『허랜드』는 대표적인 페미니즘 소설인 『이갈리아의 딸들』과 『어둠의 왼손』의 탄생에 큰 영향을 미친 페미니스트 유토피아 소설의 고전이지만 당시 미국 사회에 만연한 계층 간 갈등과 빈곤 문제, 이기주의의 민낯을 드러냈다는 점에서 사회 비판 소설로 읽히기도 한다. 길먼이 창조한 허랜드는 모성애와 자매애에 기반한 공동체 의식으로 똘똘 뭉친 구성원들의 희생과 봉사의 결과물로, 나라 전체는 거대한 공원처럼 잘 가꾸어져 있고, 빈곤도, 계급갈등도, 질병도, 사고도 없는 곳이다. 물론 그런 낙원은 말 그대로 천국에나 존재할 것이다. 그럼에도 그 낙원을 만들어낸 원동력이 '공동체 의식'이라는 점은 귀 기울일 만하다.

영토분쟁, 민족과 인종 간 갈등, 기아, 질병으로 신음하고 무분별한 개발에 따른 환경 파괴로 몸살을 앓는 세계를 살고 있는 우리에게, 해마다 수많은 희생자를 양산하는 혹서와 한파, 홍수와 가뭄 등 기후변화라는 최악의 문제에 직면했음에도 자국이기주의에 막혀 온 인류가 함께 파멸의 길로 향하는 지금, '공동체 의식'이야말로 전 지구적 문제를 해결할 수 있는 유일한 가치이기 때문이다.

샬럿 퍼킨스 길먼이 걸어온 길

1860년 7월 3일	미국 코네티컷 주 하트퍼드에서 메리 퍼킨스와 프레데릭 비처 퍼킨스 사이에서 태어났다. 어린 시절, 아버지의 가출 후 어머니와 함께 여러 친척집을 옮겨 다니며 살았다. 『톰 아저씨의 오두막』을 쓴 해리엇 비처 스토 등 스토 가문 친척들의 영향을 받으며 성장했다.
1867년(7세)	심각한 가난 때문에 학교 일곱 군데를 옮겨 다니는 등 제도권 교육을 제대로 받지 못했으며 열다섯 살에 그마저 중단되었다. 고립되고 외로웠던 어린 시절, 도서관을 자주 찾아가 책을 읽으며 고대 문명을 공부했다.
1878년(18세)	로드아일랜드디자인스쿨에 입학해 공부한 후 카드 디자이너, 가정교사로 일했으며, 화가로도 활동했다.
1884년 3월 23일(24세)	화가 찰스 월터 스텟슨과 결혼하나 이 결혼이 자신의 인생을 위한 올바른 결정이 아님을 직감한다.
1885년(25세)	딸 캐서린 비처 스텟슨 출산 후 산후우울증을 심하게 앓기 시작했다.
1888년(28세)	이혼이 아주 드문 시기였음에도 남편과 별거를 시작했다. 별거 후 딸과 함께 캘리포니아 주 패서디나로 이사했으며, 태평양여성언론인협회 및 부모협회 등의 여러 페미니스트 및 개혁가 단체에서 활동했다.
1892년(32세)	단편 「누런 벽지(The Yellow Wall-paper)」를 발표했다.
1893년(33세)	어머니가 세상을 떠난 후 사촌인 조지 휴턴 길먼과 교제를 시작했다. 첫 번째 시집 『이 세상에서(In This Our World)』를 펴내 대중의 관심을 받았다.
1894년(34세)	서류상 이혼 절차를 마무리한 후 딸 캐서린을 아버지에게 보냈다. 1895년까지 태평양여성언론인협회가 발행하는 문학잡지 《임프레스》의 편집장을 지냈다.

1896년(36세)	사회개혁가로서 활발히 활동했다. 특히 미국 워싱턴에서 열린 미국여성참정권협회대회와 영국 런던에서 열린 국제사회주의 노동총회에서 미국 캘리포니아 대표로 활약했다.
1897년(37세)	4개월간에 걸친 강의 투어를 마치고 남녀의 성 차별과 경제를 주제로 한 연구를 더 깊이 진행했다.
1898년(38세)	『여성과 경제학(Women and Economics)』을 출간했다. 이 책에서 억압받는 여성에 관해 사회구조적으로 분석하고, 해결책으로써 육아와 가사노동의 사회화와 여성의 경제적 자립과 같은 주제를 이론화했다.
1900년(40세)	사촌인 조지 휴턴 길먼과 재혼했다.
1903~1904년(43~44세)	베를린에서 열린 국제여성대회에서 연설을 했으며, 다음 해에는 영국, 네덜란드, 독일 등을 순회했다. 이 해에 집필한 『가정: 그 역할과 영향(The Home: It's Work and Influence)』은 가장 논쟁이 된 책으로, 여성이 가정에서 억압받고 있으며, 그들이 살아가는 환경이 건강 상태에 맞게 개선되어야 한다고 주장했다.
1909년(49세)	잡지 《선구자(Forerunner)》를 창간하여 1916년까지 여성운동을 주제로 한 시와 소설, 논픽션을 발표했다.
1909~10년(49~50세)	『다이앤서가 한 일(What Diantha Did)』를 《선구자》에 연재했다.
1911년(51세)	《선구자》에 『십자가(The Crux)』와 페미니스트 유토피아 3부작 중 첫 권인 『내가 깨어났을 때(Moving the Mountain)』를 연재하기 시작했다.
1912년(52세)	『맥-머조리(Mag-Marjorie)』를 《선구자》에 연재했다.
1913년(53세)	『원 오버(Won Over)』를 《선구자》에 연재했다.
1914년(54세)	『베니그나 마키아벨리(Benigna Machiavelli)』를 《선구자》에 연재했다.
1915년(55세)	페미니스트 유토피아 3부작 중 두 번째 책인 『허랜드(Herland)』를 《선구자》에 연재했다.
1916년(56세)	페미니스트 유토피아 3부작 중 세 번째 책인 『그녀와 함께 내 나라로(With Her in Ourland)』를 《선구자》에 연재했다.
1934년(74세)	남편 휴턴이 뇌출혈로 급사한 후 캘리포니아 주 패서디나로 다시 이주했다.
1935년 8월 17일(75세)	유방암에 걸린 것을 비관하며 자살로 생을 마감했다.

에디션 **F 02**
페미니스트 유토피아 3부작 2

허랜드

1판 1쇄 찍음 2020년 8월 21일
1판 1쇄 펴냄 2020년 8월 28일

지은이 샬럿 퍼킨스 길먼
옮긴이 임현정

주간 김현숙 | **편집** 변효현, 김주희
디자인 이현정, 전미혜
영업 백국현, 정강석 | **관리** 오유나

펴낸곳 궁리출판 | **펴낸이** 이갑수

등록 1999년 3월 29일 제300-2004-162호
주소 10881 경기도 파주시 회동길 325-12
전화 031-955-9818 | **팩스** 031-955-9848
홈페이지 www.kungree.com | **전자우편** kungree@kungree.com
페이스북 /kungreepress | **트위터** @kungreepress
인스타그램 /kungree_press

ISBN 978-89-5820-680-4 04840

책값은 뒤표지에 있습니다.
파본은 구입하신 서점에서 바꾸어 드립니다.